薔薇と接吻《キス》

杉原理生

幻冬舎ルチル文庫

CONTENTS ✦目次✦

✦カバーデザイン＝小菅ひとみ（CoCo.Design）
✦ブックデザイン＝まるか工房

イラスト・高星麻子✦

薔薇と接吻《キス》

夜の足音には気をつけろ、と櫂《かい》はいった。

闇《やみ》が支配する時間のなかでは、人ならざるものが跋扈《ばっこ》している。きみはとても耳がいい。聞こえないはずの音が聞こえてしまうから――と。

昔は櫂のいうとおりに耳をふさいでいたが、いまはどんなかすかな音にも耳をすませたかった。

律也《りつや》はベッドのなかで寝返りを打ちながら、ひそやかな気配を待つ。子どもの頃は、自分から流れだす不思議なパワーを感じとれた。

からだが青白く発光してきて、未知のエナジーが湧《わ》きだしてくるイメージだ。その青い光は仄《ほの》かでも絶大な効果で、彼らを惹《ひ》きつける。

彼らを――夜の種族を。ヴァンパイアやオオカミ族などに代表される月の力に支配される人ならざる者たち。

父の智博《ともひろ》が童話作家ということもあって、律也の世界のなかでは幼い頃からそれらは普通に人間と共存していた。夜の闇には見えないなにかがつねに潜んでいたし、太陽の光の下のきらめく風のなかには浮遊している精霊たちのヴェールが翻っていた。

父の描く御伽噺《おとぎばなし》のような世界と、現実がぴったりと重なっていることに、なにも不審を抱《いだ》かなかった。あるがままに見えるものを受け入れて、「そんなものはこの世に存在しない」というよけいな先入観がなかったせいかもしれない。律也に見えないものはなかった。

「律也にはチャンネルをつなぐ能力があるんだよ。普通はひとつのチャンネルの世界しか見ることができないんだ。自分が存在してる世界のね」

父の智博にそう説明されて、幼い律也は「ふうん」と頷《うなず》いたが、内心ほかのひとはそれじゃつまらないじゃないかと訝《いぶか》った。テレビだって、ひとつのチャンネルだけでは飽きてしまう。では、ほかの人々は、白い光のなかで微笑《ほほえ》んでいる花よりもたおやかな精霊や、血を求めて夜の闇を駆けてゆく禍々《まがまが》しいほど美しい種族を知らないのだ。御伽噺のなかの出来事だと思っている。

本能に忠実な子どもと、欲望に正直な夜の種族たちとの距離はとても近い。だが、人間は成長するにつれて、それだけではいられなくなる。

十九歳になったいまでは、律也は子どもの頃とは違い、昔は信じていたものが信じられなくなり、色のついたさまざまな感情に支配されるようになった。やわらかな神経は失われ、身近にあったはずの魔法は遠くなっていく。

だから櫂は自分を迎えにきてくれないのだろうか。

(――きみは俺をいつか忘れる)

櫂の残した囁《ささや》きが、耳の奥をくすぐる。十五歳のときには、「そんなことはない」と必死にかぶりをふった。忘れるわけはない。忘れたくはない。

特別な揺らぎの周波でもあるみたいに、櫂の声はなめらかに耳にしのびこんできて、律也の鼓膜を震わせた。

幼い頃は単に心地よいとしか感じなかったが、成長したいまでは、その震えはべつの意味を伴っている。心の底がざわめいて、苦しいはずなのに、甘いものが満ちてきて……。

眠っていられなくなって、律也はためいきをつきながらベッドから起き上がった。月明かりが差し込む部屋のなかに、いつもとは違う空気を感じる。

ほかの世界と「チャンネルがつながっている」のかもしれない。

昔の感覚が戻ってきている。一時期は、人ならざるものたちがこの世に存在していたことはもちろん、数年間一緒に暮らした櫂の顔まであやふやになりかけていたのに。

国枝《くにえだ》櫂――。

櫂は律也が子どもの頃、一緒に家で暮らしていた。

長い間、フルネームを教えてくれなかったから、律也は櫂を人間ではないのだと思って、ただ「カイ」とだけ認識していた。ひとの形をしているけれども、花の精霊かなにかかと考えていたのだ。気配そのものが人間離れしていたから。

いつか忘れる。そういわれたとおり、律也は櫂のことを忘れそうになっていた。だから記録に残すことにした。

二十歳《はたち》の誕生日の約束の日まで——だけど、覚えているのは律也だけなのかもしれない。あと一カ月だというのに、櫂は律也のもとに現れてくれない。

すっかり目が覚めてしまい、律也は部屋全体の照明はつけずに、机の上のライトだけをともして、椅子に腰掛けてパソコンの電源を入れた。

律也が書いているのは、「カイ」という青年を主人公にした物語だった。

文章で世界をかたちづくっているとき、からだから青白い光がでているのを感じる。イマジネーションが広がれば広がるほど、その力は強くなり、周囲の空間は律也のつくりだした「場」に支配される。

窓も開けていないのに、執筆をすすめているうちに強い冷気が警告のように頬《ほお》をなでていった。

やがてそれはふんわりと不気味な生ぬるい空気に変わり、あたりはより静まりかえった闇につつまれる。夜よりも暗く深い闇に。

窓の外から、なにかが駆ける気配がする。空を優雅に飛ぶもの、地を這《は》うもの——夜に生きる彼らの息遣い。

薔薇《ばら》の香りがどこからともなく漂ってきた。満開の薔薇の群生が近くにあるのかと錯覚するほど、鼻腔《びこう》からしのびこむ甘い芳香は、思考をゆっくりと麻痺《まひ》させる。普通の人間ならば簡単に酔ってしまうだろう。

窓をコツンコツンと叩く音がした。振り返ると、二階の窓なのに、男が直立したまま部屋のなかを覗《のぞ》き込んでいた。いささかクラシックな黒ずくめの衣装に、冷たく整った美貌《びぼう》。

窓の外に浮いているのは、夜の種族のヴァンパイアの若者だった。

律也が放つ青い気のパワーに惹かれてきたのに違いなかった。空腹なのか、ヴァンパイアの目は妖しげな赤い光を浮かべている。

(——開けてくれないか)

普段は人界に紛れ込んで生活していないのか、ヴァンパイアは口をきけないらしく、心話で話しかけてきた。

ヴァンパイアは家人が招かない限りは家に入ってこられない。だから不気味に窓の外に貼りつかれようとも、畏《おそ》れるほどのものでもない。硝子《ガラス》越しに幻惑されないかぎりは。

律也は執筆の手を止めて、しばし窓の外に浮遊するヴァンパイアを眺めていた。テキストデータに記録するためにメモ書きをする。アラバスターのように白くなめらかな肌は、櫂を思い起こさせる。

ひょっとしたら櫂と縁が連なっているものなのではないかという考えが頭の片隅をよぎった。

るかもしれない、と。

「糴を知ってる？」

ヴァンパイアはわずかに目を細めた。思考の微妙な波動が伝わってくる。聞いたことがあるかもしれない、と。

相手が窓を開けさせるためにそういっているのはわかっていたが、律也は机から立ち上がって窓に近づいた。ヴァンパイアは年若で欲望を隠し切れないのか、律也がそばに寄っただけで、その目はますます妖しく光り、唇から白い牙《きば》がのぞけた。

「糴だ。名前を聞いたことがある？　どこで？」

ヴァンパイアは笑った。自分に直接さわれば、頭のなかに思い浮かべているイメージを読んでもらえる――と心話で伝えてくる。

駄目だ。彼は部屋に入ってきたいだけだ。糴をほんとうに知っているわけではなく、でまかせをいっている。

わかっているのに、もし知っていたら――という惑いが生じた。

子どもの頃は、父が夜の種族たちと契約をしていたから、危害を与えられたことはなかった。だが、いまは――？

ヴァンパイアはまずくちづけで精気を吸いとるか、足りなければ律也の喉《のど》に食らいつく。さらに満足するためには律也のからだを犯して飢えを満たすだろう。

窓の外のヴァンパイアをあらためて見ると、律也と同じ二十歳前後に見えた。ほっそりとしていて、決して大柄ではない。身長も同じくらいで、一七五センチ前後だ。

ヴァンパイアも律也の姿を上から下まで舐《な》めるように観察していた。皿の上に載せられた上物のロース肉を見るような目をしているのは、律也が端麗な顔立ちをしているせいだ。祖母方に外国の血が混じっているせいで、律也の髪はやわらかな亜麻色で、瞳も肌も色素が薄い。陽光を思わせる輝きの美貌は、ヴァンパイアの冴《さ》えた月明かりを連想させる美しさとはまた異なる。

夜の種族にとっては、美しさは外見的なものにとどまらず、その者の力を現していた。なぜなら、知恵のある獲物を狩るためには、見た目の良さは相手を惑わすための優れた道具のひとつだからだ。貴種のヴァンパイアにとって、容姿の端麗さは武器だった。力が強いものほど美しいのだ。死後に変化する元人間のハーフと呼ばれるヴァンパイアにしても、力を得れば得るほど人間の頃よりも魅力を増していくといわれている。

律也が窓に手をかけた途端、いったい何事が起こったのか、ヴァンパイアの顔が凍りつくのが見えた。

ヴァンパイアは窓から離れ、上空を見上げて、何者かに向かって優雅なしぐさで礼をする。おそらく自分よりも上位のヴァンパイアに頭を下げたのだろう。彼らには血統と能力を基準とした絶対的なヒエラルキーがある。

上位のものが命令したのか、若者のヴァンパイアは名残惜しそうに律也を見て、指をさしてきた。おまえには契約の印がある——と。

途端に額の中心が熱く疼《うず》いて、律也は前髪を手で上げた。白い額に血をしたたらせたような痣《あざ》が浮き上がっているさまが、窓ガラスに映っていた。

いつのまにかヴァンパイアの若者は消えていた。代わりに、窓を閉めてあるにもかかわらず強い薔薇の香りが漂ってきた。鼻から吸い込んだ途端に足がふらつきそうなほど濃厚な甘い香りだった。

——なつかしい。

「櫂……？」

律也は窓に貼りつくようにして、上空を見た。先ほど若者のヴァンパイアが見上げた先に目を凝らす。

ひとりの男が夜空に浮かんでいた。律也のほうにちらりと視線を走らせたけれども、すぐに目をそらす。

一瞬目にしただけで、背すじをぞくりとさせるほど美しく整った顔立ちの青年だった。年齢はせいぜい二十代半ば過ぎぐらいで、まだ若い。

背が高く、長い手足をもち、しなやかで男らしいからだつきをしている。つややかな長めの闇色の髪と、透きとおるような肌の対比が鮮やかだった。

見つめているうちに引き込まれそうになる、憂いのある黒い瞳を見間違えるはずはない。

「燿……！」

十五歳で再会したときもそうだったが、燿は年をとっていなかった。律也が子どもの頃にすでに青年だったのだから、もう四十代になっていてもおかしくないのに、とてもそうは見えなかった。

燿に似たヴァンパイアは、もう一度律也にちらりと目線を走らせた。その表情は冷たいままで、なんの感情も浮かべられていなかった。飢餓感を覚えているのか、ほんのりと目が赤く光った。

飢えているならば、律也のもとに引き寄せられてもおかしくないのに、ヴァンパイアはすぐにその場を離れた。その背には大きな黒い翼があらわれ、舞い落ちる羽を残して、闇へと消えていく。

「燿！」

律也は思わず叫び、窓を開けて身を乗りだした。窓が開放されたことで、その他の邪気がいっせいに部屋に飛び込んできた。机の上のライトが消え、闇に塗りつぶされる。生臭い風に押されるようにして、律也はその場に倒れ込んだ。

いやな気配が迫ってくる。暗闇のなかで不気味な姿かたちをした鳥や虫、おぞましい半獣の生き物、霧のようにかたちをとらずに漂っているもの——さまざまな異形のものが律也を取り囲む。

不思議なことに、あやしいものたちの気配はぴたりと止まったまま、一定の距離以上は近づいてこられないようだった。見えないバリアーがそこにあるように。

額がますます熱い。痣の浮かんでいるところから血でも出てきているように感じた。手をあててみると、ぬるりとした感触がある。

なにかが自分の指を濡《ぬ》らしているのはわかったが、血のような錆《さ》びた鉄の匂《にお》いが鼻をついた途端に、それは濃厚な薔薇の香りに変化した。

窓の外から羽音が近づいてきた。ヴァンパイアといえば蝙蝠《こうもり》だが、貴種のそれは背中に大きく生えており、イメージ的には天使の翼に近い。ただし、純白ではなくどこまでも暗い闇色だったが。

翼の生えたヴァンパイアが窓から部屋に入ってくると、律也の周りで蠢《うごめ》いていた奇怪な生き物たちが飛び退《すさ》って、逃げるように外へと出て行く。

ヴァンパイアが静かに横たわっている律也のそばまでやってきた。すでに翼はしまわれている。

甘く、気高い香りが部屋に広がった。薔薇に抱かれているように感じながら、律也は意識が朦朧《もうろう》とした。

――やっぱり櫂に似ている。

だが、少なくとも櫂は、この家で一緒に暮らしているときは人間だった。

どうして貴種の印である翼をもっているのか。十五歳のときにはこんな姿では現れなかった。元が人間ならば、ヴァンパイアになっても翼をもたないはずではないのか。

顔がそっくりだけれども、櫂ではないヴァンパイア……？

「……誰？」

青年はその問いには答えず、身をかがめて律也の額に手を伸ばしてきた。

その唇から声は洩《も》れなかった。震えるような吐息のみが感じられた。

（――契約）

かろうじて思念だけが伝わってきた。

青年は律也の額を濡らしているものを指ですくいとると、自らの唇につけたあと、再び律也の唇にそれをなすりつけた。

血と思われるそれは、濃厚な薔薇のエキスの匂いを放っている。香りが強すぎて、さらに頭がぼんやりとした。

青年は床に膝《ひざ》をつくと、ゆっくりと律也の上に覆いかぶさってきた。

遠い記憶が甦《よみがえ》る。櫂からはいつもいい匂いがした。だから、幼い律也は花の精霊かと思っていたのだ。そのことを告げると、櫂がおかしそうに笑ってから、ふっと淋《さび》しそうな目をしたのを思い出す。俺はそんなに綺麗《きれい》な存在じゃない、と。

端整な顔はどこまでも冷たく、感情をあらわさない。ふれてきた唇だけが、奇妙な熱をもっていた。最初はひやりとするのに、混じり合った瞬間に着火する。

甘い薔薇の蜜《みつ》を飲み込ませるように、青年は律也の舌を舐め、唇を深く合わせる。全身に疼きが広がっていくのを覚えながら、律也は目を閉じる。

幻惑されているのはわかっていた。唇から伝わる熱とともに、不思議な魔法が使われているのを感じる。

きっと今夜の出来事も、自分は忘れてしまうに違いなかった。十五歳のときもそうだった。ナイフを見つけたせいですべてを忘れるのは免れたが、いつまた忘却の魔法をかけられるのかわからないのだから。

そう——燿は最初から、約束を守る気なんてなかった。

待っている自分は馬鹿みたいだ……。

甘い香りがさらに強くなった。無数の花びらがあたりに舞っているようなイメージが頭のなかに広がる。

「燿……？」

唇を離して、自分を見つめた青年がどう答えるのかはどうでもよかった。

忘れない。忘れたくない。

だけど、どうせ明日の朝には、彼の返答を覚えていないに違いないのだから。

Ｉ　夜の種族

目覚めたとき、花木《はなき》律也はベッドに横たわっていた。

なにか違和感があったが、すぐには頭が働かない。

ゆっくりと起き上がって、ベッドの上でしばらく座ったまま意識がはっきりとするのを待つ。

部屋には朝の光が差し込んできていた。違和感の正体をさぐるべく、立ち上がって窓に近づく。窓を開けると、五月初旬の明るい陽光が目を刺した。

庭の緑は白い光を浴びて、よりいっそう鮮やかな色を増している。薔薇はまだ蕾《つぼみ》の状態で、芳香を漂わせる時期ではない。新緑の匂いが溶け込んだ空気も、眩《まぶ》しすぎる光もなにもかもが澄みきっていた。自分の頭のなかだけが靄《かすみ》がかかったように晴れないことに、律也は眉《まゆ》をひそめる。

いったいなんなんだろう？　昨夜、なにが起こった？

デスクの上のノートパソコンが、スリープ状態になっていたので、マウスにふれただけで液晶がワープロソフトの画面を映しだした。どうやら昨夜は原稿を書いていたらしい。眠れないので真夜中になってから起きだして書きはじめたのだと思い出す。

画面のなかに小説とは違う文章を目にして、律也は目を瞠《みは》る。

『夜の種族が現れた。いま、窓の外にいる。若いヴァンパイアだ。貴種に見える』

状況を伝えるメモ書きのようだった。頭のなかの靄が晴れて、昨夜の状況を思い出す。

不穏な気配がして、異世界とのチャンネルがつながったと思ったら、窓の外にヴァンパイアの若者が現れたのだ。記憶が消えてしまうのを懸念して、窓の外を見ながらテキストとしてメモ書きしたのだろう。正しい判断だった。

ひとつ思い出してしまえば、記憶が次から次へと甦ってくる。ヴァンパイアが自分を美味《うま》そうに見ていたこと、家に招き入れてほしそうにしていたこと。

そして、自分が櫂を知っているかとたずねたことも——。

櫂に似たヴァンパイアも見たような気がしたが、詳細は思い出せなかった。なつかしい香りをかいだことは覚えている。でも、それ以上はどうしても記憶が甦ってこない。口のなかに薔薇の紅茶を飲んだあとのような、濃厚な芳香が残っている。

自分の記憶がこんなふうに中途半端に失われている理由はわかっていた。夜の種族を見たせいだ。普通の人間ならば、きっと斑《まだら》模様どころではなく、きれいに記憶が封印されてしまっていただろう。

夜の種族は、たいてい自分たちを見た人間の記憶を思い出せないようにしてしまう。

だから、ひとは彼らを見たとしても知らないし、覚えていてもあれは夢だと思い込む場合が多いのだ。感覚が鋭い一部の人間を除いては。

律也も櫂のことを一時期忘れていた。それに気づいてから、文章に記録するようにしたのだ。

本棚においてある一冊の本を手にとって眺める。「カイ」という吸血鬼を主人公とした『夜の種族』という小説を書いて投稿したのは、高校三年生のときだ。運よく受賞作となり、去年、大学一年のときに出版された。同じ主人公で二作目の予定もあるが、原稿はまだ書きあがっていない。

もうすぐ約束の誕生日がくる。昨夜の記憶が欠けているのは、そのことが関係しているのだろうか。

律也はためいきをつきながら一階に下りて、キッチンでトーストとベーコンエッグの簡単な朝食を用意した。

テーブルにふたりぶんの朝食を並べ終えると、テラスから庭に出る。やはり庭の薔薇はまだ開花の時期を迎えていない。むせかえるような香りをかいだのは、なぜだったのか。

いくら考えても、先ほど思い出したこと以上の記憶は甦ってこなかった。

期待しても無駄だと頭を振る。わかってるじゃないか。どうせ約束は守られない。櫂は最初から自分を拒絶していた……。

律也は再び二階に上がり、叔父《おじ》の慎司《しんじ》の部屋をノックした。

「慎ちゃん？　今日は昼前に起こせっていってただろ？　ベーコンエッグ、慎ちゃんの分も焼いたけど」

母親は子どもの頃にはすでになく、父親も十五歳のときに亡くなってしまった。大学生になったいま、律也は叔父の慎司とふたり暮らしだ。

いくらノックしても、返事はない。仕方なくドアを開けて部屋に入って、すぐに後悔した。窓ぎわのベッドに、だらしなく全裸で横たわっている慎司の姿が見えたからだ。

律也のこめかみがぴくりとひきつる。うつぶせになってくれているからまだよかったものの、下着ぐらい穿いてくれ――といつも思う。

律也の外見は憂いを秘めた王子様のようだと評されることがあるが、それはおそらくこのだらしない叔父と一緒に暮らしているせいで眉間《みけん》の皺《しわ》がなかなか消えないために違いなかった。

父と櫂と三人で暮らしていた頃は、まるで御伽噺の続きのような薔薇の香りに満ちた生活だったのに――同居人が変わっただけで、一気に暮らしが所帯じみたように感じられる。幼い頃と違って、自分の性格がひねくれたせいもあるかもしれないけれども。

「慎ちゃん」

いささか凄味《すごみ》をきかせた声で呼びかけると、むきだしの背中がもぞもぞと動く。横向きになられると、見たくもないものが見えそうになる。

「ん……ん？」

「何度もいってるけど、自慢のそれ、俺に見せつけても無意味だから。もっと有効活用するように努力すれば？」

慎司が寝返りを打って仰向《あおむ》けになる瞬間に、律也はその場に丸めてあったシャツを投げつけた。

「おっと」

慎司は目をぱちりと開いてにやりと笑うと、ぼさぼさの髪をかきあげながら起き上がった。一八〇センチを超える長身で、普段は着痩せして見えるが、裸体を見るとしっかりとした筋肉がついている。顔立ちはワイルドというよりも体格に反比例して甘めに整っていて、癪《しゃく》なことに女性にはなかなかもてる。だが、この部屋の散らかしようを見たら百年の恋も冷めるだろう。本人は端整な外見に頓着《とんちゃく》するふうもなく、肩までのふぞろいの髪はいつもうしろでくくっているが、今朝はそのままになっていた。

「ああ……りっちゃん。今日も美人だ」

「りっちゃんて呼ばないでくれ。まるきり女子みたいじゃないか」

最近はさすがに女の子と間違われることはないが、女顔はコンプレックスのひとつだった。身長だけはすくすく伸びてくれたので、日本人離れした手足の長い体型を授けてくれた祖母方の血には感謝している。

「まーた、かわいい顔して、生意気なことを」

頭をなでようとして手を伸ばしてきた慎司を、律也は冷たく突き放す。慎司は叱《しか》られた犬みたいにしゅんとしてみせたものの、すぐに不満げな顔を見せた。

「おまえだって、俺のこと『慎ちゃん』って呼ぶくせにな」

「慎ちゃんがそう呼べっていったから、仕方なく呼んでるだけだろ。叔父さんて呼ばれたくないって我儘《わがまま》いうから」

「あたりまえだろ。俺とおまえは七つぐらいしか違わないんだぜ？　同年代だ」

胸をはってみせる慎司に、律也はますます眉間の皺を深くする。

たしかに慎司は二十七歳になったばかりで、叔父という雰囲気ではなかった。初めて会ったのは、律也が十三歳のときで慎司はまだ大学生だった。

今日から一緒に暮らすから——といきなり父が慎司を連れてきたのだ。それまで年の離れた弟がいることも、ましてや父の実家のことなど、なにひとつ話してもらっていなかった。そのとき初めて祖父はもう亡くなっていること、祖母は健在だが事情があって実家とは縁を切っていたことを聞かされた。

慎司がくるまでは、家には櫂が一緒に暮らしていた。櫂がいなくなったから、代わりに慎司を連れてきたのだ……。律也は直感的にそう感じた。なぜそんなふうに考えるのかは説明できなかったが。

　慎司の緊張感のかけらもないだらしない寝床を見ていると、昨夜ヴァンパイアの若者を見たことなど夢の出来事のように思えてくる。薔薇の精霊のように美しかった櫂の存在も、もしかしたら自分の妄想なのかもしれない。

「とにかく起こしたから。あとで俺にとやかくいわないように。慎ちゃん、すぐまた寝るんだから」

「はいはい、このまま起きますよ」

　慎司は大きなあくびをしたあと、ふっとなにかに気づいたように鼻をひくつかせて目を細める。

「りっちゃん。……ゆうべ、よく眠れたか？」

「え？」

　どうしてそんなことをたずねてくるのだろうと、律也は首をかしげる。

「眠れた、けど」

「ふうん。そっか……なら、いいんだ」

　慎司は笑ってみせたが、なにやら気になることがあるようだった。

「──薔薇の匂いがする」

　ぽつりと呟《つぶや》かれた一言に、律也は思わず足を止める。

「俺から？」

「うん。気のせいかな？　なんかつけてる？　洒落《しゃれ》っ気がでてきたのかな？」

「……まさか。シャンプーかなにかだろ」

口のなかの薔薇の残り香が濃厚になったような気がして、律也は口許《くちもと》をぬぐった。

慎司も父と同じように夜の種族の存在は知っている。薔薇の匂いがするとの指摘は、暗にヴァンパイアの貴種の匂いがついているといいたいのだ。

「……ふうん？」

慎司は立ち上がって下着を身につけると、律也の顔を覗き込む。夜の種族には関わるなといわれているのに、昨夜、ヴァンパイアと接触しようとしたのがばれてしまったのではないかといやな汗が流れた。

しかし、慎司はなにをいうわけでもなく唇の端に含むような笑みを浮かべただけだった。いつもはだらしないくせに、こういうときの表情には妙な色香があって我が叔父ながらどきりとする。

「まあ、いいや」

慎司は律也の頭をぽんと叩くと、そのまま脇を通り過ぎて部屋を出て行く。

薔薇の匂い？　律也は自分の息を手に吹きかけて、鼻を近づけてみた。櫂の匂いだ――と思うと同時に、頬が奇妙に火照った。

◇　◇　◇

耀からはいつも薔薇の匂いがした。

最初はかすかに香るだけだったが、年々それは濃くなっていった。

庭で咲かせていた薔薇から抽出したエキスを飲んでいたから、そのせいで体臭もいい香りになるのだろうかと単純に考えていたが、違うらしかった。

「これは俺のからだに近い飲み物だから、飲むと安定するんだよ」

耀は薔薇のエキスのお茶を飲みながら、律也にそう説明した。

国枝耀はティーカップを上げ下げする仕草すらも美しく優雅で、当時子どもだった律也でさえもしばし見惚《みと》れた。つややかな黒い髪、吸い込まれそうに澄んだ黒曜石の瞳、整った目鼻立ちは誰の目をも惹きつけた。ほっそりと背の高い、バランスの整ったからだつきをしていたが、弱々しいところはまるでなかった。それでいて所作のひとつひとつが隙なく洗練されていて、絵に描いたような美男という表現がまさにぴったりだった。

しかし、黙ってローズティーをすする姿は文句のつけようのない美男子なのに、律也に関してはうるさい保護者のような意外な一面もあった。

律也には母親がいなかったし、耀が一緒に暮らすまでは野性児のように好き勝手にしていたのだ。父はのんびりした子どものようなひとだったので、家のなかは管理者不在の秩序のない無法地帯の遊び場だった。

そこへひとりで乗り込んできた櫂は、家の惨状を見て最初は唖然《あぜん》としたらしい。父はもう大人だからとあきらめたらしいが、子どもの律也は徹底的に教育しなおすと決めたようだった。

現在、成長した律也が叔父の慎司のだらしない部屋を見て苛々《いらいら》するのは、櫂の教育のたまものだった。時折、「ちゃんと片付けてくれ」と慎司に対して口うるさく怒鳴っているとき、いま俺には櫂の魂が乗り移ってる——と思うときがある。

もっとも櫂は決して乱暴に怒鳴ったり、小言をねちねちというわけではなかったが。

「律——駄目だっていっただろ？」

櫂の場合は、あくまでやさしく諭すように律也に語りかけるだけだ。

口調はどこかひんやりとしたものを感じさせつつも、不思議に甘い。声を荒げたりしない代わりに、憂いを秘めた目をして、ほとんど表情を動かさずに眉だけをひそめて律也を見つめるのだ。

決して怒っている顔でもないのに、あきれたように小さくためいきをつかれただけで、律也は自分が嫌われてしまったんじゃないかと恐れた。

静謐《せいひつ》さをたたえた美しい黒い瞳に責めるように見つめられると、言葉を発するよりも百倍の効果がある。その視界に映るに相応《ふさわ》しい良い子にならなければならないような気がして、律也はつねに姿勢を正したものだった。

それでも子どもなので、我慢できずにわがままをいったり、感情のままに泣いてしまうこともある。だが、泣き顔を前にしても、櫂はすぐには甘やかすような真似はしなかった。

「櫂の馬鹿ぁ。嫌い、大嫌いっ」

律也が泣き続けていると、櫂は眉をひそめたまま、甘いにおいのするお菓子を焼いてくれた。そしていつもと変わらない顔をして、無言でテーブルにお菓子の皿を置くのだ。

律也も意地っ張りなので、すぐにはつられないのだが、甘い香りに鼻をくすぐられると涙は引っ込み、お腹《なか》がぐうと鳴った。

テーブルに近づいてくる律也を、櫂は横目で観察している。お菓子に手を伸ばそうとすると、待ち構えていたようにやさしく睨《にら》みつけてきて、「食べる前に、ごめんなさいは？」とうながすのだ。

律也が返事に一瞬詰まりながらも、食い気に負けて、「……ごめんなさあい……」と悔しそうにいうと、そこで初めて櫂の表情がゆるむ。

「――おいで」

笑顔に引っぱられるようにして、律也は目の前のお菓子ではなく、櫂の腕のなかに飛び込んだ。抱きしめられるたびに、ふんわりと薔薇の匂いがからだを包み込んだ。泣いていたの

も忘れて、律也は笑顔になる。

「いいにおい」

律也がぎゅっとさらにしがみつくと、櫂は困った顔を見せた。あまり薔薇の匂いにはふれてほしくなさそうだった。

「たぶんこんなに匂いがわかるのは、律くらいだよ」

奇妙なことをいわれて、律也は首をかしげる。

「櫂は薔薇と近いの？　薔薇の精なの？」

「薔薇の精？」

櫂はおかしそうに笑ったあと、どこか淋しげな顔つきになった。

「そんなに綺麗なもんじゃない」

どうしていやがるのだろう？　こんなにいい匂いなのに……？

いつまでも抱きついて、その香りに鼻を埋《うず》めていたいくらいだった。薔薇のエキスを飲んでいるせいなのか、フレグランスをつけているのか。幼い頃はさして疑問に思わなかったが、風呂上がりにさえ櫂からは薔薇の香りがした。

律也がその匂いが好きだといってからだをくっつけると、年々苦しげに顔をゆがめるようになった。

おかしいと感じることはほかにもあった。櫂が家にやってきたのは、律也が幼稚園の頃だった。すでに櫂は二十代半ばに見えたが、何年経《た》っても容貌が変わらなかった。一番変化のない年代ではあるが、変わらないだけならともかく、年を経るにつれて人間離れした美しさが増していった。

最初、「国枝櫂」というフルネームも知らなかったのに加えて、櫂の年齢も教えてもらえなかった。たずねても、「いくつに見える？」と問い返されて、「二十六か、二十七ぐらい？」と律也が答えると、「うん、そのぐらい」と曖昧《あいまい》に返事をされるだけだった。

本人相手では埒《らち》があかないので、父にたずねても、ほんとうのところは教えてもらえなかった。

「櫂くんは櫂くんなんだから、それでいいじゃないか」

童話作家の父は、日だまりのような匂いがするひとで、丸い小さな眼鏡をかけた瞳はいつもにこにこと笑っていた。いま思えば、その邪気のない笑顔のおかげで、いつも知りたい事実をごまかされていたような気もする。

父は妖精たちや、夜の種族たちの出てくるお話をたくさん書いていた。吸血鬼などが出てくるのは怖いお話が多かったが、どれもみなユーモラスで、もの悲しくて、美しかった。

櫂が一緒に暮らしている理由については、「遠縁の子で、からだが弱いから、うちで預かってる」と教えられていた。

しかし、櫂はたおやかで優美だが、いたって健康そうに見えた。顔色もいいし、一見着痩せしてみえても、裸体にはしなやかな筋肉がバランスよくついているのを知っていた。細身のわりに驚くほど力も強かったし、病気をかかえているようにはとうてい見えなかった。

どうしていい大人になっても、この家で預かる必要があるのか。ここが空気のいい田舎ならわかるが、都心に近い、ごく普通の住宅地だ。

「——薔薇のせいだよ」

律也が十歳になったとき、さすがにそろそろごまかしがきかないと思ったのか、櫂は理由を話してくれた。

「律の家の庭は特別なんだ。毎年、薔薇を咲かせてるだろう？　あれはオールドローズのなかでも香りが強いので有名な薔薇なんだけど、ここの庭で咲かせると、特別な花になるんだ」

家の庭に咲いているのは、主に化粧品などの香料に使われる品種の薔薇だった。綺麗なピンク色をしていて、花が咲きはじめると、隣近所までもが薔薇の芳香につつまれるほど香りが強い。

「特別……？　こんな庭が？」

とくにガーデニングに力を入れているわけでもなく、肥えた土でもないはずだった。

「きみのお父さんはチャンネルをつないで、新たな『場』を作る力があるから」

その能力は律也にもあるといわれたものだった。律也が人ならざるものを見るたびに、

『律也もチャンネルがつなげるんだなあ』と父は困ったようにぼやいていたから。

「普通、ひとは自分の属している世界しか見えないはずなんだ。だけど、ごくまれに感覚が鋭敏で、強い『気』をもっているひとには、異世界を覗くことができる。周波数の違う電波は感じ取れないのがあたりまえなんだけど、それができる人間がいるんだよ」

「気……？」

「目に見えない生命エネルギーのこと。中国では『気』、インドでは『プラーナ』、ポリネシアでは『マナ』、ドイツのある学者は『生物磁気』と呼び、またある学者は『オディック・フォース』と呼んだ。呼び名はなんでもいいんだよ。こちらの世界では解明できていない、超自然的な力のことだから」

「お父さんはそれが強いの……？」

「そう。だから、お父さんはほかの世界の扉を開くことができるんだ。それだけじゃない。こちらとあちらの世界をつないで、新たな次元をつくれる、といったほうがいいかな。だから、ここの庭は人間の世界でもあって、夜の種族たちの世界のパワーも流れ込んできている特別な場所になってるんだ。そのせいで、薔薇にも超自然的な力が宿る。俺は、ここの薔薇のエキスを飲むと、体調が安定するんだよ。だから、律の家に世話になってる。薔薇だけじゃなくて、お父さんのつくりだす場が心地いいからね。ここには人じゃないものがたくさん集まってくるだろう？」

父よりも櫂の説明のほうがわかりやすかった。それでは庭でよく夜にヴァンパイアが「おいでおいで」と立っている姿を見るが、あれは父の能力のせいなのか。庭に咲いている薔薇に特別な力があるなんて初めて知った。

「……薔薇のエキスを飲まないと、櫂は具合悪くなるの？」

「そう――とてもね」

「死んじゃうの？」

とてもね、といった櫂の表情がひどくはりつめていたので、律也は不安になった。

「――死にはしないけど」

すぐに否定したものの、櫂の顔が苦しそうなのには変わりがなかった。そのときはわからなかったが、あとから事情を知ってみれば、櫂はおそらく死にはしないけれども、具合が悪くなった結果を受け入れるならば死んだほうがましだといいたかったのだ。

疑問に思うことは多々あったが、当時、あえて詳しく問い詰めはしなかった。櫂はとても健康そうだったし、不安を抱えているのだとしても、薔薇のエキスさえ飲んでいれば解決できるのだと信じていたから。

その頃の律也は、家の庭を訪れるヴァンパイアなどの夜の種族や時折目にする精霊たち、薔薇のエキスを必要とする不思議な青年の存在も、なにひとつ疑問に思わずに受け入れていた。

昔から、真夜中に好奇心の強いヴァンパイアが窓を叩くことはあった。ほかの異形のものたちはほとんど律也に関心を払わなかったが、ヴァンパイアは興味津々のようだった。ヴァンパイアは夜の種族のなかでもとりわけ美しく、洗練されていた。見慣れていたので、律也は怯《おび》えはしなかったが、しつこいときには櫂の部屋に逃げるようにしていた。

櫂と一緒にいると、なぜかヴァンパイアは逃げていくからだ。それからたんに甘える理由が欲しかったせいでもあった。

櫂のベッドに「外に変なのがいる」といって潜り込むと、櫂は追いだすような真似はしなかったけれども、いつも複雑そうな表情を見せた。

「ヴァンパイアが怖い？」

「怖くないけど……どうしてヴァンパイアはぼくを見るんだろう？　ほかは結構無関心なのが多いのに。たとえば精霊たちなんかは、人間を草木かなにかのように無視してるよ。こっちがあいさつしても、せいぜいくすくす笑ってるだけで、返事もしてくれないの」

「昔から、ヴァンパイアなどの夜の種族はこちらに紛れて生きているからだよ。彼らなりに人間に親近感をもってる。まったくこっちに出てこないのもいるけど。反対に、精霊たちにとっては、草木なんかの自然のほうがよっぽど親しい存在なんだ。だから滅多に人間には目を止めない。草木や動物たちとは話をするのにね」

「ヴァンパイアは、違う世界の生き物なの？」

「そう。律がお話で知っているのとは、ちょっと違う。こちらでは死んだあとにヴァンパイアになるだろう？　そういうのは、ハーフのヴァンパイアなんだ。もともとは違う世界の生き物で、そういうヴァンパイアが人間を噛《か》んで処置をほどこして儀式をすると、生ける死体のヴァンパイアができる。貴種からしてみれば、自分の血を与えて作った混血のヴァンパイアだ。このハーフのヴァンパイアは日の光を浴びると死んでしまうし、よく物語に書いてあるとおりなんだけど。ハーフを生みだすことのできるヴァンパイアは貴種と呼ばれていて、光を浴びても死にはしない。もともとは別世界の生き物だから」

「ふうん。じゃあ、お父さんの書いてるお話とちょっと違うね。『さびしい吸血鬼』にはそんなこと書いてなかった。『太陽が怖い、怖い』って主人公は泣いてたもの」

父の著作を例にだすと、櫂はおかしそうに笑った。

「ほんとのことは書いちゃいけないいんだよ」

どうして櫂はヴァンパイアの「ほんとのこと」をよく知っているのだろう——不思議に思ったが、なぜとは問えなかった。

「じゃあ、吸血鬼はお話に書いてあるとおり、血を吸ったりしないの？　これも間違い？」

「いや、吸うよ」

「やっぱり吸うんだ？」

ぎょっとして、律也はベッドのなかで櫂に抱きついた。そうすると薔薇の匂いを鼻からいっぱい吸い込んで、安心できるからだ。

「うん。……でも、致命傷になるほど吸ったりしない。とくに貴種のヴァンパイアは、血じゃなくても、さっきいったような生命エネルギーだけを人間から吸いとることができるから。だけど、ハーフのヴァンパイアはお腹をすかしていると、見境がなくなる。凶暴な面で暴走するのはハーフが多い。人々の伝承に残っているのは、ほとんどがハーフのヴァンパイアだよ。だから、死体から甦るのが定番だし、杭《くい》で打たれて殺されたりするだろう」

「じゃあ、貴種は？　やさしいヴァンパイアなの？」

「いや――貴種はもっと怖い」

櫂自身も恐れているようなくちぶりだった。

「どうして？」

「ひとを幻惑するんだ。あやつることができるんだよ。ここによく現れてるのは、ほとんどが貴種のヴァンパイアだ。人界に紛れている貴種のヴァンパイアは、昼間は普通の顔をして、人を惑わすことで生きてる。人間に親近感を覚えてるけど、人間じゃない。だから冷酷だ。ハーフのヴァンパイアも、力をつければひとを惑わすようになるけどね。血を吸わせてもらうために近づかなければならないから、いろんな場面でひとを魅了するようになる」

「魅了って？」

「だから……その、血を吸うためには、ひとにさわらなきゃいけないだろ？　暴力的なのもいるけど、本来、暴力に訴えるのはヴァンパイアの特性じゃない。ひとにさわられてもいいと思ってもらえるように、印象をよくするって意味だよ」

「血を吸われてもいいって思わせるってこと？　どうやって？」

「どうやってって――たとえば、女性に……いや、これはまだ早い」

櫂は気難しい顔つきになって、「もう少し大人になったら話してあげるよ、おませさん」と律也の頭をなでた。

律也はむっとした。子ども扱いされるのは、子どもにとっては一番屈辱的だ。

「ぼくが貴種のヴァンパイアと話してみたら、わかる？」

「――駄目だ」

櫂は顔色を変えた。

「彼らと話をしちゃいけない。いいか、絶対に駄目だ。それだけはしないと約束してくれ」

「……わ……わかった」

櫂が本気で心配しているのが伝わってきたので、律也はうろたえながらもすぐに返事をした。同時に、解せない気持ちになった。

「どうして……お父さんは、場をつくって、ヴァンパイアたちを呼んでるの？　櫂がそんなに心配するなら、危険じゃないの？」

「――契約してるんだ。お父さんに聞いてみたらいい」

「お父さんはいつもとぼけるもん」

自分にも身に覚えがあるのか、燿は困ったようにためいきをついた。

「そうだな。でも、そろそろちゃんと聞いておいたほうがいいんだ。俺にそういわれたっていえばいいから。ヴァンパイアのことを詳しく聞いたって」

後日、律也が質問をぶつけてみると、父はいつものとおり「ヴァンパイアも鳥たちも虫たちもみんな生きてるんだよ」と脳天気な台詞《せりふ》でごまかそうとしたが、燿からヴァンパイアの詳しい説明を聞いたというと、真面目な顔つきになった。

「燿くんがおまえに貴種とかハーフとか教えたのか？」

「うん。ここに姿を現すのは貴種だっていってた。危険じゃないの？ って聞いたら『契約してる』って……どういうことなの？」

父は「ふむ」と腕を組んだ。

「お父さんのつくる『場』はどうやら心地よいらしいんだ。だから、夜の種族と契約を交わしてる。彼らは人界に融《と》け込んでいるものもいるけど、もともとは異世界の存在だからね。この『場』のエナジーが彼らの存在を安定させる」

「契約って……お父さんにメリットがあるの？」

「彼らは生命エネルギーの使い方を心得てる。お父さんはその力がとても強いらしいんだけど、人間はただ力を放出するだけで、有効的な使い方ができないんだ。本来、僕は二十歳までは生きられないといわれるほど病弱だったんだ。だけど、契約を結んだおかげで、こうしていままで生き延びてる。すでに本来の寿命をとっくに超えてるんだよ。夜の種族たちが不老なのは、うまくエネルギーを使ってるからなんだ」

その告白は、違う意味で律也にはショックだった。父がいままでとぼけて、夜の種族や契約について詳しい事情を語らないのはそれなりの理由があったのだ。

「お父さん……契約がなくなったら、死んじゃうの？」

「……怖くなったかい？　そんな不安な顔をしなくてもいい。おまえがもっと大きくなるまでは頑張るからね。……櫂くんのいうとおりだ。そろそろちゃんと説明しなきゃならなかったんだよな」

父は泣きそうになっている律也の頭をやさしくなでた。

「お父さんは本来の寿命よりも長生きさせてもらえたおかげで、おまえと一緒に過ごすこともできたし、本も書けた。だから、契約には感謝しているけれども、夜の種族たちに気を許しちゃいけないよ。彼らは人間のように見える種族もいるけど、人間とは違う理屈で動いているから」

いままで無邪気にヴァンパイアが見える、精霊たちが空を飛んでる、と御伽噺の続きのように思えていた現実が、いきなり律也のなかで違う重みで捉《とら》えられた瞬間だった。

それ以降、律也は人ならざるものたちを見ても、以前ほど自然には受け止められなくなった。あたりまえのように存在していても、やはり異質なのだと考えるようになった。

ヴァンパイアなどの夜の種族は異質、精霊たちも異質、じゃあ櫂は——？

律也には、人とそれ以外の存在の見分けがついた。

櫂を花の精霊かと思ったのは、人間だけれども、ただの人間ともいいきれない不思議な気配があったからだった。

たしかに人間なのに、それ以外の血も感じる……？　こういう存在はどう呼ばれるのだろう？

はっきりしているのは、律也にとって櫂は怖がらなくてもいい相手だということだった。なにしろ一緒にいて、櫂ほど心地よいと思えるのは父のほかには誰もいない。ある意味、父よりもそばにいてくつろげる相手だったかもしれない。櫂の放つ薔薇の香りをかいでいると、律也はその場から離れたくなくなるのだ。

猫にとってのマタタビみたいな感じなのかもしれない——と考えたことがある。力が抜けて、ふわふわとした気分になってしまう。櫂にぎゅっとしがみついたまま、もっと強く抱きしめてもらいたくなるのだ。十歳を過ぎれば、小さな子どもというわけでもないのに、いつまでも抱っこしてもらいたいなんて普通ではない。

恥ずかしい望みだとわかっていたから、むやみに抱きつきはしなかったが、律也はなにかにつけて櫂のそばに寄っていった。

小さい頃は「おいで」とすぐに抱きしめてくれたのに、櫂は律也が薔薇の香りに執着しているのを知ると、いい顔をしなくなった。律也のそばにいるのがつらいような表情すら見せるようになった。

なんで苦しそうにするんだろう？

夜になると、時折、櫂の顔がやけに白く見えることがあった。色黒なわけではないけれども、普段は健康的な顔色をしているはずの彼が、雪のように白い肌になっているのだ。

そういうとき、櫂は律也に「近寄るな」といった。叱りつけるように厳しく、そして怯えるような震える声で。

◇◇◇

「花木律也くんて、きみか？」

大学の学食でひとりで昼食をとっていると、いきなり見知らぬ男に声をかけられた。

低い声なので男だとわかったが、無言のまま脇に立たれたら判断に迷うところだった。

律也と同じくらい体型はほっそりしていて、背は高い。おそらく一八〇センチ近いだろうから体格的にはどう見ても男性で、決して女性に見えないのだが、聖堂の天使のような顔が性別不明の雰囲気を醸しだしていて、男なのに男装の麗人のようだった。

「――そうですけど……なにか？」

凝視してみたが、見覚えのない顔だった。男はまっすぐに視線を返してくる。

「そうか、きみか。ずいぶん日本人離れした顔立ちをしてるんだな。王子様みたいな男の子だって聞いてたけど、そのとおりだな」

律也は「はあ」と頷きながら、眉間に皺を寄せた。女性にならともかく、男に「王子様みたいだ」といわれて喜ぶ男はいない。しかも、相手は女性かと見紛うほどの綺麗な男なのだから、なお複雑だ。

「あなたは……？」

「僕は三年の東條忍《とうじょうしのぶ》だ。心理学を専攻してる。よろしく。ここに座ってもいいか？　あっ、きみもカレーか。一緒だ。気が合うね」

男は律也の返事も待たずにテーブルの向かい側に座り込み、カレーをかきこみはじめた。天使みたいに整った顔に、少し不似合いともいえる低い美声、妙に馴《な》れ馴《な》れしい様子が統一性を欠いていて、アンバランスな印象を与えた。

昨年、学生作家としてホラー小説が出版されて以来、律也は見知らぬ人間から声をかけられるのには慣れていた。たいていは興味本位か、好意をもって接してくれる人間がほとんどだったが、あからさまな敵意をぶつけてくるのもいた。世の中にはいろいろな人間がいるものだ。目の前の男はかなりレアなケースだった。

律也は男をまともに見てしまわないように、さりげなく目をそらした。あわてて逃げるのは性にあわなかったので、しばらくしてから席を立つ心づもりでいたが、東條忍はすぐに察したらしい。

「待ってくれ。僕はべつに変なひとじゃない。ゆっくり食べてくれて結構。早食いは胃に悪い。ところで、きみ、好きな色はなんだい？」

「……」

いや、充分に変なひとだろう——と、律也がかまわずに去ろうとしたところ、東條忍は手をつかんできた。

「待てといってる。拒絶するのは、まだ早い。僕はきみの学生作家デビューに嫉妬《しっと》してないし、きみの小説にうんざりするほど長い批評メールを送りつけてやろうなんて魂胆もない。ただ話をしたいだけだ。『夜の種族』の話をしたい。きみのホラー小説のタイトルじゃなくて、実在する彼らについてだ」

「え——？」

まさか大学で『彼ら』のことで話しかけられるなんて思いもしなかった。

律也が茫然《ぼうぜん》としながら浮かしかけていた腰を椅子に戻すと、東條はにっと唇の端をあげる。

「そうだ。物わかりがよくて助かる。まずはカレーを食べたまえ。時間をかけて咀嚼《そしゃく》しながら。怠けると、僕たちの子孫は顎《あご》が退化して、かなり情けないフェイスラインになる。現に一世代前に比べると、我々の顎はかなり細くなった。いまが過渡期だ」

律也は目の前の男のわけのわからなさに圧倒されながら、もそもそとカレーを口に運んだ。

東條もカレーを食べるのに集中しているのか、黙々とスプーンを口に運んでいる。

この男は夜の種族のことを知ってる？　小説のなかの出来事ではなくて？　実在の彼らを？

さまざまな疑問符を浮かべたままカレーを食べ終えると、東條は水をごくりと飲んでから「さて」と律也に向き直った。

「じゃあ、話を再開しようか。好きな色はなんだい？」

すぐに椅子を蹴《け》って立ち上がらなかっただけでも、自分の我慢強さを讃《たた》えたいほどだった。真面目に話を聞こうとしていた気をそがれて、律也は東條を睨みつける。

「……なんの関係があるんですか？　俺の好きな色と、あなたがさっきした話と？」

「あるさ。大ありだ。きみは今日、青いシャツを着ているね。青が好き？　ああ、でも食べてたのはカレーだね。これは黄色か。黄色はどう？　好き？　苦手？」

「だから、なんの、関係が？」

年上相手に精一杯の凄味をきかせて問うと、東條は目を丸くして、「きみって癇癪《かんしゃく》もち？よくないよ」と困惑したように呟いた。

だめだ、普通にいっても通じる相手じゃない。律也は深く呼吸をして、いったん気持ちを落ち着かせようと努力した。

「いいかたを変えましょう、東條さん。俺が青と黄色を好きだったり嫌いだったりしたら、どういう問題が発生するんですか？　また、そこにあなたが興味をもつ理由は？　初対面の俺にそんなことをたずねるに至った経緯は？」

「――オド・パワーを知ってる？」

また話がとんだと思いながら、律也は「いいえ」としかめっ面で答えた。

「まあ、どんな呼び方でもいいんだ。パワーストーンなんかのはったりでよく使われてるから。『オディック・フォース』ともいう。気の一種だね。研究によると、こいつを感知したり、放出できる人間は、色彩的には青色を好み、黄色が苦手なんだ。『敏感者』と呼ばれてる」

いつか櫂からも似たような言葉を聞いたのを思い出した。呼び方はいろいろあるが、父と律也はその超自然的な力が強いのだと。

「あなたは、どうしてそんなことを？」

「趣味だ。というか、昔っからオカルト系の話は好きでね。だけど、本気で関心をもったのは、去年、父方の叔父が亡くなってからなんだ。僕の叔父は、売れない画家だった。空想家ではあったんだが、僕には昔からよく妖精がどうのこうのとか、吸血鬼と狼男がどうのこうのって話をしてくれてたんだ。もちろん信じちゃいなかった。とっても神経の過敏なひとで、最後は精神科のお世話になってたよ。だから妄想だと思ってたわけだ」

「それが、なんで……？」

妄想だと思ったのなら、どうして叔父の死後に関心をもったのか。

東條は「そこだよ」としかつめらしい顔つきになった。

「叔父は長年入院してたんで、中学のとき以来、僕はずっと会ってなかったんだ。それが死後にご対面してびっくりさ。叔父はね、年をとってなかったんだ。周囲は『いつまでも少年の心をもったひとだったから』なんていってたけど、それじゃ説明がつかない。とにかく驚くほど若いままだった」

「……そういうひとは、いくらでもいますよ？」

律也の父も年齢よりもずっと若く見えた。あれは夜の種族と契約していたせいだったのだろうか。そして、なによりも櫂――一緒に暮らしていた八年間に、まったく容貌が変わらなかった。

「老化には個人差があるから、たしかに驚くほど若く見えるひとなんて珍しくもない。ただ叔父は昔、妙なことをいってたんだ。自分はヴァンパイアと契約をして、その血を飲んだから、老いることがないって。しかも、ヴァンパイアのことを、『夜の種族』っていいかたをしてた。きみの本のタイトルと一緒だね。『貴種』って言葉もだしてた。不老を与えることができるのは、その『貴種』のヴァンパイアだけなんだって。この言葉も、きみの書くヴァンパイアの話のなかにでてくる。妄想にしては、他者とこれだけ言葉が一致するのは、奇妙じゃないか？　きみの小説をよくよく読んでみれば、叔父が昔僕に話してくれた世界と構造がすごく似てるんだ。きみは『チャンネルをつなぐ』ことができるのか？」

「それも、あなたの叔父さんの言葉？」

「そうだ」

　律也が知っている異なる世界を、東條の叔父もまた見られる人間だったことは疑いようがなかった。

　だが、こういった人間が実際に現れた場合の対処法は聞いていない。父は『夜の種族』には気を許すなといっていた。そして、叔父の慎司も関わり合いになるのを喜ばない。では、『夜の種族』を知っている人間の場合は？

「それで……あなたはなにをしたいんです。俺とそういう話をするのは、なにが目的で？」

「単純に話を聞きたいだけだ。純粋な興味。僕も自分を『敏感者』だと思うんだ。実は、こっちの世界に紛れている彼らを見分けることがなんとなくできる。ああ、あいつ、普通の顔して山田くんとか人間の名前で呼ばれてるけど、夜になったらヴァンパイアだって感じるときがあるわけだ。見分ける方法は簡単だ。彼らは赤いオーラをだしてる。血の色なのかね？それと、とってもいいにおいがする。フローラルな石鹸《せっけん》みたいな香りだ。かいだことがあるかい？　そうそう、薔薇の香りだ」

律也が一言いうと、東條はその十倍の情報量を速攻で返してくる。徐々に大きくなる声を聞いて、律也は落ち着かなくなった。気のせいか、ぞわぞわと寒気がしてくる。

「そんな話を大声でしたら……」

「大声？　なにをいまさら。きみは本に書いてる。あれは『ほんとう』のことだろう？　それともきみにも妄想癖が？　叔父の病院を紹介しようか」

あなたのほうが必要なんじゃないか——そういいたいのを必死にこらえながら、律也はふーっと息を吐いた。

「結構。間に合ってる。妄想なんかじゃない。俺はほんとのことを……」

そう答えた瞬間に、いままで感じたことのない奇妙な感覚が背すじに走った。ひやりとするというよりも、痛い。

「——東條さん、ちょっと移動しませんか」

わけがわからないながらも危険を感じて、律也は立ち上がった。「なんで」と食い下がられるかと思ったが、東條も意外なほど素直に従った。食器を片付けながら、きょろきょろとあたりを見回す。

「ううん？　なんだかあんまり愉快じゃない気分がするな。これはなんなんだ？」

東條自身も、不穏な気配を感じているらしい。たしかに彼は『敏感者』とやらなのかもしれない。

「花木くん、どこに行く？」

「話をしたいなら、俺の家へ」

あそこなら安全だと直感的に感じる。というよりも、それ以外に思いつくところがない。家には叔父の慎司もいる。

「初対面で、いきなり家に招待してもらえるのか。そりゃうれしいなあ」

隣で東條がのんきに呟くのを聞いて、律也は肩の力が抜けた。天然キャラなのかもしれなかったが、いまはそんなものを愛《め》でてる余裕がない。

「あなた、ぼけてるのか。それとも本気で……」

いいかけながら学食を出たとき、学生たちの人の流れのなかに見知った姿を見つけた気がして、律也ははっとした。

黒のジャケットを着た男。あの横顔は……。

「櫂？」

思わず口走って走りだそうとしたが、その瞬間に櫂らしき男の姿は消えてしまった。目の錯覚？　それとも人混《ひとご》みに紛れてしまったのか。

東條が不思議そうに律也の顔を覗き込む。

「知り合いがいたのかい。カイっていった？　きみの書いたホラー小説の登場人物の？　彼も実在するのか。ほんとうのことなのか」

そうだ、ほんとうのことだ——と答えようとして、律也は言葉を呑《の》み込んだ。冷たい汗が腋《わき》の下を流れる。

いやなことを思い出した。昔、櫂のベッドに潜り込んで、「お父さんの書く話と、ほんとのヴァンパイアはだいぶ違う」といったとき、櫂は笑いながらこう答えた。

(ほんとのことは書いちゃいけないんだよ)

生きた心地のしないまま、律也は東條を連れて家に辿《たど》り着いた。幼い頃を含めて、人ならざるものたちを見る機会は多くても、本気で怖いと思ったことはなかったのに。

今回はいままでとなにかが違う気がする。東條と話していたときに背すじに走った悪寒は、家の窓をヴァンパイアが叩いているのを見たとき以上に恐怖を感じさせられた。

ありがたいことに叔父の慎司は家にいてくれた。なにか調べ物をしているらしく、カオスな部屋のなかでパソコンに向かっていた。室内には煙草の煙が充満している。律也が「慎ちゃん」と声をかけると、慎司はのんびりと振り返った。

「ん?　友達か?」

その視線が東條に向けられたかと思うと、慎司はわずかに検分するような表情を見せた。

対する東條は、律也に声をかけてきたときと同じく、「東條忍です、よろしく。律也くんの大学の先輩です」とマイペースに自己紹介している。初めて慎司の部屋に入った人間はその乱雑さに目を瞠るものだが、まったく動じていなかった。

しかも、いつのまにか呼び方が「律也くん」と下の名前に変わっている。この男の対人距離の感覚は少しおかしいと思ったが、律也はもう突っ込む気にもなれなかった。

東條の目が慎司に据えられたまま、なにやら興味深そうに光る。

「銀のオーラですね。とっても強い」

慎司は「おや」というように目を見開いてから、唇の端をわずかにあげた。

「きみはわかるんだな」

「ええ、まあ、漠然とですが。夜の種族の話をしてもらえますか」

慎司はしばらく東條を観察するように見つめたあと、おもむろに腰をあげる。

「――いいよ。この汚い部屋で話をするのもなんだから、居間に行こう」

慎司が東條を何者なのか確認もせずに了承したので、律也は仰天した。居間に向かう慎司の脇をつつきながら、「慎ちゃん、いいのか」とたずねる。同じ大学とはいえ、律也でさえ先ほど初めて口をきいた男なのだ。

「大丈夫だ。わかるから」

いったいなにが「わかる」のか、律也にはまったく理解できなかった。

よけいな前置きはいらないとばかりに、慎司と東條は以前からの知り合いのようにソファに向き直る。

東條は自分の叔父の話を慎司にも聞かせた。だいたいは律也が聞いたとおりだったが、死後に叔父の絵がすべて焼かれていたという初めて聞く事実もあった。誰が絵を燃やしたのだろう。また、なぜそうする理由があったのか。

慎司はなるほどと頷いた。

「叔父さんは『契約者』だったんだな」

東條は身を乗りだしてたずねる。

「『契約者』ってのは？」

「夜の種族たち——主に、ヴァンパイアの貴種と呼ばれている彼らが、こちら側の人間と契約を交わすんだよ。ハーフと呼ばれる元は死人のヴァンパイアと、貴種は属性がかなり違う。貴種はハーフのヴァンパイアと同じように血も飲むけれども、彼らの主なエネルギー源はひとのもっている超自然的なパワーだ。気《オド》と呼ばれてる」

「心霊的吸血鬼というやつですね。心理学者でオカルトの著述家のフォーチュンの論文にもある」

そんなものが学術的に研究されているのかと驚いた。東條は心理学専攻といったから、もしかしたら真面目に研究してるんだろうか。

心霊的吸血鬼とは、餌食《えじき》となる人間の心霊的エネルギーを吸いとるヴァンパイアのことだ。関係が長期にわたると、慢性的な衰弱を引き起こし、最悪の場合は死に至る。

心霊的エネルギーすなわち精気を吸いとられてしまうと、どういう状態になるのか、説明されないまでも律也は知っていた。限界ぎりぎりまで気を吸いとられて、起き上がることもできない、あの倦怠感《けんたい》をかつて経験したからだ。だが、口を挟む気にはなれなかった。

「貴種はその力の強い人間と契約を交わして、エネルギーをもらうんだ。見返りにはヴァンパイアの血をもらうことが多い。ヴァンパイアのように不死になるわけじゃないけど、契約しているあいだは年をとらないし、病気をかかえているひとは進行が止まる。決して治るわけじゃないんだ。あくまで症状を緩和させて、進み方が遅くなるだけだから」

父の場合もそうだった。父が亡くなった原因は、ヴァンパイアとの契約を終了させたせいだ。

慎司が律也の顔色から察したらしく、小声でつけくわえる。

「兄さんの場合は……事情は聞いてただろ？　なんとか命をつないできたけど、もう寿命の限界だったんだ。ヴァンパイアと縁を切りたかったんだから仕方ない」

律也は「わかってる」と呟いた。

父が亡くなる間際、律也は「また契約して、なんとかしてもらえないのか」と訴えたことがある。父は「もう限界だよ。だいぶ長生きさせてもらった」と答えた。「ほかの方法はないの？」とたずねると、淋しそうに笑った。そんな方法はとりたくない、と。

はっきりと明言はしなかったけれども、おそらく手段はほかにもあったのだ。ただ父は選択したくはなかった。どんな方法なのか、だいたいの想像はつく。

「契約者は、ヴァンパイアになれないんですか？　そうすれば、もっと生きられるでしょう？」

律也はあえて口にしなかったのに、東條が核心をついてきた。

「願えばなれるだろうけど、滅多に聞かないな。契約者と貴種のヴァンパイアは特別な関係だからな。夜の種族はとにかく契約を守るんだ。一度交わした契約は破らない。だから、そのうちに契約者のほうに心理的依存がでる。切ろうとしても切れない関係になるんだよ。パートナーみたいなもんだな。愛情関係といってもいい。だけど、契約者がヴァンパイアになってしまったら、その関係は切れる」

「どうして？」

「捕食できないだろ？　餌《えさ》にならなきゃ、仲良くする意味がないじゃないか。ヴァンパイアの愛情ってのは、ストレートに欲望だからな。ひとりの契約者と長く関係する場合は、『伴《はん》侶《りょ》』としてあらたに契約を結ぶ必要がある。ヴァンパイアにするわけじゃない。隷属のハーフのヴァンパイアにしてしまったら、ただの下僕か、もしくはファミリーの一員になるだけだからな。たまに家族的な意味以外でヴァンパイアの貴種同士でつるんでるのもいるけど、珍しいケースだ。そういうのは変わり者といっていい。ヴァンパイアはいくつかの血統の氏族に分かれていて、それぞれの始祖を頂点にした完全なピラミッド社会になってる。血筋にはプライドを持ってるので、異なる氏族同士はつねに争ってる。ほかの種族と闘争するときだけ、氏族間で一致団結するって感じかな。反対に、オオカミ族なんかは普段の生活から群れをなしてて、全部の群れをまとめる王もいる」

「餌じゃなきゃ、相手にしないってことですか。そりゃまたシビアな」

「欲望イコール感情だからな。貴種はとくにそうだ。おそらく叔父さんの絵を焼いたのは、叔父さんと契約してた貴種のヴァンパイアだよ。彼らは記録に残されるのを極端に嫌うから。ヴァンパイアの絵でも描いてたんだろ」

再び櫂のいった「ほんとのことは書いちゃいけないんだよ」という言葉が頭のなかで奇妙に響く。

「記録されることによって、縛り付けられるように感じるのかもしれないな。突き詰めていけば、彼らは霊的な存在だから」

東條は感心したように「ふんふん」と頷いてから、「あれ」というように律也を見る。

「その理屈でいけば、律也くんの書いた本もそのうち燃やされるってことか。そりゃ大変だ。主人公の『カイ』は実在してるんだろう？　書かれてるのを知ったら、怒るんじゃないのか」

「律也の書いた本？　ああ——国枝櫂のことか」

慎司はさらりと櫂の名前を口にして、面白くもなさそうな顔をした。櫂との関係は慎司も詳しく事情を知っているはずだが、「りっちゃんは、国枝櫂と仲良くしてたんだな」といやそうにいうだけで、多くを語ったことがない。

「国枝櫂？　フルネームがあるってことは人間なのか？　でも、本のなかでは……」

東條が首をかしげるのも無理はなかった。

本のなかで、櫂はヴァンパイアの『カイ』として書かれていた。でも、律也の知っている櫂は人間だ。だから、決して本の内容は「ほんとうのこと」ではない。

「国枝櫂のことはどうでもいいけどな。りっちゃんの前に二度と現れないのを願うだけだ」

慎司が突き放したようないいかたをするのが気になった。

「……慎ちゃん、そんないいかたしないでほしい。昔は父さんと俺と櫂の三人で一緒に暮らしてたんだから」

慎司は「はいはい」と生返事をした。

櫂のことを話し合えない理由は、律也がこうやってムキになってしまうのも一因だった。裏切られているとわかっていても、いまだに庇《かば》ってしまう。約束通りに二十歳の誕生日に迎えにきてくれるんじゃないかと期待して……。

「どういうことなんだ？　人間なのに、ヴァンパイアになるってことか？　その国枝櫂って人物はどういう……」

東條はわけがわからないようだった。それはそうだろう。律也にもいまだに理解しきれないところがある。

櫂がいま——どうなっているのか。

事情をつかみきれずにいる東條に、慎司が仕方なさそうに説明した。

「国枝家ってのは、夜の種族の存在を知るひとたちのあいだでは、ひそかに有名な家なんだ。あちら側の血を、こちらの世界で継いでいる珍しい血統なんだよ。好血症を発症する人間がやたらに多い。ヴァンパイアの血がくりかえし入ってるんだ。これは、『契約者』が多いって意味だ。ヴァンパイアに精気を与え、見返りにヴァンパイアの血をもらってる。そういう人間たちの血脈をつないでいくうちに、血が濃くなってね——特別な存在が生まれることがある」

「先祖返りみたいに？　国枝櫂という人物も？」

「その可能性がある。彼は七番目に生まれた子どもなんだ」

吸血鬼や精神世界関係をよく調べているらしく、東條は遠回しないいかたで察したらしかった。

「ああ、なるほど。ルーマニアのいいつたえと同じなのか。興味深いなあ。だとすると……」

東條はぶつぶつと独り言のように呟き、慎司から聞いた事実と自分の知識とを照らし合わせているようだった。

叔父の件で興味をもつのはわかるが、東條はヴァンパイアなどの夜の種族を調べていったいなにをしようというのか。好奇心だというが、それだけなのだろうか。

「東條くん。きみの叔父さんの絵が焼かれたことからもわかるように、彼らは自分たちの存在がひとに知られるのを好まないんだ。いまの説明で好奇心が満たされたなら、あれこれ調べないほうがいい。わからないのなら、俺が教えるから」

その言葉を聞いて、慎司がどうして初対面の東條に詳しく夜の種族の説明をしたのか、おぼろげながらに理解した。もしかしたら、勝手に首を突っ込まれては困るから、先回りして牽制《けんせい》するために話せる範囲の話をしたのではないか。

東條は慎司の意図を知ってか知らずか「それはありがたい」と頷いた。

「じゃあ、ひとつ教えてほしい。叔父の死に、ヴァンパイアは関係してるのか」

「なんともいえない。俺はきみの叔父さんとヴァンパイアの契約内容を知らないからな」

嘘だと思った。慎司は東條の叔父が死んだ理由に心当たりがあるのを隠しているくちぶりに聞こえた。

だが、東條は「なるほど」と頷いただけで、それ以上は追及しなかった。

「もうひとつだけ。契約が終わるときってのは、どういうときです？　人間のほうからじゃなくて、ヴァンパイアのほうから愛想づかしするときは」

とぼけた顔をして、東條は確実に慎司がいやがる質問をぶつけているらしかった。慎司の表情がかすかに不快そうにゆがむ。

「相手に吸いとるような精気がなくなったときだよ」


東條はそのあともいくつか質問をして、「実に有意義だった」と満足して帰っていったが、律也には解せなかった。

「あんなやつが現れるとはな。……まったくこんな時期に」

東條が帰ると、慎司は憂鬱《ゆううつ》そうにぼやいて、仕事で調べものがあるからと部屋にこもってしまった。

慎司は興信所の調査員の仕事をしている。守秘義務だといって仕事の内容は話してくれないが、危険な真似もしているらしく、怪我《けが》をして帰ってくることもある。いったん仕事だといいきってしまうと、慎司はほかに聞く耳をもたない。おかげで質問するのは夕食まで待たなければならなかった。

ご機嫌とりというわけでないが、律也は慎司の好物ばかりを献立として食卓に並べた。

夕食時、テーブルの席につきながら、まだいささか不機嫌そうな慎司を前にして、律也は早速切りだした。

「慎ちゃん。東條さんの話を聞いて、俺も質問があるんだけど、いいかな」

返答に間があった。東條には「いいよ」と即答してペラペラとしゃべりだしたくせに、慎司はぼりぼりと頭をかいて、面倒くさそうな顔になった。

「なにが聞きたい？」

「東條さんと大学で話しているとき、いやな気配を感じたんだ。背中がぞくぞくするような……外であんなふうに怖いと思ったのは初めてだった。原因がわかる？」

「夜の種族の話をしてたんだろ。大勢ひとがいるところで。彼らが耳をすませてたんだよ」

「耳をすませるって……大学で？　近くに誰か夜の種族がいたってこと？」

「どこにだっているさ。りっちゃんは、この家の周囲では見たことあるだろうけど、人間の世界に紛れ込んでる彼らを見たことないのか。夜じゃなければ、ヴァンパイアも日中、普通の顔をして歩いてる」

さすがに「え」と声をあげてしまった。

「そうなの？」

「そうなのって……『契約者』の兄さんの息子だったのに、そんなことも知らないのか？」

「人界に紛れてるのがたくさんいるのは知ってるけど、具体的には……俺は、父さんの契約の話を知ってから、それ以上は詮索《せんさく》しなかったんだ。その……契約が父さんの本来の寿命を延ばしてるって聞いて——知るのが、なんとなく怖くて」

くわえて櫂の件もあったから、真相を突き詰めていくのを避けていたせいもある。

慎司は納得したように頷いた。

「わかってる。兄さんのことを考えると思ったから、俺もりっちゃんには詳しく話さなかった。できれば彼らと無縁で生きてほしいから、『関わるな』とだけいってた。りっちゃんが、国枝櫂のことでデリケートになってるのも知ってたし」

櫂が律也にとって大切な存在であることを、慎司は理解しているらしかった。

「いままで避けてたけど、ちゃんと話をしなきゃいけないみたいだな。東條くんはいい機会だったな。これからはごまかさずに説明していこう。兄さんは望んでないかもしれないけど……りっちゃんは誰よりも勘がいいはずなのに、ぼんやりしてるとこがあるからな。それに、もうすぐ二十歳だし、立派な大人だ」

律也は夜の種族を知っているようでいて、実際は事情に詳しくない。わからないといえば、慎司のことも律也はよく知らないのだった。どうして父は実家と縁を切っていたのか。突然、慎司をうちに連れてきたのはなぜなのか。

「俺が東條さんと大学で話してるとき、彼らが耳をすましてるっていったけど……いまも、そうなの？」

「いや。いまは大丈夫だ。この家は兄さんが契約してた場所だし。彼らのことをいくら話そうと、かまわない」

「場所が駄目？　大学だから？　たくさんひとがいるところだからってこと？」

「ひとが多いってこともそうだけど――なによりも、東條くんのせいだな」

「東條さんは、やっぱり敏感者なの？　自分でそういってたけど」

慎司は訝る顔つきになった。

「りっちゃん、ほんとにわからないのか？　俺はひとめ見ただけでわかったのに」

「どういう意味だよ？」

鈍感なやつ、といわれているようで面白くなかった。だが、慎司は嫌味を口にしているつもりはないらしく、心底意外なようだった。

「東條くんは漠然とエネルギーを放出できるだけの敏感者じゃなくて、その使い方を心得てる。彼は、精神感応者だよ。接触すれば、相手の意思が読める。だから、俺はどこの何者か、なにも聞かずに彼に事情を話したんだよ。どうせ知られてしまうから」

「心が読める？」

「どのくらいのレベルかわからないけど……とにかくそういう能力をもってる」

こちらの世界に紛れている彼らを見分けられるとは話していたが、心が読めるとは一言もいっていなかったはずだ。

「りっちゃんには説明しなくてもわかると思ったんじゃないか。それに、彼はなるべく力を使うのを避けてる。だから、口であれこれと矢継ぎ早に質問したり、ぺらぺらと自分から話したりするんだよ。心をさぐるような真似をさせないでくれと悲鳴をあげてるようなもんだ。感応者は完全に内に閉じこもってしまうか、ああやって自分がよくしゃべるようになるか、二つのタイプに分かれることが多い」

初対面でいきなりこちらの都合も考えずに質問してきたり、パーソナルスペースのバランスがおかしいと感じたのも、特別な能力ゆえなのかもしれなかった。ひとの心が感じとれるから、よけいに距離感がわからなくなるのか。

「東條くんは強いテレパスだから、スピーカーみたいなものだ。彼がしゃべると、夜の種族の耳に合う波長で会話が大音量で放送されているのと同じなんだよ。だから、彼と話しているときにいやな気配がしたんだろう。誰だって、自分の噂話を大声でされてたら、気になるからね。『あいつは誰なんだ』って顔を見ようとして寄ってくるやつもいるだろう」

「夜の種族は、ひとに存在を知られるのがいやだから？」

「そうだ。それと、彼らはつねにエネルギー源をさがしてるから。『敏感者』には目がないんだよ。東條くんが誰とも契約してないのが奇跡だな。美味《おい》しそうな存在なのに。そう考えると、どうも彼はきな臭いな。亡くなった叔父さんの件も怪しいし、彼の家系を調べたほうがいいかもしれない」

「美味しそうな存在」という表現に不快なものを覚えて、律也は眉をひそめる。ひとを食料みたい評価するいいかたには慣れそうもない。

「俺の本も、東條さんの叔父さんの絵みたいに燃やされる可能性がある？　『夜の種族』って言葉にだしてるから」

「あれはりっちゃんの想像の産物だろう？　事実を書いてるわけじゃない。『カイ』ってヴァンパイアを描いても、国枝櫂だと名指ししてるわけじゃない。名前の響きが同じでも、表記が違うし」

屁理屈としか聞こえなかったので、律也はあきれて顔をしかめた。

「そういう問題なの？　『カイ』と『櫂』で違うから？」

「彼らは契約を重視するっていっただろう？　名前の表記が違ってれば、別物だと判断する。名前は重要だからな。言霊《ことだま》が宿る。馬鹿にしたもんじゃない」

「でも……」

小説を書いてから、周辺が少しずつ騒がしくなってきたのは事実だ。夜中にあやしい気配を感じたり、つい先日は若者のヴァンパイアを目撃したあとの記憶が抜けていた。約束の誕生日が近づくにつれて、不穏な気配は日に日に増してくる。

「俺は書くようになってから、昔みたいに感覚が鋭くなってきたんだ。だから、夜に変なものを見る」

「彼らはつねにアンテナをはってるから。自分と同じ周波数を出してる電波があれば、注目するのは当然だよ。だけど、無視してれば、基本的には問題ない」

冷静に状況を判断して「問題ない」といいきれる慎司も、いったい何者なのだろうと考えてしまう。父の弟なのだから、不思議な能力があってもおかしくないと、いままで深く詮索する機会もなかったけれども。

「慎ちゃんも契約者なのか？」

「……俺？」

慎司は「うーん」と呟いたあと、いささか歯切れが悪くなった。

「俺のことは、まあ、いいや。問題を複雑にするだけだから。はっきりしてるのは、俺は兄さんにりっちゃんを守ってくれと頼まれてる。だから、ここにいる」

守る……？　なにから？

「俺はりっちゃんが夜の種族について書きたいというなら、止めないよ。兄さんが契約してたし、りっちゃん自身にも力があるから、いろんなものが見えてしまうのは仕方ない。――ただ、ひとつだけ確認しておきたいけど、国枝櫂には会ってないんだろう？」

慎司はつねに櫂に対して否定的なスタンスなので、律也は今日大学で似た人物を見た事実をいいそびれてしまった。

「……うん」

「なら、いい」

それだけが問題だとでもいいたげだった。亡くなった父でさえ、櫂がいなくなってしまったあとは妙なことをいっていた。

(律也。もし今度会えたとしても、そのときにはもう櫂くんはおまえの知っている櫂くんではないよ)

あれはどういう意味だったのか。父は櫂が別の存在になってしまったと伝えたかったのか。でも、ヴァンパイアに変化したとしても、櫂は櫂だ。結局は律也を連れて行く気はなかったのだから。律也は櫂がヴァンパイアでもかまわなかったのに。

もやもやするものをかかえたまま、律也は食事を終えて、自室に入った。

東條は慎司に対して、「銀のオーラが見える」といっていた。あの言葉の意味も聞きそびれてしまった。

ベッドに横たわりながら、律也は携帯を取り出す。別れ際に連絡先を無理やり交換させられたので、東條の番号とアドレスは入っている。電話してみようかと思った途端に、携帯がブルッと鳴った。表示を見ると、東條からだった。

「はい?」

『律也くんか? 今日はいろいろとありがとう』

ひとの心が読める——という慎司の言葉が頭のなかをよぎった。律也が電話をかけようと思っていたことを察知したのだろうか。

「東條さん……ひとの心が読めるってほんとですか？」

ストレートにたずねるのはどうかと思ったが、心が読める相手に小細工をしても無駄だろうと開き直った。

『僕が？』

「叔父がそういってたんだ。あのひと、鋭いので」

『ああ……でも、むやみやたらに読んだりはしないよ。だから、人よりも勘が強いみたいなものかな』

東條にしては控えめな表現だった。「もちろん読める」という答えのあとに長々とした解説がついてくると覚悟していたのに、はっきりといわないのは、そのことが人間関係の障壁になると知っているからかもしれなかった。

「この電話は、俺から電話がくるかもしれないって、その勘が働いたから？　いま、かけようかと思ってたんだけど」

『残念ながら、この電話は偶然だ。教えてくれた番号がほんとにつながるのか、たしかめるためにかけてみた』

口頭で伝えたから、信用していなかったようなくちぶりだった。嘘の番号を教えられた経験でもあるのだろうかと、律也は笑いを洩らさずにはいられなかった。

「ちゃんとつながってますよ。失礼な」

突如、鼻先に甘い匂いが漂ってきた。薔薇の香りだ。律也はベッドから飛び起き、携帯を手にしたまま窓に近づいた。

庭を覗くが、暗くてよく見えなかった。リビングの窓からの灯《あか》りに照らされて、普段ならもう少し見えるはずなのに、一枚黒いヴェールをかけてしまったように闇に深く閉ざされている。

『おい、律也くん？』

反して、空にはやけに明るい月が浮かんでいた。今夜は満月だ。

外界からこの家の周辺だけ切りとられたような静けさに、律也は奇妙な胸騒ぎを覚えた。まだ夜の九時過ぎだ。普段からこれほど物音は聞こえてこないものだっただろうか。まるで誰かが東條と律也の会話に耳をすませるために、その他のいっさいの音をシャットアウトしたかのようだった。

(東條くんはスピーカーみたいなものだ)

(彼らが耳をすませてたんだろ)

ぞくりとしながら、律也は耳にあてている携帯を握り直した。

「東條さんはオカルト系に詳しいみたいだから聞きたいんだけど、言霊を信じますか？　叔父が俺の書いた小説ではカタカナで『カイ』って表記にしてるから、実際の人物の『櫂』を書いてることにはならないっていうんだけど。そんな屁理屈、ある？」

笑い飛ばされると思っていたのに、意外にも真面目な声が返ってきた。

「叔父さんの指摘は正しい。彼らはそういうとこは滑稽《こっけい》なほど律儀なんだ。契約を守ることからもわかる。なぜなら、そういうルールをつくらなければ、霊的存在には拠《よ》り所がないからね。名前が違ってたら、契約も無効になるのと同じだ。昔から、ヴァンパイアに限らず、そういう習性を逆手にとって、霊的な存在の目をごまかしたという逸話はたくさんあるよ」

そんな小手先のだましが人ならざるものに通じるのか。律也はますます濃厚になる薔薇の香りに眉をひそめ、「ありがとうございます」と電話を切った。これ以上、東條と話すのはまずいような気がした。

まだ半信半疑ながらも、律也はノートPCの電源を入れて、執筆途中の小説原稿のデータファイルを開いた。ためしに「カイ」という表記を「櫂」に変更してみる。

『今日、大学で櫂に似た人物を見た』

簡単な一文も添えてみた。名前を変更した途端に窓の外が騒がしくなってヴァンパイアの大群が現れ、「真実を書くな」と攻撃されるかと期待したが、なにも起こらなかった。あたりはひっそりと静まりかえったままだ。

自分の書いたホラー小説だったら、絶対にそういう展開にするのに。

「なんだ……なにも起こらないじゃないか。馬鹿馬鹿しい」

思わず声にだして、律也は肩を落としながらもう一度窓を覗き込む。名前を書く――そんな単純な行為で櫂が現れてくれるなら、「櫂櫂櫂櫂櫂」とキーボードを連打するのに。

もし夜の種族が契約を絶対に守るというのなら、櫂は律也を迎えにこなければいけないはずだった。十五歳のときに、櫂は律也に「自分のものにする」と約束したのだから。

あれは「契約」だといっていた。

「櫂の嘘つきめ……」

月が明るく冴えた光を発しているのに、庭は相変わらず不気味に闇につつまれていた。静かすぎて怖かったが、あやしい気配を感じているのも、自分の勘違いではないかと思えてきた。はっきりしている事実は、なにひとつない。律也に特別な力があるのなら、どうしてなにも起こらないのだろう。こんなに櫂に会いたいと願ってるのに。

「――櫂？　どこにいるんだ。そばにいるなら、現れてくれ」

律也はとうとう焦《じ》れて、窓を開けて外に呼びかけてみる。まだ真夜中ではないせいか、チャンネルが合っている感覚もなかった。

だが、律也が呼びかけた途端、それに応《こた》えるように闇に包まれていた庭に奇妙な灯りがぽつりぽつりと灯《とも》った。鬼火のような丸い光がいくつも浮かびあがる。

いまにもむせかえりそうな花の匂いが充満してきて、苦しいほどだった。頭の芯がかすむ眩暈《めまい》を覚えながら、律也はあわてて一階に下りる。

慎司の姿はどこにもなかった。違和感をさらに強くしながら、律也はリビングの窓の向こうに見える庭に二階で見た光をはっきりと確認した。

薔薇の花だ——。

光の正体は、まだ蕾《つぼみ》だったはずの庭の薔薇が花開いているせいだとわかった。次から次へと蕾はほころんで、光を放ちながら開花し、ピンク色の花弁を揺らしている。ぼんやりと闇に滲《にじ》む淡い輝きが幻想的な世界を演出していた。

不思議な光景に、律也は庭へと続く硝子戸を開け、声もないままに立ちつくすしかなかった。庭の薔薇の前に、男がひとり立っているのが見えた。

一見、夜の種族ではないように目に映った。黒いジャケットをはおっている、背の高い背中。こちらをゆっくりと振り向いた顔も、彼ら特有のアラバスターのような白すぎる肌ではなく、肌理《きめ》は細かいが人間のものだった。

「櫂……？」

黒い髪がわずかに襟足《えりあし》にかかっている。長めの前髪から覗く瞳は、なつかしい色をしていた。深い輝きをたたえて、美しく澄んだ——見る者を惹きつけずにはいられない、夜空のような闇色。

「櫂？　どうして、ここに……」

薔薇の前に佇《たたず》んでいたのは、国枝櫂そのひとだった。

再会したら、なにをいおうかと気が遠くなるほど考えたはずなのに、櫂の姿を見た瞬間に律也は頭が真っ白になった。

櫂は律也が十二歳のときに家を出ていった。そして、十五歳のときに一度だけ戻ってきた。五年ぶりでも、久しぶりという感じはしなかった。

櫂の容姿がまったく変わっていないのが原因かと思ったが、それだけではない。この薔薇の香りは夢のなかでかいだような気がする。つい最近も——。

櫂は相変わらず端整な容貌で、背が高く男性らしいからだつきながらもどこか優美で、立ち姿までもが絵に描いたように美しかった。まだなにも意識していなかった子どもの頃と違って、その姿にたとえようもない艶《つや》っぽさがあるのに気づく。見つめられているだけで、頬が火照って、動悸《どうき》が激しくなるような……魔法にでもかけられたようだった。

「櫂、どうしてここに？」

律也はその問いをくりかえした。本音をいえば、「櫂、いままでどこにいたんだ」と叫んで抱きついてしまいたかった。幼い頃ならば、間違いなくそうしていただろう。

約束を守って、二十歳の誕生日が近いから迎えにきてくれたんだろうか。それはありえないと知っているだけに、とまどいは大きくなるばかりだ。

「きみに少し話があるんだ」

櫂は律也のいるテラスのそばまでやってくると、わずかに目を細めて唇をゆがませる。

「ここはとても獣の匂いが強い」

獣の匂い？

律也は首をひねった。濃厚な薔薇の香りしか感じられないのに？　家には動物など飼っていない。

櫂の背後で、花のランプのように灯りをともしていた薔薇がいつのまにか光をうしなっていた。先ほどまで発光塗料で装飾したように、ほのかな光を帯びて見えたはずなのに。暗闇のなかでひっそりと咲き誇る薔薇を見て、律也はあらためて落ち着かなくなった。

「――部屋に入っても？」

混乱してるところに声をかけられて、律也はあわてて「どうぞ」と招き入れる。

庭から続く硝子戸をしめた途端に、先ほどまで世界から隔離されたように静まりかえっていた空間に、日常が戻ってきたような感覚があった。

慎司はどこに行ったのだろう。律也が気がつかないあいだに外に出かけたのかもしれなかった。時々、夜中にこういうことがある。大人の事情だろうから詮索はしないが。

部屋の灯りの下で眺めると、櫂は人間の頃と変わらない姿をしていた。五年前にはヴァンパイアのようにかすかに光るような白い美しい肌をしていたが、いまは普通の人間と同じような顔色をしている。人並みはずれて端麗な容貌はますます極立っていたが。

しげしげと熱心に観察していたからか、櫂は不思議そうに眉をひそめて律也を見つめる。

「どうしてそんなに俺を見る？」

「いや……久しぶりだから」

「久しぶり？」

厳しく引き結ばれた櫂の口許からは、律也をなつかしむ感情は欠片《かけら》もうかがえなかった。まるで知らないものを見るような目だ。

「――律也」

櫂はいつも律也のことを「律」と呼んだ。愛情を込めた、静かながらも甘さを含んだやさしい声で。だが、いま目の前の男から発せられた声は別人のようだった。見知らぬ男に呼ばれたようで、律也は茫然とする。

――誰？

櫂は険しい顔つきになって、律也に詰め寄ってきた。

「花木律也――きみはなんで夜の種族のことを書く？」

II　血と獣

七番目に生まれた子どもは特別な運命にあるという。

非常な幸運や霊的な治癒能力に恵まれて生まれてくるともいわれているが、一方、ルーマニアでは七番目に生まれた子どもは吸血鬼になる運命とされている。数秘術では「7」はもっとも精神的な数字、宗教的にも聖数に分類される。

律也が「七番目の子ども」のいわくを知っているのは、櫂が意味を教えてくれたからだ。

櫂はヴァンパイアの血脈を継いでいるといわれる国枝家の、七番目の男子である父から生まれた七番目の息子だった。

ヴァンパイアに貴種とハーフがいること、それから父が契約者だから病気でも命がつながれていることを教えられて以来、櫂は夜の種族についての律也の疑問に答えてくれた。

櫂は7が神秘的とされるのは、それ自身の数字と1でしか割りきれない素数だということも関係していると説明した。

「なんで7が素数であることと関係あるの？」

「『3』とか『13』の素数もそうだけど、これらの数字は宗教的な意味を与えられている。

三位一体とか、三種の神器――13はいうまでもなく、十三日の金曜日。古代の数学者たちは、神が創造した世界にこれらの割り切れない数字が存在するからには、なんらかの意味とパワーが秘められているに違いないと考えた。だから、数字が意味をもっているのではなく、数字に神秘的な意味をもたせてきたのは人間のほうなんだ」

「ふうん」

単なるあとづけにすぎないのだから、七番目に生まれた息子にほんとうは意味などないと耀は主張したかったのかもしれなかった。それでも実際に夜の種族のような神秘そのものが実在するのを知っているはずの彼が、そう訴えるのは矛盾していた。

あの頃の耀は、たとえ矛盾していても、自らの運命は数字などに左右されないと信じたかったのだろうか。

「耀はいずれヴァンパイアになるの？」

律也の残酷な問いかけにも、耀は顔色を変えずに「まさか」と首を振った。

「好血症っていう病気にならないように気をつけてるだけだ。うちの家系には多いんだ。不思議な病気なんだけどね。結局は精神的な依存にすぎない。ヴァンパイアの血が濃い家系だなんてことを気にすると、そうなるだけなんだ。俺はとくに七番目に生まれたから――みんなに警戒されてる」

吸血病ともいわれる、血液を飲まずにはいられなくなる病気のことだった。いったん精神的な依存がはじまると、治療は困難になるらしい。

律也の父親は「契約者」としては有名で、その力も強いことが知られていた。家で咲かせる薔薇に、ヴァンパイアたちが好む特別な精気が宿ることも。

五月の下旬に開花すると、冬になるまでくりかえし薔薇は咲き続けた。本来、品種的にはそういう咲き方をする花ではないのに。

父は国枝家の特殊な事情を知っていて、櫂を預かっていたらしい。自らは否定したかったのだろうが、櫂が特別な七番目の子どもであることは一目瞭然《りょうぜん》だった。その容姿は人間離れして際立っていたし、なによりも彼の外見は年をとらなかった。その体内にひそむヴァンパイアの血のせいなのか、薔薇の精気を吸い続けたせいなのか。

櫂がヴァンパイアの血が濃い家の生まれだと知っても、律也はとくに怯えることもなかった。時折目にする夜の種族とはまったく別物に見えたからだ。

「うちの薔薇のエキスを飲めば、櫂はずっと健康でいられるんだよね」

「ああ」

薔薇の精気をとりこむことで、櫂はからだが飢餓状態にならないようにしていた。そうすることで、潜在的な発症因子を抑制できると考えていたのだ。

実際、彼は好血症を発症することなく、律也の家で咲く不思議な薔薇を命の糧として、穏やかに暮らしていた。

それでも律也には時折、櫂がふっと遠くにいってしまうのではないかと思えることがあった。春の光のなかで、待ちわびた薔薇が咲きはじめると、櫂はその前に佇む。花をつむ彼の顔はいつもと違う輝きを放っていて、見る者を惹きつける。綺麗なのに、背筋がぞくりとするほど怖くなる瞬間があった。

律也は思わず駆け寄っていって、櫂のシャツの裾《すそ》をぎゅっと摑《つか》んだ。

「櫂、そばにいてね」

引っぱっていなければ、櫂が夜の種族たちの世界に行ってしまうのではないかと思えたのだ。

父が重い病気で、契約者となっていなければすでに寿命がつきていたと教えられてから、律也はますます櫂を頼りにするようになっていた。もしかしたら、明日にでもお父さんはいなくなってしまうかもしれない。櫂までいなくなってしまったら――そう考えるのが怖かった。

「なに？　いきなり」

櫂はおかしそうに微笑みながらも、律也が本気で心配しているのを察したのか、「大丈夫だよ」と真剣な表情で応えた。それでも律也は不安でたまらなかった。

「いなくならないよね？　ぼくをおいて」

「……律」

「いなくならないって、約束して」

律也は駄々っ子のようにせがんだ。櫂は律也を「よしよし」と抱き寄せて微笑んだが、その表情にはどこか淋しげな気配がつきまとっていた。

「いいよ。律がそうしてほしいなら、約束するよ」


父と契約を交わしているヴァンパイアの姿を、律也は二度ほど目にした記憶がある。

ヴァンパイアの種族は、いくつかの氏族に分かれていて、違う氏族はつねに争っている。だから、律也の家の庭に現れるヴァンパイアは、同じ氏族同士だった。

血統と能力によって、氏族のなかでも順位が決められている。父と契約しているのは、かなり高位のヴァンパイアらしかった。

最初に彼の姿を見たのは、十二歳になった頃だった。真夜中、父の部屋から張りつめた空気が伝わってきた。幼い頃に比べると、律也の人ならざるものの気配を察知する敏感者としての能力は徐々に高くなっていたのかもしれない。

ヴァンパイアはいつも気配を消して父の部屋を訪れていたらしいが、かすかな薔薇の匂いさえも鋭く感じとるようになっていた。ただならぬ気配にいてもたってもいられなくなって、律也は真夜中に父の部屋のドアを開けてしまった。

するると、見たことのない男がベッドの脇に突っ立っていた。部屋全体がヴァンパイアの結界につつまれ、静寂と闇とが支配する別空間になっていた。律也はその場に凍りついたように動けなくなった。ヴァンパイアは全身が総毛立つような圧倒的な霊力を発していたからだ。

ヴァンパイアは黒い長い髪をしていた。豊かな艶のある髪が、背中に流れるように落ちている。いつも見かける貴種は黒ずくめが多いが、彼は純白のケープのような衣装を身にまとっていた。なにより印象的なのは、その背に天使のような大きな純白の翼があることだった。振り返ったヴァンパイアの肌は透き通るように白く、端麗な容貌は彫像のようだった。言葉はしゃべれないらしく、心話で律也に話しかけてきた。

(——彼の息子か)

ヴァンパイアは青い目をしていた。眼球が青いわけではなく、本来は違う色の目が青く発光しているといったほうが正しい。彫りが深かったが、完全に西洋人というわけでもなく、バランスよく西洋と東洋の血が融合した容貌をしていた。

家にいつも現れるヴァンパイアたちも、みな同じ血縁を感じさせる目と髪をしていた。同一の氏族の証拠だ。

そして、なぜか誰に教えられたわけでもないのに、見た瞬間に彼がその氏族のピラミッドの頂点に立つ存在だとわかった。

――始祖だ。

畏怖《いふ》すると同時に、律也は驚愕《きょうがく》のあまり彼の顔から目を離せなかった。櫂に似てる。

いつも見かけているヴァンパイアたちの誰よりも、始祖は櫂によく似ていた。櫂よりも西洋の血が濃いように見えたが、青い光が消えたあとの、闇よりも深い黒い瞳、つややかな黒髪――そして、秀麗な目鼻立ちがそっくりだった。

ベッドには、父が死んだように動かなくなっていた。駆け寄ろうとすると、すっと手で押しとどめられる。

(すぐに元に戻る。いま、精気をもらったところだから。わたしが血を与えれば)

始祖のヴァンパイアは面白そうに律也を見つめた。

なんでそんなに見つめられるのかと訝ったが、律也は自分のからだが青白い炎のような光につつまれているのに気づいた。

(――それが、おまえの力)

どうやらヴァンパイアの結界内に入ると、自らがもっている気が解放されて、見えやすくなるようだった。清流の水を集めたように青く澄んでいて、力に満ちあふれた光だった。

威力があるのはわかるのに、律也はその力の使い方を知らない。無駄に静かに燃える炎のようだった。

ヴァンパイアの目が、ふいに欲望に色彩を変えた。彼がもしも最初から飢餓状態を表す赤い目をしていたら、その場で律也は襲われてしまっていたに違いなかった。

始祖の目がさらに赤い光を増す。だが、飛びかかってはこなかった。

(——おまえには、まだ、印がない)

印?

逃げなければいけないのに、律也の足は動かなかった。

始祖が近づいてくる。あと一歩で伸ばされてきた手が届こうとしたとき、部屋のドアが開いた。

「律!」

いっときとはいえ、結界の静寂が破られる。部屋は一瞬、本来の父の寝室の姿を取り戻し、そのあと再び闇に包まれた。

櫂は律也の危険を感じとって、父の部屋に様子を見にきたらしかった。すぐさま律也の肩を後ろからつかんで引き寄せると、部屋から出ようとしたが、扉が消えていた。ヴァンパイアの結界によって、そこは父の寝室であって、父の寝室ではない不思議な空間に変化していた。

始祖の目が驚いたように櫂に注がれる。その瞬間から、彼は律也に興味を失ってしまったようだった。

燿が背後で息を呑むのがわかった。父の契約しているヴァンパイアを見たのはおそらく初めてだったのだろう。律也が面差しが似ていると驚いたのだから、本人の衝撃は推して知るべしだった。

始祖のヴァンパイアは微笑みながら、燿に何事か話しかけていた。律也には聞こえないように心話をシャットアウトしているらしい。

なにをいわれたのか、律也を抱きしめている燿の腕がわずかに震えた。

「……違うっ」

叫び声に、律也は驚いて肩を揺らす。

始祖は律也を意味ありげに見てから、燿に視線を移した。どうやら律也のことで燿になにかを告げているらしいと推測できた。

律也が不安になって「なに？」と問うても、燿は耳に入らないのか、始祖を睨みつけたまま「違う」とくりかえした。

「違う……俺は——違う……」

いったいなにを話しているのか。

結界のなかで、燿のからだから深紅のオーラがたちのぼるのがわかった。燿が「違う」と否定すれば否定するほど、それは炎のように大きく燃えさかる。

始祖は目を細めて満足そうに微笑んだ。

不思議なことに、櫂の赤い気が燃え上がると、そばにいる律也の青い気は取り込まれるように消えていく。そしてますます深紅の薔薇のようなオーラは大きくなるのだ。

そのときも薔薇の匂いがした。始祖のほうが香りは強いはずなのに、櫂の体臭としての薔薇の芳香のほうが、律也にとっては濃厚だった。甘い香りに酔うように頭がくらくらして、心地いいのに全身から力が抜けて、足がふらつく。

「……律?」

律也のからだを支えてくれながら、櫂は心配そうに顔を覗き込む。だが、彼のほうが、苦しそうに荒い息をして、胸が激しく上下していた。

始祖が父が眠っているベッドを振り返った。

(おまえの父に血を与えなければ死んでしまう)

後ろを見ると、いままで消えていたドアが出現していた。結界の闇が晴れ、部屋は本来の自然な暗がりを取り戻す。

「櫂?」

櫂は心臓発作でも起こしたように胸を押さえたまま動かない。始祖はベッドに向き直り、自らの手首を噛む。ほっそりと美しい腕に血がしたたるのが見えた。その腕を父に向かって伸ばす。

父が血を飲むのを見たくなくて、律也は櫂を仰ぎ見て、部屋を出ようと手を引っぱる。ようやく櫂も我に返ったように目をしばたたき、律也を抱きかかえるようにしてドアを開けた。

部屋を出てからは、ふたりともしばらく声がでなかった。父の契約相手のヴァンパイアを見たことで気が動転していた。圧倒的な霊的な存在。この世のものとも思えない、背に生えた美しい翼。白い肌に対照的にしたたる深紅の血。

いま目にしたことのすべてが、処理できないまま律也の頭のなかをぐるぐる回っていた。一方、同じく始祖を初めて見た櫂も、ひどい混乱に陥っているようだった。

廊下の壁にずるずるともたれかかりながら、その場に座り込む。櫂はうつむいたまま、ハアハアと苦しげな呼吸をくりかえしていた。頬が薔薇色に一瞬染まったと思ったら、怖いほどに青白くなった。

いまの体験を思えば無理もなかったが、純粋な恐怖から顔色が悪くなっているわけでもなさそうだった。青白くなりながらも、その肌はまるで真珠の粉でもまぶしたみたいに不思議なきらめきを発している。乱れた息を吐きながら、櫂の目は熱く潤み、恍惚《こうこつ》とした表情を浮かべていた。

荒い呼吸が妙に艶を帯びて聞こえる。苦しげというよりも、興奮しているせいで息が治まらないように見えた。

いつもならすぐに「櫂、どうしたの」としがみつくのに、律也はとまどいを覚えて立ちつくすしかなかった。なにが起こったのかわからなかったが、櫂に対して近づきがたいものを感じていた。

「――耀？」

おそるおそる声をかけると、耀は少し呼吸は治まっていたものの、焦点の定まらない不思議な目を律也に向けてきた。見ているだけで落ち着かなくなるような瞳だった。

「耀……？　どうしたの？　大丈夫？」

「……なんでもない」

耀は再びうつむいて、深いためいきをつく。律也に表情を見られたくないらしく、膝に顔を埋めて苦しげに呟く。

「律――俺に近づくな」


それから耀は不自然なところが目立つようになった。

一見、以前と変わらないように見えるのだが、物思いに耽《ふけ》る機会が多くなり、ひとりで過ごす時間が増えた。以前のように律也がまとわりつくのを許してくれない。

とくに夜になると、律也がそばに近づくのを拒んだ。珍しく「近寄るな」と声をあげることすらあった。すぐに「ごめん、律」と謝ってくれるのだが。

だいたい苛立たしげになるのは、櫂の顔色が悪くなっているときだった。病気なのかと心配になるほどに肌が真っ白になって、苦しげに見える。

さすがに律也も「近寄るな」といわれたときにはそばに寄らないようにしていたが、昼間に一緒に過ごそうとしてもやがて拒まれるようになった。

「駄目だよ。俺のそばにいたら」

櫂はしがみつこうとする律也の手をやんわりと押しとどめる。

「どうして？」

「どうしても――俺にくっついていたら、律のためにならない」

「だって……」

駄々をこねても、櫂に「駄目だ」と諭されるように見つめられると、律也はなにもいいかえせなかった。

櫂のやわらかく叱りつけるような視線は、どんな小言や怒鳴り声よりも威力があった。深い色の瞳に見つめられると、いうことをきかざるをえなくなってしまう。

くわえて、胸に不思議な動悸を覚えはじめたのはこの頃からだった。頬が火照るような熱もともなって、律也は櫂のそばにいるのが落ち着かなくなった。でも、離れたくない。

父親にそのことを話すと、難しい顔をして黙り込んでしまった。てっきり「僕が櫂くんとまた仲良くできるようにしてあげるよ」と協力してくれるかと思っていたのに、父は「櫂くんもいろいろ考えることがあるんだよ」といった。律也には「櫂離れ」が必要だと考えているようだった。

誰も手助けしてくれないのなら、自分で頑張るしかなかった。「そばにいたら駄目だ」といわれていたけれども、律也はある夜、櫂の部屋を訪ねて「一緒に寝る」と強引にベッドに潜り込んだ。

「律……きみはもう十二歳だろ？　来年は中学生だ。小さな子どもみたいな真似をするんじゃない」

櫂はさすがにあきれた様子だったが、律也は怯《ひる》まなかった。

「……櫂がぼくを避けるからじゃないか」

「十二歳になっても誰かと一緒に寝たがるような甘えん坊に育てたつもりはない。みんなに知られたら、笑われるよ」

そのとおりなので、律也は反論できずに黙り込む。

櫂がためいきをついて「ほかの部屋で寝るから」とベッドから立ち上がった。律也はあわてて飛び起きると、櫂の腕をつかんだ。たしかに笑われる。でも……。

「ぼくは櫂が好きだよ。櫂はぼくが嫌いになったの？」

小さい子どもの頃のようにべったりと甘えたいわけではなかったが、最近、櫂が以前のようにかまってくれないことが不満だった。櫂の表情はポーカーフェイスで、時折、ほんとうに嫌われているのかと不安になるから。

「律……」

　櫂は思いもかけないことをいわれたように目を瞠った。

「きみを嫌うなんて、あるわけがない」

「……ほんとに？」

「ありえないよ。馬鹿だな」

　櫂はベッドに腰掛けると、律也の頭をやさしくなでた。

「律は俺の天使だよ。時々、無理をいうから、わがままなお姫様みたいでもあるけど」

　さすがに恥ずかしくなったが、嫌われているわけでないとわかっただけでも安堵《あんど》する。

「――でも、俺には好かれないほうがいいんだよ」

　いきなり天国から突き落とされるような発言に、律也は顔をこわばらせる。

「なんでそんなことというの？」

「俺が律を傷つけてしまうかもしれないから」

「そんなことないよ」

　律也は必死に否定した。櫂がどうしてそんなことを心配しているのか理解できなかった。

　櫂はどこか痛ましげに律也を見つめた。

「俺が好き？」

「うん」

間髪容れずに答えると、櫂の唇がほころんだ。相変わらず翳《かげ》りのある表情だったが、喜んでくれているのは伝わってきた。

もっと笑ってほしくて、律也は懸命にいいつのる。

「大好き。ぼくは櫂が好きだよ」

「俺が何者でも？」

「……うん、好きだよ？」

なにを問われているのかわからずに、律也は訝る。櫂は「そう」とためいきまじりに頷いた。

「……今日は一緒に寝ようか。でも、小さな子ども扱いするのも、これで最後だから」

お許しがでて喜んだのも束の間、実際に櫂と一緒の布団にくるまってみると、律也は緊張してしまってどうしたらいいのかわからなくなった。

櫂のベッドは大人ふたりが並んで眠れるほど広かったものの、伝わってくる体温に胸の動悸がおさまらない。数年前までは、夜の種族たちが窓の外に見えるたびに、櫂のベッドに潜り込んでいたというのに。

律也の態度がぎこちないことに、櫂はすぐに気づいたらしかった。

「どうした？　あんなに一緒に寝たがってたのに。いやになった？」

「そ……そうじゃないけど、なんか……」

恥ずかしい、と伝えることはもっと恥ずかしいような気がして、律也は言葉にできなかった。

「おいで。最後なんだから、甘やかしてあげるから」

ベッドのなかでぎゅっと抱きしめられて、律也は「うわあ」と動揺した声をあげた。薔薇の匂いがした。いつもより強烈な芳香が、律也の鼻をくすぐる。途端に、頭がぼんやりとして力が抜けていく。

あれほど恥ずかしかったはずなのに、櫂の腕のなかから離してほしくなくなった。見上げると、櫂の顔がいつもより白くなっていた。こういうとき、櫂は「近寄るな」と厳しい声をだすのだ。

「櫂……？」

苦しげな息をなんとかこらえるようにして、櫂は律也からからだを離した。ベッドの端に身を寄せる。

「櫂……？」

「……駄目だ、やっぱり……俺に近寄ったら」

いつもは櫂が苦しそうなので、いわれたとおり素直に離れるようにしていたのだが、この晩ばかりはそうもできなかった。

律也は櫂のそばに寄って、背中をさする。

「櫂、苦しいの？　ねえ、大丈夫？」

「……大丈夫だから……」

櫂は頼むから俺から離れてくれというように、律也を振り返る。

櫂の顔がさらに白くなっていた。顔色が悪いという白さではない。その肌はアラバスターのような肌理細かさをもっていて、星屑《ほしくず》を散らしたようにうっすらと光り輝いている。

そして目が――赤く光っていた。いつもは深い闇を思わせる黒い瞳が、欲望に色を変えている。

その妖しい真紅の光に視線をとらえられた瞬間、律也はふっと脱力する。

ヴァンパイアの目だ。

怖いという感覚は不思議と浮かんでこなかった。目の前の美しい生き物に目を奪われるだけで、なにも考えられない。

ほんとうは櫂がいつも苦しそうにしている理由はどこかで察していた。父がそろそろ「櫂くん離れしなさい」といったのも、これを予期していたからなのだ。だけど、わからないふりをして、そばにいたかった。わかりたくなかった。

「櫂……？」

櫂は変化を見られたと察したのか、ベッドから飛び起きて、部屋から出て行こうとした。

律也はあわててその腕を摑んで引き止める。

振り向いたときには、櫂の赤い目の光がさらに強くなっていた。

次の瞬間、櫂が自分に飛びかかってきたのは覚えている。ベッドに押し倒されて、首すじに唇をつけられたことも。

全身から血の気《け》が引いていくような感覚のあと、記憶が途切れた。闇のなかに落ちていくようだったが、甘い匂いがしたので怖くはなかった。

まるで薔薇に抱かれているみたいだったから。


次に目を覚ましたときには、全身がだるくて、起き上がれなかった。父がベッドのそばに立って、心配そうに律也の顔を覗き込んでいた。後ろに櫂の姿も見えた。

「律也……」

律也が目を覚ましたことに、ふたりは安堵の表情を浮かべた。律也は笑顔をつくって、櫂に「大丈夫だ」と伝えようとしたが、顔をそむけられてしまった。

父が気遣うように声をかける。

「櫂くん、気にすることはない。こうなるリスクは承知で、僕はきみを預かってきた。始祖に出会って、覚醒《かくせい》してしまったんだな。残念だけど、まだ対処する方法はあると思う。完全に変化したわけじゃない。現に、発作が起きてないいまは、きみは人間に見える」

「いえ……俺は、もう――」

　耀は父の顔もまともに見られない様子で首を振った。

「まあ、いい。また、あとでゆっくりと話し合おう」

　耀に大問題が起こったのは察知できた。父が耀を責める口調でないのは幸いだったが、自分も「気にしなくてもいい」と伝えたかった。

　律也は起き上がろうとしたが、全身に力が入らない。この倦怠感はいったいなんなのか。

　父が「まだ駄目だ」と律也の肩をささえる。

「……お父さん。耀は……苦しんでたんだ、ずっと、ずっと……」

「――わかってる。律也。大丈夫だよ」

　父親が律也の手を握りしめてくれたので、ほっとして横たわる。

「耀……？　ぼくは大丈夫だから。ねえ、こっち見て」

　律也に請われて、耀は苦しげな顔つきのままベッドのそばにきた。

「気にしないでいいから……大丈夫なんだから。耀はどこにも行かないでね。ずっとそばにいてね」

　なぜそんなことをいったのだろう。そういわなければ、耀はいますぐにでも家を出て行ってしまいそうに思えたからだ。

律也が力の入らないまま手を伸ばすと、櫂は表情を哀《かな》しげにゆがめて握りしめてくれた。

いままでからだに力が入らなかったはずなのに、不思議な恍惚感が律也をつつみこんだ。相変わらず倦怠感は抜けないのに、そのけだるささえも心地よく、ずっとそうしていたいような気がした。

櫂は、どこにも行かないとは約束してくれなかった。手を離された瞬間、律也は再び意識が遠くなるのを感じた。

朦朧としたまま、律也は二日ほど寝込んだ。目を覚ましたときには、櫂は家を出て行ったあとだった。「俺は律に悪影響を与えるから」と父にいいのこして去っていってしまったらしい。

櫂がいなくなったあと、父はしばらくはなにも語らなかった。やがて月日が経ってから、櫂は好血症になると怯えていたのではなく、先祖返りしてヴァンパイアに変化するのを畏れていたのだと聞かされた。

「国枝家には、何人かそういう先例があるんだ。櫂くんは何年も安定していたから大丈夫かと思ってたんだが……始祖に会うことが、これほど影響を及ぼすとは考えてなかった。この家で、彼はほかのヴァンパイアや夜の種族たちと顔を合わせても大丈夫だったはずなのに」

櫂に面立ちがそっくりだった始祖。あの対面以来、急激に櫂のなかで変化が訪れたのは間違いなかった。

「櫂くんのことは残念だけど——おまえは引きずられてはいけないよ」

父は櫂の件を悔やんでいたが、夜の種族とは一線をひくべきだと割り切って考えていた。その血で寿命を延ばしてはいるものの、息子の人生には関わり合いになってほしくなかったのかもしれない。

「櫂とはもう会えないの？　また、家にくるかもしれないでしょ？　これきりじゃないよね？」

櫂を慕う律也を目にすると、父は悩ましげな顔つきになった。

「いま思えば、おまえはすでに櫂くんに幻惑されていたのかもしれないな。なついてるだけかと思ってたけど……それは、あんまり喜ばしいことじゃない。櫂くんに気を吸われたあと、しばらくからだが動かなかっただろ？　あんなことが続いたら、おまえは死んでしまう」

死んでしまうと告げられて、怯えなかったといったら嘘になった。

だが、襲いかかられて気を吸われても、律也にはどうしても櫂を責める気にはならなかったのだ。あれほど苦しそうに「俺には近寄るな」と必死に律也を遠ざけようとしていた櫂を。

「幻惑ってなに？　ぼくはべつに……」

「ヴァンパイアには不思議な能力があるんだ。相手を魅了して、いうことをきかせてしまう……櫂くんはずっと、半分は人間、半分はヴァンパイアのような存在だったから。小さな子でもないのにいつまでも一緒に寝たがったり、おまえの櫂くんを慕う様子は不自然だった。彼はおまえをすでに……」

「そんなことないよっ」

いくら大好きな父親でも、その発言には反発せずにはいられなかった。妙な力を使われて、櫂を好きになったわけではない。一緒にいたがったのは、幻惑されていたせいじゃない。

「ぼくが勝手に櫂のことが好きなだけ。無理やりになんて好きにならないよっ」

幼い頃からの気持ちを汚されたような気がして、律也は泣きながら訴えた。さすがに父は「ごめん。お父さんが悪かった」と謝ったものの、その胸の内では櫂は警戒しなければならない存在に変わっているようだった。

それからしばらくして、いままで離れて暮らしていたという父の弟の慎司が家にやってきた。いきなり「今日から一緒に暮らすから」といわれて、律也は面食らった。

もし、櫂が戻ってきたら、新しい同居人を見てショックを受けるかもしれない。櫂の居場所が奪われてしまうとひやひやしたが、慎司は櫂の部屋は「薔薇くさい」といって使おうとしなかった。

「りっちゃん、おまえも薔薇くさいぜ」

慎司はいやそうに顔をゆがめて、律也の額をつついた。

慎司はひとなつっこくて、すぐに家のなかにとけこんだ。まるで何年も一緒に暮らしていたように。

だが、慎司は律也にはあまりふれようとしなかった。口ではかまってくるくせに、すれちがいざまにからだがふれそうになっただけでよけようとする。

「もうちょっと……薔薇の匂いが抜けるまで、時間がかかるなあ」

ぼくから薔薇の匂いなんてするわけないのに？

変なことをいうひとだと思うだけで、そのときはあまり気に留めなかった。櫂が薔薇のエキスを抽出して、お茶に入れたり、いろいろと使っていたせいで、家のあちらこちらにもしかしたら薔薇の匂いが染み込んでいるのかもしれなかった。自分の家の匂いにはなかなか気づかないものだから。

半年ほどすると、慎司は「やっと薔薇の匂いが抜けた」といって、律也を抱きしめるようになってきた。過剰なスキンシップに、今度は律也が悲鳴をあげて慎司をよけて逃げるようになった。

「慎司。薔薇薔薇っていうな」

父に注意されると、慎司は「はいはい」といいながらも顔をしかめる。

「だって、ヴァンパイアの匂いだ。兄さんはいいだろうけど、俺は苦手だ」

「おまえのせいで、もうヴァンパイアはこの家には入ってこれない」

「――りっちゃんのためだろ？　覚悟決めたんじゃなかったのか」

「決めたよ。だから、おまえを呼んだんだ」

わけのわからないやりとりを聞きながら、律也は慎司がヴァンパイアを好きじゃないことだけははっきりと頭にインプットした。櫂の話も、家のなかでするわけにはいかなくなってしまった。

やがて春になって、律也は庭の薔薇が変化してしまったことに気づいた。冬になるまで連続して咲き誇っていたはずの薔薇が、二週間ほどで散ってしまったのだ。本来の咲き方に戻ったといったほうがいいのかもしれない。いままでのほうが異常だったのだから。

冷たい空気になるまで、家を取り囲んでいた薔薇の匂いは、櫂とともに消えてしまった。

「どうして薔薇は散ってしまったの？」

「櫂くんがいなくなったから——もうその必要もないだろう」

父は櫂のために庭の薔薇がくりかえし咲いていたのだと認めた。不思議な魔法はとけてしまったのだ。

薔薇だけではなかった。その頃になってようやく気づいたが、夜の庭に滅多にヴァンパイアの姿を見なくなった。ほかの夜の種族たちの気配は感じる。ただ、ヴァンパイアだけは近寄ってこない。

父の契約はどうなっているのだろうと心配になったが、始祖は変わらずに部屋を訪れているようだった。それは満月の夜、決まって慎司が家を留守にしているときに限られていた。

単なる偶然ではなく、どうやら慎司が魔除《よ》けのような役割をしているのに、律也もおぼろげながら気づいていた。父が「契約者」というなら、弟の慎司にも特別な能力があるのかもしれない。

だが、律也は慎司には詳しく話を聞くことができなかった。それをしてしまったら、もう櫂には会えない予感がしたからだ。

満月の夜なら、もしかしたら櫂がきてくれるかもしれない。律也ははかない望みをつなぐつもりで、窓を開けたまま眠った。

真夜中を過ぎた頃、なにかの気配に気づいて、律也ははっとベッドから飛び起きた。

窓のそばにヴァンパイアが立っていた。一瞬、櫂かと思ったが、背中に白い翼が見えたので、始祖だとわかった。

襲いかかられるのではないかと身構えたが、始祖は律也の思考を読んだようにかぶりを振った。

(ここは獣の匂いが強くなりすぎた。わたしの力も、この領域では強く及ばない。若造を排除するのはわけもないが、獣くさいのは嫌いなのでね)

始祖は心話でそう伝えると、窓から翼をはためかせて出て行った。

律也がヴァンパイアの姿を家のなかで見たのは、それが最後だった。契約がどうなったのか知らないが、それ以降、父の部屋に始祖が訪れた気配はなかった。

それからすぐに父の具合が悪くなり、入退院をくりかえしたのち、一年後に亡くなった。医師からは、「お父さんはとても辛抱強く頑張られた」と伝えられた。

契約が終了したから、父の病状はあっというまに進行して、亡くなってしまったのだ。もう一度契約を結べないのかと訴えたけれども、父は首を縦に振らなかった。もし契約を結んだとしても、もう限界に近いとわかっていたのかもしれない。

父の葬儀が終わった夜、律也は家に帰りつくと、はりつめていたものがとけて、部屋に入った途端に動けなくなってしまった。慎司が心配そうに声をかけてきたが、誰とも話したくなかった。

父はもうヴァンパイアと関わりあいになりたくなかったのだ。だから、契約を終了させたのだ。自分が死ぬとわかっていても。

その事実が、律也の心になによりも重くのしかかっていた。父は自分に「もう夜の種族にはかかわるな」と遺言したのと同じだった。

夜になってからも、律也は着替えることもせずにぼんやりと床の上に座ったままでいた。心のなかでなにかが壊れていた。父の望むようにしなければならないのに、こんなときに会いたい人物はやはり決まっていた。

「櫂……」

月が明るい夜だった。以前そうしていたように、律也は窓を開けて待ってみた。ヴァンパイアの気配はない。「櫂」と呟きながら、そのうちに疲れて、床に横たわって眠ってしまった。

ひそかな気配に気づいて目を開けたとき、大きな影が自分を覆っていた。目の前になつかしい姿が佇んでいるのを見て、律也は夢を見ているのではないかと思った。

窓から差し込む月明かりを浴びて、櫂はゆっくりと身をかがめて、律也の前に腰を下ろした。

その姿を見つめたまま、律也は声もなくあたたかいものが頬に流れ落ちるのを感じた。

「……櫂……父さんが死んじゃったんだ……」

「──知ってる。きみが呼んでくれたから、俺はきたんだ」

櫂が家を出て行ってから三年ほどがたっていた。だが、彼の容貌は以前と変わらなかった。目は赤くなかったが、肌は人間離れして白くなっていた。

「……櫂。そばにいて。ぼくのそばにいてくれるっていったじゃないか。約束を守って」

「守ってるよ。いつも律のことを見てる。だから、今夜もこうしてそばにこれたんだ」

父が亡くなったから、櫂は例外的に律也のもとを訪れてくれたのだ。もし、そうじゃなかったら、たとえ遠くから見守っていても二度と目の前に現れるつもりはなかったのかもしれない。言外の意味を察して、律也は櫂の腕にしがみついた。

「櫂……ぼくを連れていって。ぼくは、櫂が何者だろうと気にしない。だから……」

「――――」

普段大きく動くことのない櫂の表情が、はっきりと揺らぐのが見えた。

「律……意味がわかっていってるのか」

「わかってる。ちゃんとわかってるから。……もう十五歳だし、子どもじゃない。父さんもいなくなった。だから……」

「――まだ子どもだよ」

櫂は苦笑した。

「きみのお父さんはヴァンパイアとの契約を終了させた。それは、きみにも害が及ぶと困ると考えたからだ」

「櫂はぼくの害になんてならない。そうだろ？」

櫂は少し苦しげな顔つきを見せてから、ためいきをついた。

「駄目だよ。きみはまだ子どもだから……大人になるまでは無理だ。俺のそばにいるのがどういうことなのか、ちゃんと理解できてない」

「で……できてる」

「できてやしない」

櫂はいきなり律也の腕を引き寄せると、額に唇をつけた。「あ」と驚く律也の顎をとらえて、今度は唇を合わせる。

突然キスされたことに、律也は目を見開いたまま動けなくなった。

「ん……」

どくんどくんと心臓が怖いくらいに高鳴った。櫂の発する薔薇の匂いに酔う。

「や……」

律也は困惑して櫂を突き飛ばした。弱い力だったにもかかわらず、それが狙いだったかのように櫂はすぐにからだを離した。

「ほら——キスしただけでそれじゃ、とうてい無理だ。俺はきみにもっと酷《ひど》いことをする。それがわかってない」

「…………」

さすがにキスされたことに驚いて、律也はしばらく口がきけなかった。櫂が大好きだったが、いままでそういう対象として意識していなかったのだ。ただ昔みたいにそばにいてほしいだけで……。

だけど、キスされたのはいやではなかった。むしろ幼い頃、ぎゅっと抱きしめられると気持ちよかったように、もっと腕のなかにいたいと思ったくらいだった。その感覚にとまどって、突き飛ばしてしまったけれども。

「……か、櫂は、ぼくを恋人みたいに扱いたいってこと？」

律也がたずねると、櫂はおかしそうに笑いだした。

「なんで笑うの？　だって、キスしたってことはそうだろ？」

それなら、それでかまわない——というつもりだったのに、燿は淋しそうに笑っただけだった。

「律……きみが慕ってくれた、やさしい同居人のお兄さんはもうどこにもいないんだ。俺はきみのそういう気持ちには応えられない。もう人間らしい感情はないから」

嘘だと思った。感情がないのなら、そもそもそんなことはいわない。

「燿……燿はほんとにヴァンパイアになったの？」

とうていそうとは思えなかった。始祖やほかのヴァンパイアたちを目の前にしているときとは、まったく気配が違う。

「どう見える？」

「ヴァンパイアじゃないだろ？　だって、全然変わらない……」

燿はものがなしげに微笑んだ。

「初めて会ったとき、きみはまだ幼稚園児だった。きみはこんなに大きくなったのに——俺は変わらない。それがどういうことなのか、わかるだろう？」

「…………」

律也は声がでなかった。子どもの頃から無邪気に「燿はヴァンパイアになるの？」と質問してきたが、それがどんなに無神経なことだったのか、いまようやく思い知った。

「……それでもいい。ぼくを連れていってほしい」

「きみが大人になっても、俺を覚えていたら、迎えにくるよ」

櫂は無表情のままそう告げた。律也の顔が希望に輝いたのを見て、苦々しげに唇をゆがめる。

「きみはいつか俺を忘れる」

「……そんなことない」

むきになって反論すると、櫂がすっと手を伸ばしてきて、口を封じるように唇に指をあてた。

「忘れてしまうんだよ。子どもの頃見た夢なんて、誰も覚えてやしない。それでいいんだ」

「ぼくは絶対に忘れない。だから、約束して。覚えてたら、必ず迎えにくるって」

櫂は自分の存在そのものが夢だったとして片付けようとしているのだと悟って、律也は必死にいいつのった。

「いいよ。約束する——きみが覚えていたらね」

あっさりと返事をされたことで、櫂がその場をいいのがれるためだけに頷いているような気がした。

「ちゃんと約束してほしい。守るって証《あか》しがほしい」

「じゃあ、契約を交わそう。きみとは契れないから、代わりに額の表面に印をつけるけど、普段は見えないようにするから」

そういって、櫂は律の額に再びキスをした。律が目を丸くしているあいだに、自らの手首をどこからともなく出してきたナイフで傷つける。

かろうじて「ひ……」と声をあげるのはこらえた。櫂の目の前で、血を怖がるようなそぶりを見せてはいけないと思ったからだ。

櫂は自らの血を指にとると、先ほどくちづけした律の額につけた。その指から見えない力が流れ込んでくるのを感じる。

「きみが俺を覚えていたら——俺はきみを自分のものにする。きみの二十歳の誕生日に」

ふんわりとした薔薇の匂いにつつまれたと思った瞬間、額が焼けたように熱くなった。あわてて手でさぐったけれども、傷になっている様子はなかった。

「見えないから、大丈夫だ。これで、獣が変な気を起こしても、きみには近づけない」

「獣……？」

たびたび獣という言葉を耳にするのが疑問だったが、櫂は詳しい内容は教えてくれなかった。

「ここはやつのテリトリーになってるから、俺には言葉にだしていえない。正体を明かすことが封じられてる。いまはね。……契約したのはちょうどよかった。これで、獣だけじゃなくて、ほかの奴らからもきみを守れる」

二十歳になるまで――十五歳のときには、まだ気が遠くなるほど先のことに思えた。

「ほんとに約束してくれる？　破らない？」

「契約を交わしたから、俺には破れないよ。だから、きみも二十歳までに覚悟を決めておいたほうがいい。さっき、キスだけで驚いてただろ？　二十歳の誕生日には、俺はきみと契らなきゃいけないんだから」

古風ないいかたにすぐにはぴんとこなかったが、すぐにそういう意味なのだろうと察しがついて、律也は真っ赤になった。

男女の恋人同士で抱きあうようなことを、櫂は自分とするといっているのだ。

「だから、ちゃんと俺を受け入れられるように大人になってくれてないと、迎えにこられない。キスだけで、突き飛ばされたら、その先ができないから」

約束は守って欲しいと思ったものの、そちらの覚悟だけはすぐに決められなくて、律也はまともに櫂の顔が見られなくなった。

「わ……わかった。ちゃんと覚悟しておくから」

「ほんとに？」

律也の反応がおかしいのか、櫂は小さく笑うと、もう一度律也の額にくちづけた。くすぐったさと恥ずかしさに、律也は肩をすぼめた。

次に目を見たとき、櫂はもう笑っていなかった。なぜかかなしそうな目をしている。

「いつでも俺は律を見てるよ」

だったら、このままそばにいてくれればいいのに……。

そう思った途端に、自分を見つめる黒い瞳の闇に呑み込まれるようにして律也は気を失ってしまった。

翌朝、目を覚ますと、櫂の姿はもうなかった。律也はきちんと着替えてベッドに寝ており、窓はしっかりと閉じられていた。

夢を見たのだろうか――と考えたけれども、床に落ちていた細身のナイフを見つけて、現実にあったことなのだとわかり、背中にうれしいような怖いような震えが走った。


しかし、それからまもなくして、櫂の記憶は徐々に律也のなかから失われていった。

最初は「あれ?」とふとしたときに思い出せなくて、首をひねるくらいだった。やがて少しずつ斑模様になるように、櫂の面影が頭のなかから消えていく。自分でも気づかないうちに。

櫂と二十歳の誕生日の約束をしたはずだけれども、その内容が思い出せない。

櫂とは一緒に暮らしていたはずだけど、どういう顔をしていたのか思い出せない。そもそもどうしてうちにいたのかもわからない。

昔、慎司がうちにやってくる前に、別の誰かが一緒に暮らしていた……。でも、どんなひとだったっけ？　高校にあがってからしばらくたつうちに、櫂に関してはそんな淡い記憶しか残らないようになってしまった。

楽しかったことは覚えているのに、まったく人物の輪郭が浮かばない。

おそらく櫂が律也に自分を忘れるようになんらかの術をかけていったに違いなかった。だが、夜の種族がかける忘却の魔法は、決して記憶を完全に消去するものではなく、見えないところに隠してしまう方法だった。

だから、ふとしたきっかけで思い出すこともある。律也の場合は、櫂が最後に残していった細身のナイフがきっかけだった。

大切に保管してあったナイフだが、どこにやったのかも忘れてしまっていた。だが、ある日、箱のなかにしまってあったナイフを見つけた途端に、薔薇の香りが鼻をついた。ナイフには櫂の手首を切った血が乾いてこびりついたままだったのだ。

律也が高校二年の秋だった。

その血の匂いをかいだ途端、律也のなかで封印されていた記憶が甦ったのだ。自分に忘却の魔法がかけられていること、このままでいたらいずれ櫂を完全に忘れてしまうことを察した。

律也が櫂を忘れてしまわないように、『カイ』というヴァンパイアを主人公にして小説を書いたのはそのためだった。

だが、櫂は自分をもう迎えにきてはくれない。「覚えていたら迎えにくる」と彼はいっていたのだ。そして、律也に忘却の魔法をかけていったということは、櫂が初めから約束を守る気はかけらもなかった事実を意味していた。

最初から裏切られていた――。

それでも会いたいと願っている自分の姿は滑稽なのかもしれない。櫂を思い出せば思い出すほど、律也はいつしかそう考えるようになっていた。

◇◇◇

「――花木律也。きみはなんで夜の種族のことを書く？」

庭の薔薇が満開になった夜――櫂に詰め寄られて、律也は茫然とその顔を見つめ返した。

櫂が約束を守る気がないとわかってからも、再会の場面はいままでに数え切れないほど思い描いた。

「律、やっぱり迎えにきたよ」と熱烈に抱きしめてくれる場面や、「律、ごめん。無理なんだ」と謝られる場面など、いくつものパターンを考えた。

櫂が自分に忘却の魔法をかけたことを知ってから、律也も子どもの頃のようにひたすら信じて待つような無邪気さは失ってしまった。だが、心のどこかでは期待していたのだ。

それなのに、まさかこんなふうに櫂に見知らぬ人間に対するような態度をとられるとは思ってもみなかった。自分が櫂を忘れてしまう可能性はあっても、櫂が自分を覚えておらず、「花木律也」とフルネームで他人行儀に呼ぶことがあるなどとは思いもよらなかったのだ。

自分にこんな態度をとるなんて、ひょっとして、櫂と同じ顔をしているだけで、櫂ではないのだろうか。

その可能性に思い至ったが、間近で見れば見るほど、櫂に間違いなかった。なにしろこの薔薇の匂いを間違うわけがない。

「どうしてきみは、夜の種族のことを書くんだ?」

櫂は表情を動かさずに毅然《きぜん》と問いかけてくる。憂いを秘めた目の色も昔と変わらない。

櫂にこうして見つめられると、律也は子どもの頃にも落ち着かなくなって、目のやり場に困ったものだ。

「櫂……俺が、わからないの?」

律也がようやく口にだすと、櫂は憮然《ぶぜん》とした顔つきのまま、わずかに目を見開いた。なにに驚いたのかは読みとれなかった。

「成長したから、わからない? 俺、ずいぶん大きくなったからかな。昔は小柄だったけど、櫂に会わなくなってから高校で背が一気に伸びたんだ。だからかな？」

昔は女の子と間違えられるくらいで、櫂も律也を「わがままなお姫さま」とたとえたこともあった。だが、いまでは手足は伸びて背も高くなり、背の順で前から数えるほうが早かった頃とはだいぶイメージが違う。外国の血が入っている端麗な顔立ちから、「王子様みたい」といわれることはあっても、もう決してお姫様とはいわれなかった。

それに、櫂と一緒に暮らしていた頃とは、性格だっておそらく変わってしまった。櫂に甘えてすがりついていた自分はほんとうに幼かったと思うが、いまはがさつな叔父の慎司とふたりで暮らしているせいか、昔の面影など欠片もなくなってしまったのかもしれない。童話作家の日だまりのような父と、薔薇の精霊のような優雅な青年との暮らしは、いまはもう遠い昔だ。

櫂にわからないほど、俺は野蛮になってしまったのだろうか——と律也は焦ったが、よくよく考えてみると、「花木律也」と名前を呼んでいるのだから、ほかの誰かと勘違いしているわけではない。

櫂は自分と親しくしていたことを忘れているのだろうか。

「櫂、俺を忘れたの——？」

櫂は感情の読みとれない表情で律也を見つめてから、やがて目をそらす。視線に耐えられないように——。

「櫂……？」

「きみは俺を覚えてるのか……？」

櫂はやや力が抜けたようにソファに座り込み、しばらく黙り込んでからためいきをつく。覚えてないわけがないじゃないか。一緒に暮らしてたんだよ？　と訴えたかったが、櫂の気難しげな横顔を見ていたら、言葉を呑み込むしかなかった。

忘却の魔法をかけていったのだから、櫂は覚えてないと思っていたのだろうか。だが、執筆した本の内容を知っているようだから、すでに術が解けているのも承知のはずだった。いったいなにがどうなってるのか。

櫂の整いすぎた顔は、黙っていられると、どこか冷ややかに見える。子どもの頃は感情がつかみきれなくて、ほんとに嫌われたらどうしようと怖かった。

いまは――表情が大きく動かないのは昔と変わらないが、どこか途方に暮れているようにも見えた。

櫂は眉をひそめたまま再び律也を見つめた。

「……先日の夜、きみを美味しそうに見てた若いヴァンパイアが窓に貼りついてたのを覚えてる？」

原稿を書いていて、『ヴァンパイアがいる』とメモ書きを残した夜のことだった。どうして櫂が知っているのか。

「覚えてる……。最近、俺もまたいろいろなものがよく見えるようになってきたんだ。子どもの頃みたいに」

「——そのあとは？　覚えてる？」

なぜ櫂がその記憶の有無を訊《き》いてくるのかわからなかった。

若いヴァンパイアを見たのは覚えているが、そのあとどうなったのか、綺麗に忘れてしまっている。

「……覚えてない」

「そう……。忘れてるのは、そこだけなのか。……全部忘れさせたつもりだったのに」

櫂の呟きを聞いて、記憶が欠けている原因は彼にあるのだと確信した。

あのヴァンパイアが現れたとき、櫂も一緒にいた？

律也の書いた本を読んで、思い出していると知った櫂は、二十歳の誕生日がくるまえにもう一度記憶を消しにきたのだ。

「……櫂、なんだって、そんなこと——」

そうまでして忘れさせたいのだろうか。しかも、忘れているはずの律也の前にどうして知らないふりで現れるのか。哀しいというよりも憤りに近いものが湧きだしてきた。

「——きみの書いた本のせいだ」

「え？」

思いがけないことを指摘されて、律也はきょとんとする。

「『夜の種族』について書いただろう？　あれがなければ、きみの目の前に現れるつもりはなかったのに」

あの本を書いてから失われた記憶が鮮明になり、夜の種族の気配が強く感じられるようになったのは事実だ。その変化を律也は自分でも感じとっていた。

だが、本のせいだといわれても、すでに去年出版されているものだし、いまさら突然現れるのも合点がいかなかった。

「俺が『カイ』って主人公を書いたから？　でも、あれはべつに櫂のことじゃないし……」

表記が違うから、と慎司や東條に指摘された屁理屈を訴えようとしたが、途中で遮られた。

「きみが夜の種族について書くと、かなりの質量の『気』が生じて、いろんなやつらが引き寄せられてくる。一回でやめておいたならいいけど、まだ原稿を書いているようだから、危険だと警告にきたんだ。おまけに東條忍と話をするなんて、愚かな真似をした。あれと話したせいで、きみの存在がみんなに知られた」

東條は「スピーカー」だと慎司が評したのは、おおげさではないらしかった。

「え……俺の存在？　東條さんが、なに？　あのひとと話したのって、そんなに問題なの？」

「――――」

櫂は無言のまま、眉だけをひそめて律也を見つめる。その表情は、幼い頃に見た彼を思い起こさせた。決して怒鳴ったり、表情を大きく動かすわけでもないのに、律也はいまも叱りつけられているように感じられた。

——昔と変わらない。

それをはっきりと感じとった途端、たまりにたまった恨み言をいいたくなった。

「櫂は……どうして俺の記憶を封印したんだ？　思い出せたからよかったけど、俺はもう少しで櫂のことを……」

「きみはなにもわかってない。俺なんて忘れて、二度と思い出さなければよかったのに。そうすれば、今夜、もう本を書くな、『夜の種族』にはかかわるなと警告するだけですんだ」

冷たく響く声は、妙に芝居がかって聞こえた。

もしほんとうに櫂から拒絶されたなら、律也はひどく傷ついただろう。しかし、いまの言葉には少しも動じなかった。わずかにそらした目線の動きに、櫂が意地になっているさまが見えたからだ。

子どもの頃と違って、律也も成長しているせいだろうか。櫂の表情を見ていると、昔は読みとりにくいと感じていたものがはっきりと見えてくる。

「櫂だって俺の気持ちをわかってないじゃないか。どうして俺を遠ざけようとするの？　ほんとはそうしたくないくせに」

耀は律也を睨むように見つめた。律也はいいようにごまかされるかと身構えたが、耀はそうしなかった。

「――律。きみが俺を覚えてるってことは、どういうことになるのかわかってるのか」

「どうって……」

拒絶されたら強くでられるが、こうして耀にまっすぐ視線を向けられると、律也はくちごもるしかなかった。

耀の顔は冷静そのものだったが、瞳が苦しげな熱を伝えてきた。

（俺を覚えていたら、迎えにくるよ）

（二十歳の誕生日には、俺はきみと契らなきゃいけない）

十五歳のときの約束を思い出して、律也は頬に熱が走った。

覚えていたら、耀に抱かれる。もう一度そばにいたいだけで、具体的にはいまでも想像できなかった。約束は最初から破られていたと考えていたし――それでも意味は理解している。

「……俺ももう、大人だし……耀が昔にいったこともちゃんとわかってる」

「わかってやしないよ。きみは俺を嫌いになる」

耀はひどく冷めた声で告げた。

どういう意味……？

その問いかけを口にはできなかった。

櫂がはっとして立ち上がり、戸口を見つめたからだ。「え？」とつられて同じ方向を見ると、腕を摑まれて、律也は櫂と真正面から向き合う。「あ」と目を瞠るほど距離が近かった。

「律——獣よけだ」

次の瞬間、抱き寄せられ、唇を重ねられて面食らう。なにが起こったのか理解できずにもがいたが、櫂の腕は信じられないほどに力強くてびくともしなかった。

唇から、ぬるりとした感触が入り込んできて、口腔をかきまわされる。生々しい感触なのに、濃厚な薔薇の香りがした。頭の芯が痺《しび》れて、脱力する。

「ん……んん」

約束をどこかで信じて待っていたから、律也はいままで誰も好きにならなかったし、もちろんこうした接触の経験も皆無だった。

しかし、先ほど「意味もわかってる」と告げたものの、櫂相手にそういう気持ちになれるのだろうかと訝しむ気持ちがないわけではなかった。だが、唇をかさねられた瞬間に、杞憂《きゆう》は砕け散った。

口のなかを舌で犯されるだけで、からだのなかがざわめいて、甘いもので満ちる。

「あ……はあっ……あっ」

「——ちゃんと飲むんだ。いい子だから」

重ねあわされた唇に、櫂の蜜が注ぎ込まれる。夢中になってごくんと飲み干しながら、櫂

だけど、櫂ではないひとを相手にしているような気がした。

気がつくと、先ほどまで健康的に見えていた櫂の顔が白くなっていた。面立ちは変わらないのに、その端麗さが増す。抱きしめられる力が痛いくらいに強い。

櫂はポケットからナイフを取りだすと手首を切りつけて、律也の口に押しつける。唇が鮮血で濡らされ、先ほど櫂の唾液《だえき》を飲んだときのように、したたってきたそれをごくりと飲み込んだ。あっというまの出来事だった。

櫂の血——薔薇の香りがして、甘い。鉄さびのような匂いも最初は鼻についたが、すぐにそれは消え失《う》せた。

血を飲み込む律也を見つめながら、櫂の顔がかなしそうにゆがんだ。だが、それも一瞬だった。

空気に緊張が走る。

櫂が再び戸口を見た。張りつめた表情が、何者かが迫っている事実を知らせていた。

「——獣がくる」

呟かれた台詞に、律也も身を固くした。櫂の口から獣という言葉がでるたび、いつも疑問に思っていた。

いまようやく正体がわかるのだ。昔から人ならざるものたちを見慣れているだけに、なにが現れようとも驚きはしないだろうと高をくくっていた。しかし——。

「……薔薇くさいな」

戸口に現れたのは、叔父の慎司だった。いままで姿を現さなかったのは、どこかに出かけていたためらしい。

暑いわけでもないのに、慎司は上半身裸だった。というよりも、いままで裸でいたのに、ジーパンだけをかろうじて履いてきたふうにも見えた。

櫂は不思議な微笑みを浮かべて、慎司を見つめていた。いつかの始祖の結界のときのように、赤い炎のようなオーラが櫂からたちのぼる。

慎司は部屋に入った途端に足を止めた。櫂を睨みつける彼の表情が、一瞬、大きく口が裂けたように見えた。

え――と律也が瞬《まばた》きをすると、いつもの慎司の顔に戻った。

「とうとう現れたか、国枝櫂。りっちゃん、その気味の悪いやつから離れろ」

「――獣が、なにをいう」

櫂の言葉に、律也は耳を疑った。

獣？　慎司が獣？

状況を飲み込めないでいる律也をよそに、櫂と慎司は睨みあった。

「なんでここに入れたんだ。血に汚れた化け物め。貴様はヴァンパイアになったんじゃないのか。ここには入れないはずだ」

「薔薇が咲いた。もうここはおまえの領域じゃない。目眩《めくら》ましの効果も消えて、正体も見える。今夜はおあつらえむきの満月だ」

　燿が庭を指さすと、暗闇のなかで薔薇が再びランプがついたように光りだした。

　満開の薔薇の妖しげな光に照らされた庭を見て、慎司は目を見開いた。

「なんで薔薇が……貴様、りっちゃんとすでになにか契約してるのか」

「――」

　燿はなにも答えないまま、すっと目を細めて慎司を見つめた。すると、燿のからだから発せられる真紅の炎のようなオーラが大きく燃え上がり、慎司のほうへと伸びる。

　慎司は歯を食いしばりながら、低い唸《うな》り声をあげた。そのからだから銀色のオーラがあがる。東條が慎司に会うなり、「銀のオーラですね」といっていたのを思い出した。

　銀の獣……？

「――地を這う者よ、正体を現せ」

　燿が慎司を指さしながら、命じるようにいった。

「……慎ちゃん？」

　慎司が呻《うめ》きながらその場に倒れたので駆け寄ろうとしたところ、燿に引き止められた。

「いま近づいたら、きみには俺の匂いがついてるから、獣はもっと苦しむ」

「え？」

後ろから腕を回されて身動きがとれないまま、律也は困惑する。

「なにいってるんだ、慎ちゃんは俺の叔父さん……」

「人間から生まれても、獣の本能のほうが強い」

「え……？」

そのやりとりのあいだにも、慎司は床を転げ回ってもがいている。律也が櫂の腕から逃れようとしているうちに、目の前で信じられない変化が訪れた。

慎司の表情がゆがみ、口から動物のような牙が見えたのだ。今度は瞬きをしても、消えなかった。普段の甘いマスクの面影はなくなり、目はぎらぎらと野性的に輝いている。肩までの髪がさらに長くなり、顔の輪郭が変化し、人間の耳がなくなると同時に獣のような耳が生えた。

慎司は起き上がって、なにかに憑《っ》かれたように窓辺に向き直り、硝子戸を開けて庭へと出る。薔薇の香りにむせたように胸を押さえる。「う……う」という呻きがふいに途切れ、野犬の遠吠《とおぼ》えような声が響いた。

やっと櫂の腕の力がゆるんだので、律也は庭へ続く硝子戸に駆け寄った。外に出た途端、薔薇のランプの灯りもそうだが、夜空にひときわ明るく輝く月の光が目を刺した。

怖いくらい綺麗な満月――。

「え――」

慎司は律也たちに背を向け、月に向かって両手を挙げるしぐさを見せた。途端にむきだしの上半身の体毛が濃くなり、全身が銀色に光った瞬間、強烈な風が吹き抜けた。思わず目をつむる。

律也が次に目を開けたとき、慎司の姿はなかった。

代わりにそこにいたのは——。

「ようやく本来の姿を現したか」

櫂も外に出てきて律也の背後に立ち、その生き物を見つめていた。律也は驚きのあまり声もなく、信じられずに瞬きをくりかえすしかなかった。

一匹の巨大な銀色の狼《おおかみ》が、牙をむきだしにして、櫂を威嚇するように吠えた。

III　狩るものと狩られるもの

翌朝、律也は目覚まし時計の助けも借りずに自然と目を覚ました。

ベッドから起き上がりながら、のろのろと頭を振る。とてつもなく長い夢を見ていた気がする。五年ぶりに櫂が薔薇の開花とともに颯爽《さっそう》と現れて、叔父の慎司が満月を仰ぎ見ながら狼になって吠えたという内容だった。次は吸血鬼と狼男が対決するホラーを書けという、天からの啓示だろうか。

律也はしばらくしかめっ面で考え込んだあと、窓から庭を眺めた。

昨日まで咲いてなかった薔薇が満開になっているのを確認して、しばし絶句する。

——夢じゃない。現実にあったことだ。

律也は眉をひそめたまま、しばらくなにも考えたくなくて、再びベッドに寝転がった。しかし、いつまでも逃避しているわけにもいかないので、昨夜起きた出来事を整理しながら反《はん》芻《すう》してみる。

櫂が現れたのは、警告するためだといっていた。律也を知らないふりをするつもりだったらしいが、どうしてそんなに約束を守りたくないのか。

そもそも、なぜ慎司が狼男なのか。父さんと兄弟なのに？　父さんも狼男だったのか？　なんでいままで気づかなかった？

慎司の甥《おい》なんだから、俺も狼男？

昨夜、狼になった慎司を前にして、律也は声がでなかった。「慎ちゃん」とやっとのことで呼びかけたまでは覚えているが、そこで気を失ってしまったらしく綺麗に記憶が途切れている。

なにがどうなったのか。

いくら考えてもわからないので、律也はいつもどおりに朝食を作ろうと階下に下りた。すると、テーブルにはすでに食事の支度がされていた。律也の定番のベーコンエッグとトーストだけのメニューではなく、ふんわりとした黄金色のオムレツ、緑あざやかな野菜のサラダと、焼きたてらしいくるみ入りのパンが並べられている。食欲をそそるやさしいスープの香りがキッチンから漂っていた。

こんな食事を誰が用意したのか。

狐につままれたようにテーブルの上を眺めていると、居間から庭に続いている硝子戸が開けられる音がした。

櫂が薔薇の花をつんで部屋に入ってくるところだった。朝日の眩《まぶ》しい光のなかで、その姿は透けてしまいそうに見えた。

昨夜のうちに消えてしまったかと心配していたので、櫂がいまも家にいるのが意外だった。

「……櫂」

律也が駆け寄ると、櫂は静かに微笑んだ。

「律、食事は？　いまスープをあたためるから食べるといい」

テーブルの上の朝食は、櫂が用意してくれたものらしかった。

「あ……う、うん」

昨夜の登場の仕方からいって、昔の続きのように櫂が朝食を用意してくれるのが不自然だったが、律也は幼い頃と同じくテーブルの席についた。

櫂は料理が上手で、一緒に暮らしていた頃は甘いお菓子もパンも魔法を使ったように美味しく焼いてくれたのだ。

胃にやさしそうな野菜たっぷりのスープを皿に盛られて、律也は昨夜のことを問いただせないまま食事に手をつけた。

櫂は差し向かいに座って、薔薇の花びら入りの紅茶を淹《い》れて飲んでいる。一見、無関心そうながらも、その目は食べる律也をしっかりと捉えていた。

「――律、美味しい？」

「うん。美味しい」

五年ぶりだというのに、なんでこんなにずっと一緒に暮らしていたみたいに普通なんだろう。

　不審に思いながらも、律也はなつかしい味に夢中になってがつがつと食べた。いくら外見は王子様系と称されようとも、櫂と同じように薔薇の花で腹が満たされるわけではない。

「律は大食いなんだな」

　櫂は興味深そうになおも律也を見つめている。律也は途中で少し行儀が悪かったかと気づいて、フォークを持つ手を止めた。

「……ごめん。俺、お腹すいてて」

「いや――食べ盛りだから、そんなものだろう。かまわない。焼き菓子もつくっておいたから、あとで食べるといい」

　櫂が微笑むのを見て、大食いといわれるなんてますます野蛮になったと幻滅されるかと考えたが、昔もお菓子でつられては「ごめんなさい」と謝る意地汚い子どもだったのだからいまさらなのだと思い直す。

　櫂は律也が食べているのを見るのが楽しそうだった。ほとんど表情が動かなくても、目許が和んでいるのがわかる。

「櫂……なんで俺のことを知らないふりをしようとしたんだ？　どうして記憶を……約束を守りたくないから？」

「………」

櫂は黙ったまま紅茶を飲んでいた。答えあぐねているようでもあった。

「——守らないほうが、きみにはいい」

「……どういうこと？」

「俺はもう人間だった頃と同じようにきみを扱えないんだ。そのことが身に染みてよくわかってるから」

「………」

人間だった頃——といういいかたをされて、律也は息を呑んだ。父は「次に会うときは、もうおまえの知ってる櫂くんではないよ」といっていたから覚悟はしていたけれども。

「櫂は……いまも人間に見えるけど」

「こちらの世界にいる貴種は、昼間は人間に見える。俺もそうしてるだけだ」

先祖返りとは、貴種のヴァンパイアになることなのか。

詳しく事情を聞きたかったが、質問できなかった。櫂の表情から、そんな話はしたくないという意思がありありと読みとれたからだ。だが、理由もきちんと教えてもらえないままでは納得もしかねた。

「……俺は守ってもらわなきゃ困る。約束したじゃないか。……契約は絶対なんだろ？　いまはそんなことをいってても、二十歳の誕生日がきたら、櫂は俺と契らなきゃいけないはずだ」

「…………」

痛いところを突かれたのか、耀は黙り込んだまま、しばらく返事をしなかった。律也が覚えていたのだから、約束は必ず果たされるべきだった。霊的存在はそういうものなのだから。

耀はためいきをついたあと、「──おいで」と律也の腕を摑んだ。わけのわからないままに腕を引っぱられて、居間のソファへと連れられていく。並んで座ると、耀がすぐにからだを寄せてきた。

「な……なに？」

「教えてあげるよ。俺のものになるのが、どんなことなのか。律には口でいっただけじゃわからないみたいだから」

いうなり、耀は律也を抱き寄せて、唇を合わせてきた。昨夜もそうだが、ほんとうにいきなりなので、リアクションするひまもない。

「ん……んんっ」

唇をこじあけられて、舌がしのびこんでくる。たっぷりと口のなかを舐めまわされるうちに、手足に力が入らなくなり、自然とソファに押し倒される格好になる。のしかかってくる重みにぼんやりとしていると、薔薇の匂いのする蜜がそそぎこまれる。

こんなに濃厚なキスは経験がないのに、本能のように舌をからませて自然と応えてしまっているのに違和感を覚えた。なぜこれほど全身が火照るのだろう。

「……んん……」

一度唇を離しても、櫂は再び覆いかぶさり、律也の口をふさいできた。律也がどれほど息を乱しても、櫂は冷静に見えた。

「なんでこんなキス……」

「俺とキスすると、獣よけになる。ヴァンパイアはオオカミ族の天敵だから」

なんだ、昨夜のキスもだからなのか——と落胆しても、すぐまた唇を重ねられると、ふれてくる熱にからだが疼いてしまう。

「……ん」

唇を離されるたびに、律也は甘い息を漏らした。幼い頃、薔薇の匂いにつつまれながら抱きしめてもらうのが好きだったように、いまも櫂の重みが心地よかった。

まったく抗《あらが》う気が起こらない。朝からこんな場所で抱きあっている事態に対する困惑さえ浮かんでこなかった。

ただひたすら櫂の腕のなかに抱きしめていてほしい。もっとキスしてほしい。それしか考えられない。

「……もっとキスしてほしい？」

律也の心のなかを読んだかのように、櫂がたずねてきた。

「え……」

「じゃあ、してあげるよ」

律也が返事もしないうちに、櫂は再び律也の唇をふさぐ。先ほどよりも、薔薇の芳香が濃くなった。意識がとろけてしまいそうだ。

「ん……ん」

律也はいつのまにか櫂の首に腕を回して、自分から唇を夢中で合わせるようにしていた。櫂が唇を離しても、「もっと」というように見上げる。

櫂がどこかもの悲しそうな顔つきで見つめてくるのに気づいて、律也はようやく我に返った。

「お……俺？」

いつのまにキスをねだる真似なんて覚えたのか。下品だったのだろうかと頬を染める。いまの自分がどんな顔をしていたのかを想像すると恥ずかしくて仕方なかった。叱られた子どものように、いたたまれない気持ちになってしまう。

「気にしなくてもいい。キスぐらいで」

櫂が頬をなでながら、とまどう律也の目をとらえて覗き込む。

「きみはそのうちにキスだけじゃ我慢できなくなる。俺の匂いに酔って、普段は口にだせないようないやらしい言葉をいって、腰をくねらせて俺を誘うようになる」

甘い響きの声なのに、冷水を浴びせかけられたような気がした。

「お……俺はそんなことしないっ」

「するんだよ。律がしたくなくてもそうなるんだ。だから、俺はそれを見たくないっていってるんだ。そんなことをするのはきみの意思じゃないから」

「――」

耀が「口でいっただけじゃわからない」事実をはっきりと確認させるために、あえて耳を覆いたくなるものいいをしているのだと察する。

「それに……俺はもっと酷い。そんなきみを喜んで抱く。きみが正気に戻ったり、心変わりして俺のもとを離れようとして、『いやだ』っていってもきっと止められない。きみが壊れても、離さない。……律の叔父を『獣』だといったけど、俺もそういうときにはもっとえげつないケダモノになるんだ。人間の頃だったら、制御できたのに……わかるだろ？　夜の種族は欲望に忠実だから」

ショックなことを告げられているのに、なぜか傷つくよりも、律也の胸は奇妙な昂《たか》ぶりを覚えていた。

耀が自分の記憶を封印しようとした理由がわかったからだ。律也をあきらめさせるために告げたのかもしれなかったが、むしろ逆効果だった。なぜなら、耀の言葉の裏を読みとれば、耀が律也を大切に思ってる――そういう気持ちしか伝わってこないから。

「よくわかっただろ？　それとも、まだ、わからない？」

「……で、でも俺は……櫂にならなにされても、べつに——」

「——」

櫂は驚いた顔を見せたあと、やや茫然としたように律也の上から退いてからだを起こした。あきれている顔つきになり、眉間に皺を寄せて、ためいきをつく。

「……俺の育て方が悪かったのかな」

「櫂は俺とそうなりたくないの？　櫂の匂いに酔って、誘うようになる俺はみっともなくて嫌いだとか？」

「なにをいって……」

櫂は怒ったように律也を睨みつけてきた。律也も負けずに睨み返すと、その目がふと困ったようにそむけられる。

そのうちに櫂の呼吸が苦しそうに乱れてきた。

「……ったく」

仕方なさそうに舌打ちすると、櫂はハアと息を吐きだしながら、再び律也の上に覆いかぶさってきた。

「律が悪い」

いきなり律也の首すじに吸いついてくる。

嚙まれるのかと思ったが、痛みはなかった。やさしく唇がふれてきただけだった。

「少しだけだから」

許しを請うように櫂が囁き、からだからすうっと力が抜けていった。首すじから気を吸われているのだとわかった。甘い倦怠感が律也の全身に満ちていく。

キスしてるときにはたいして興奮しているようでもなかったのに、櫂の呼吸があからさまに荒くなっていた。乱れた息遣いに首をなぶられて、律也はぞくぞくした。

櫂のからだの一部が、激しく反応しているのが腿《もも》に当たって赤面する。

「……か、櫂？」

「――怖がらなくてもいい。すぐにおさまるから」

「え、でも……」

「気をもらったんで、生理的に反応してるだけだ。きみで処理する気はない。それに、契約のおかげで、幸いなことに二十歳になるまではきみとは最後まではできないから」

まだ呼吸は少し乱れていたが、櫂は気を吸ったら、精神的には落ち着いたようだった。

それでも硬くなっているものをこすりつけられていると、律也は自分がどうにかなってしまいそうだった。身じろぎすると、櫂はあっさりと腕を放してくれた。

律也は起き上がったが、櫂の顔がまともに見られなかった。幼い頃からの憧憬《しょうけい》で櫂が恋しくて仕方ないのは変わりなかった。だが、どんなに大胆な口をきいてもこうした櫂の男の部分を感じるのは初めてだった。

先ほど櫂に刺激的な言葉で告げられた意味が、やっと実感をともなってくる。ほんとうの意味では、律也には櫂とそういう関係になることがまだ覚悟できてないのかもしれない。

律也が実際にとまどっているさまを見て、櫂は傷ついているように見えた。静かに重い声を押しだす。

「――ヴァンパイアは性的な生き物だから、仕方ない。幻惑するときに、必要になるから」

「気をもらうために？　……セックスするってこと？」

「そう」

櫂は憂鬱そうに答えた。「セックス」という単語を口にしたことで律也が目許を赤くしているのに気づいたのか、かすかに笑いを洩らす。

「……律は、経験はある？　さっき、ずいぶんと大胆なことをいってたけど」

「……ない……俺、あんまりそういう機会がなくて」

「キスしたこともない？」

「ないよ」

追及されると決まりが悪くて、律也はむすりと答える。

かなり遅れているのは自覚している。いままで彼女をつくったことがないので、高校の頃まではひそかにゲイか女嫌いの変人かという扱いをされていた。王子顔に似合わない血みどろのホラー小説を書いてデビューしたときには、「やっぱりあいつは変人だったか」と周囲の評価は後者に定まったようだが。

「そうだな。俺の知ってるかぎり、律にそんな相手はいなかった」

「なんで知ってるの？」

「いったはずだろ。俺はいつでも律を見てるって」

ずっと見守ってくれていたのだろうか。もしそうなら、どうして姿を現してくれなかったのかと恨みたい気持ちになる。

「ひどい……」

「なんで？　こっちは約束を守っただけだ。見られるのがいやなら、そういえばよかった」

「そうじゃない……そばにいたなら、もっと会いにきてくれればよかったのに」

「――」

櫂は無言のまま律也をしばらく見つめていた。その視線は妙に粘りつくような感触があって、律也は少し居心地が悪くなる。

全身が舐め回されているように感じた。唇から首すじ、胸元から下腹部へと見えない触手が這わされ、視姦《しかん》されているようだった。どうしてそんなふうに思うのか。

櫂は律也の口許へと視線を戻すと、ためいきをついた。

「――早く似合いの可愛い子でも見つけるといい。俺なんかに捕まることはない」

「じゃあ……なんで俺の前に現れて、キスしたりするんだ」

しかも二十歳の誕生日前に――これで期待するなというほうが酷すぎる。

「キスは狼よけのためだといったろ？　あとは警告だ。きみがほかの夜の種族に狙われないように」

「……狼よけって」

先ほどもそういわれたが、キスされている最中で聞き逃してしまっていた。

「どういうこと？　なんで狼を避けなきゃいけないんだ？　それに、昨夜、慎ちゃんが銀色の狼になったのは――俺の夢？」

「夢じゃないよ。見たとおりだ。やつは獣だ。オオカミ族だから」

「だって、父さんの弟……」

「たしかに花木さんの母親の腹から生まれたけど、オオカミ族だ。やつらは人間の女性に子を産ませるから。きみのお父さんとは年が離れてるだろう？　きみの祖母が、きみの祖父と死別したあと、オオカミ族の男に襲われて身ごもったんだろう」

「……そんなこと」

朝っぱら立て続けにショッキングな事実を聞かされて、律也はどう反応していいのか迷った。

「花木さんが実家にきみを連れていかなかったのは、きみのおばあさんである母親が、夜の種族と通じたせいで、異様に若い外見をしていたからだよ。それと、ヴァンパイアと契約してたから、天敵であるオオカミ族を避けていた」

「え……で、でも、叔父さんだろ？　父さんと……俺とも、血はつながってる。なのに、どうして俺が慎ちゃんを避けなきゃいけないんだ」

「どうだか。やつらの子どもは、一〇〇％、その性質を受け継ぐんだ。やつは完全な獣だ。きみを襲わない保証はない」

「いままでそんなことはなかった。だいたい、俺は慎ちゃんがオオカミ男だなんて気配も感じなかったのに変だ。俺にはわかるはずだ」

慎司が一緒に住むようになってから、ヴァンパイアたちの姿が見えなくなったので、なにかの魔除けなのだとは思っていたけど……。

「この家はやつの領域になってたから、きみの目もごまかされていた。いままで襲わなかったのは、成人になってないとまずいからに決まってる」

「……な、なんで？」

夜の種族は契約を守るとはいうが、櫂も「二十歳になったら迎えにくる」という約束だったし、どうして年齢を順守するのか。

「相手の時を止めてしまうから。少年のときに襲ったら、きみはいつまでたっても成長しなくて、人間の世界では暮らせなくなる。大人になってからなら、『いつまでも若いね』である程度はすむけど……だから待つんだよ。たんなる食料として飢えを満たすならともかく、人界で暮らす夜の種族の伴侶として迎えるためならね」

律也との約束を守る気がないのなら、櫂はほかの相手を伴侶にするのだろうか。

「飢えを満たすだけなら、べつに相手のからだに変化を及ぼすものでもないの？　さっき、櫂は俺の気を吸ったけど」

「……吸いすぎて、相手が衰弱しないかぎりは」

櫂の顔色が悪くなった。以前、律也に襲いかかったことを思い出しているに違いなかった。あのときは初めてで、櫂にとってもコントロールがきかなかったのだろう。

「櫂は……血は吸わないの？」

驚いたように櫂が目を見開いた。

「俺は……ちょっとなら、大丈夫だと思うんだけど……あんまり痛いのはいやだけど」

もし我慢して苦しんでいるのなら、少しでも飢えを満たしてほしかったのだが、櫂は腹立たしそうな顔をした。

「血なんて吸ったら、興奮して手がつけられなくなる。これ以上、俺に変な気を起こさせないでくれ」

突き放す言葉をかけられて、よけいなことをいったのだと気まずくなる。先ほど我慢できなくて律也の気を吸ったから、飢えているのかと心配して口にしただけなのに、櫂は律也にそんな気を回してほしくないらしかった。

　櫂は律也の前ではヴァンパイアらしい姿を見せない。顔色もたまに白く見えるが、いまも普通の人間に見えるし、牙もまったく出さない。昨夜も手首を切るとき、わざわざナイフを使っていた。始祖は、自らの牙で噛みきっていたのに。

　ひょっとしたら、人間の頃と変わった姿を律也に見せたくないからだろうか。

「――おまえに、りっちゃんの血なんて吸わせないぜ」

　いきなり戸口のほうから声がして、律也ははっと目を向ける。

　むっつりした顔をした慎司が立っていた。いつもどおりの、少しだらしない感じのする、甘い顔立ちの慎司だった。昨夜の銀色の猛々《たけだけ》しい狼の姿を思い浮かべたが、あれが彼とはいまでも信じられない。

「血を吸ったらおまえは興奮しすぎて、りっちゃんをやり殺しちまうもんな。色情魔のヴァンパイアめ」

　いきなりの爆弾発言に、律也は固まる。櫂はひややかな表情のまま立ち上がり、慎司をねめつけた。

「すぐに女性を孕《はら》ませる、脳筋の獣にそんなことをいわれたくないな」

　なんでこのふたりはすぐに対決モードになるのだろう。ふたりとも兄のような存在なだけに、口汚い罵《のの》り言葉を聞くのは愉快ではなかった。

律也がたしなめるように櫂の腕を引っぱると、慎司が睨みつけてきた。

「りっちゃん、そいつから離れろ。国枝櫂はおまえを支配するつもりだ。下僕にさせられるぞ」

「おまえだって、律をどうするつもりだったんだ。花木さんに守ってくれとあとを頼まれても、大人になったら、どうせ律と契るつもりだったんだろ？　これだけの気の持ち主はなかなかいないからな。この庭の薔薇に不思議な精気を宿して咲かせられるのは、花木さんと律だけだ」

慎司が自分と契るつもりだという暴露はさすがに衝撃だった。目を瞠る律也を見て、慎司はいささか分が悪い顔になる。

「変なことというな。兄さんは、ヴァンパイアよりも俺のほうがマシだから、俺を呼んだんだ。おまえが覚醒して家を出て行ったあと、いつりっちゃんを攫《さら》いにくるかわからないから。おまえから守るためだ」

「――」

櫂は少し動揺したようだった。父と櫂と三人で仲良く暮らしていた時代もあったのだから無理もない。律也にしても納得いかなかった。

「慎ちゃん、なんてことというんだ。父さんは櫂を心配してたのに」

「ヴァンパイアになったら、話は別だ。兄さんはりっちゃんが国枝櫂に幻惑されてるって恐

れてた。きみはやつを好きになったと錯覚してただけだ」

「……違う。俺は、櫂のことを――」

幻惑されたせいで好きになったわけではないのに、父も慎司も勘違いしている。訴えようとすると、櫂がすっと慎司の前に出て押しとどめた。

「――獣は、俺に突っかかってる暇はないと思うけどな。もっと危険な天敵がすぐそばまできてる」

「……なんのことだ？」

「東條忍と話しただろう？　あれは厄介《やっかい》な代物《しろもの》だ。調べてみるといい。たぶん最近、覚醒したばかりの狩人《かりゅうど》だから」

なんのことだかわからなかったが、慎司には通じたのか、あからさまに顔色が変わった。

「まさか……」と呟く。

櫂は軽く肩をすくめ、居間の硝子戸から出て行こうとした。「櫂」とあわてて律也は立ち上がって追いかける。

「櫂……またくるだろ？」

慎司の手前、小声で問いかけると、櫂は無表情のまま律也を見つめ返し、小さく息をついた。

「――夜に。きみの部屋の窓の鍵を開けておいてくれれば」

律也は胸をなでおろした。

「待ってるから、必ずきてくれ」

「俺を待ってても、ろくなことはないよ」

冷たく突き放すような言葉を吐きながらも、櫂はちらりとソファに腰掛ける慎司を見てから律也の腕をひきよせると、額に軽くくちづけた。

背後の慎司が「貴様」と唸りながら立ち上がる気配がする。櫂は微笑しながら軽く手をあげて、慎司が駆け寄ってくる前に出て行ってしまった。庭を通って、門扉へと抜けていく。

律也との約束を反古《ほご》にするつもりのくせに、ああいう接触はためらいもなくしてくるから、どういう反応をしていいものか困る。

……獣よけ……そのためだというけれど。

五年ぶりに会った櫂は、昔と変わらないと思う一方、あきらかに以前とは違うところもあった。くちづけされたときの熱や、視姦されるような視線を思い出すと、律也は頬が火照って、なかなか熱がひいていかなかった。

隣で慎司が「ああっ」といらだたしげに腕をかきむしる。

「……なんだ、あいつは。あの気障《きざ》ったらしい態度は鳥肌がたつ。だからヴァンパイアは嫌いなんだ」

昔から謎めいていたが、櫂にはいまだにわからないことが多すぎた。しかし、もうひとつ最大の謎は……。

「──慎ちゃん、櫂への文句よりも俺になにかいうことがあるんじゃないの？」

じろりと睨みつけると、慎司は「え」ととぼけた顔をした。

「……なにが？」

「なにがじゃないだろ？　慎ちゃんはいつから狼男なんだよ」

「……そりゃ生まれたときから」

「なんで俺に黙ってるんだよ。どういう事情なのか、わけがわからないだろ」

慎司は「うーん」とぼりぼりと頭をかいたあと、顔をしかめた。

「──りっちゃん、どうでもいいけど、俺に対するのと、国枝櫂に対するのとじゃ、ずいぶん態度が違わないか？　あいつの前じゃ、えらくかわいいんだな。キスされても、おとなしくしてるし」

「……い、いきなりだから、抵抗できないだろ」

「俺が『りっちゃん』って抱きつこうとしても、すぐに『やめろ』って怖い顔で怒鳴るくせに。普段はそうやってツンなのに、なんで櫂の前だと乙女モード全開なんだ？」

「仕方ないだろ。櫂は俺を子どもの頃から知ってるんだから……そんな相手に逆らえないよ。育ててもらったようなもんなんだから」

「ふうん──まあ、いいけど」

慎司はおもしろくなさそうにためいきをつき、ソファに腰掛けた。

慎司が正体を隠していたのは好きでそうしていたわけではないだろう。なにか複雑な事情があるに違いなかった。

「――慎ちゃん、ちゃんと話してよ」

「耀に聞いたんだろう？　兄さんは、ヴァンパイアよけのために、俺を呼んだんだよ。りっちゃんには内緒にしておくつもりだった。耀を慕っているのはわかっていたから……兄さんと相談してそう決めたんだ。俺がヴァンパイアを追い払うための狼男です、って自己紹介したら、りっちゃんは俺になつかなくなるだろ」

たしかにそのとおりだった。父がヴァンパイアになった耀が戻ってくることを恐れて、慎司を呼んだなんて。

「なんで慎ちゃんが狼男なの？　俺のおばあさんが狼男に襲われたって……こと？」

「違う。誰がそんなことといったんだ？　襲われたんじゃない。母と父は愛しあってたんだ。いい伴侶だった。母は兄さんの父親と死別したあと、ひとりだった。オオカミ族の父と知り合って、再婚して、俺が生まれた」

「……そうなのか、ごめん」

無神経な発言をしてしまったと、律也はあわてて謝った。慎司は「いいよ」と表情をゆるめる。

「じゃあ、父さんとは母親が同じで、異父兄弟ってこと？」

「そう。……りっちゃんは、こんな化け物の肉親なんていやかもしれないけど」

「そんなことないよ」

狼男かもしれないけど、慎司が叔父であることには変わらないのだと知って、律也は安堵した。

慎司は意外そうに目をしばたたかせる。

「……なんだ、りっちゃんはあんまり驚かないんだな。もっとショックを受けて、嫌われるんじゃないかと思ってたけど」

「そんなことで嫌いになったりしない」

律也はむっとした。昔から、人ならざるものたちは律也にとっては身近な存在だった。だから櫂のことも、まったくショックじゃないといったら嘘になるが、嫌いになれるわけがないのだ。

「ふうん……普段はえらく常識派のくせに、そこらへんだけ浮世離れしてるんだな。国枝櫂と兄さんに感謝しなきゃいけないのかもしれない。うまいこと育てたもんだ」

「そうだよ。櫂は悪いひとじゃないんだから。慎ちゃんも、よく知ればわかる」

律也は慎司のソファの隣に腰をかけた。途端に、慎司が鼻をひくつかせる。

「……りっちゃん、あいつに抱かれたのか？」

頬に火傷《やけど》しそうな熱を感じながら、律也は慎司を睨みつけた。

「変なことというな。なんで」

「――強烈な薔薇の匂いがする」

狼よけだといいながら、櫂がキスしていたのは、このせいだったのか。

「唇にもキスされたからかな。……慎ちゃんをよけさせるためだっていってたけど」

「あいつめ。ほんとに手が早い」

慎司はちっと舌打ちした。

「これじゃ俺がりっちゃんにさわることもできないじゃないか」

妙な緊張が再び律也をつつみこんだ。櫂は慎司に、律也が大人になったら契るつもりだろうと指摘していた。あれはいったい……。

律也の表情を読みとったのか、慎司は少し気まずそうに首を振った。

「りっちゃん。……俺はおまえを無理やり襲う気はないよ。ただ狼にとっては、ヴァンパイアは天敵なんだ。だから、櫂がりっちゃんを奪うのはおもしろくない」

「奪うって……俺はべつになにも――昨夜、五年ぶりに会ったばかりだし」

「俺は、兄さんにりっちゃんを託された責任もあるんだ。兄さんは、りっちゃんがヴァンパイアに惹かれるのを快く思わなかった。自分が契約してたからよけいにヴァンパイアの本質を知ってたんだ」

父の意向を指摘されると、律也も心苦しかった。

「……さっき、慎ちゃんが『ヴァンパイアよりも俺のほうがマシだ』っていったけど、あれ、どういう意味なの?」

「理由はいろいろあるけど……」

慎司はいいにくそうな顔をした。

「ひとつあげるとしたら、オオカミ族は人間に比べたら長命だけど、ヴァンパイアのように不老不死なわけじゃない。あいつらは俺たちを獣と呼ぶけど、たしかにヴァンパイアの貴種はもっとも純粋な霊的存在に近くて、動物とはかけ離れてるんだ。……長い時間を生きているからこそ、人間とは感覚も違う。そんな長い時間を——りっちゃんに過ごさせたくないんだよ。櫂と一緒にいたら、きっとりっちゃんも変わってしまう」

ヴァンパイアがどれだけ長い時間を生きるのかは知らなかった。櫂は人間だった頃にもほとんど年をとらないように見えたが、あれは相当つらいことだったに違いない。結局、律也は櫂が何歳だったのかを知らない。

たしかにヴァンパイアの存在は律也とはかけ離れている。彼らの血は、病気のからだの寿命を延ばすほどなのだ。その驚異的な力を知っている父だからこそ、関わらないでほしいと願うのも道理だった。

でも櫂は、昔と変わっていない。少なくとも律也にとっては。突き放そうとするのも、律也を思えばこその行動にすぎない。

（おまえの知ってる燿くんではないよ）

父はそういっていたが、律也にはどうしても納得できなかった。

その一方で、キスされたときのからだの異様な熱を考えてしまうと、とまどいもあった。でもいやじゃない。自分は燿のためならなんでもできる。怖くないといったら嘘になってしまうけれども。

燿はヴァンパイアらしいところを極力見せないようにしているので、律也にはいったいなにがどう変化しているのかもわからないのだ。

いろいろなことが突然に起こりすぎて、律也はすぐには頭のなかが整理できなかった。


夜に——そういっていたから、窓の鍵は開けたままでいたが、その晩、燿は律也のもとを訪れなかった。

次の日も、その次の日も……。

もしかしたらもう二度と姿を現さないつもりだろうかと心配になったが、もうすぐ律也の誕生日がくる。契約がある限り、燿は律也のもとを少なくともその日には訪れるはずだ。

それまでに再び忘却の魔法でもかけられたらかなわないので、律也は防備のために小説の原稿を書くことに集中した。すると、以前にもまして執筆中に周囲の妖しい気配が濃くなってきた。

真夜中、チャンネルがつながれたときに夜の種族たちの気配がするのはいつものことだったが、日の明るいうちから家の周囲に奇妙な輩《やから》が集まるようになったのだ。

人界に紛れている夜の種族たちは昼間は普通の顔をして歩いているという。おそらくそういう者たちに違いなかった。やたらと目立つ綺麗な男女が家の周辺で、律也に笑いかけてくる。真夜中に見るような、人語をしゃべらずに心話で話しかけてくる夜の種族たちとは少し毛色が違った怖さがあった。

「そりゃそうだよ。この家に『敏感者』の気配があったのは、兄さんの気の名残だと思われてたんだ。いままでは俺のテリトリーだったから、りっちゃんの気配も隠せてたし。だけど、りっちゃんが庭の薔薇を咲かせたから、ここは再びパワーのある気の持ち主がいると知られてしまった」

慎司はどうやらいまの事態を嘆いているようだった。

「……俺が咲かせたの？　櫂じゃなくて？　だって、いままで櫂がいなくなってから、普通の薔薇しか咲いてなかったのに」

「なんでヴァンパイアが咲かせられるんだ。昔は、櫂のために兄さんが咲かせていたんだよ。

……りっちゃんは無意識に咲かせたんだな。それとも、二十歳になる前に、ヴァンパイアを迎え入れる契約でも交わしてたのか？」

慎司が鋭いことをいうのでぎくりとしたが、まさか「二十歳の誕生日に抱いてもらう」契約をしているとはいえなかった。

ありがたいことに、慎司は先日からなにやら忙しく外を飛び回っていて、櫂と律也の関係をあれこれと勘ぐる時間がないようだった。櫂にいわれた台詞が気になっているためらしかった。東條忍を「狩人」といっていた件だ。

「東條さんは『敏感者』で、感応者としてひとの心が読めるんじゃなかったのか？『狩人』って、なに？」

「——天敵だ。俺の種族にとって」

慎司は真面目な顔で答えた。ヴァンパイアも天敵だといっていたし、オオカミ族には敵が多いらしい。

「このあいだ東條さんに会ったとき、慎ちゃんは『狩人』だなんていってなかったじゃないか」

「あのときはおそらくまだ覚醒してなかった。……いや、覚醒するために、りっちゃんに近づいてきたのか。忘れてた……感応者は、狩人の特性のひとつだ。とにかく狩人が出現したなら、俺は一族たちといろいろと話しあわなきゃいけない」

オオカミ族はヴァンパイアたちと違って仲間を大切にするらしく、慎司も群れとつながりがあるようだった。

「で、『狩人』ってなに？」

「獣を狩るんだ」

いや、言葉そのものの意味じゃなくて——と律也がいいかけると、慎司はいやそうに眉をひそめた。

「俺にとっては、口にして説明するのもおぞましいんだ。想像してみてくれ。ひとはゴキブリの生態に関して、嬉々《きき》として語れるか？」

ご説ごもっとも——と頷きたいところだったが、それで納得するわけにはいかない。

「……だけど、俺にも『夜の種族』について、これからはちゃんと説明してくれるっていったばかりじゃないか」

「そうだ……そうだった」

慎司は観念したように息を吐く。

「黄金の矢をもってる。やつらは、それで獣を狩るんだ」

わかったようなわからないような説明だった。父の口からは、『狩人』なんて聞いた覚えはない。

とにかく慎司には「東條忍にはもう近づくな」と厳命された。しかし、近づきたくても東条はあれきり現れなかった。大学でも姿を見かけない。あれほど好奇心をもって『夜の種族』を調べていたのに、律也に連絡をとってこないのは不自然だった。

積極的に関わりたいタイプでもなかったが、慎司の様子を見ていると、かえって興味がわいてきた。「獣を狩る」というのだから、律也に危険はないはずだ。

それに、契約者だった叔父をもつ東條に、ヴァンパイアのことをもっと詳しく知っているのか訊いてみたかった。そうしなければ、櫂に近づけない。

律也は意を決して東條にメールで連絡をとってみた。「元気ですか？　大学にきてますか？」との質問に、すぐさま返信がきた。

『思索に耽るために、部屋にひきこもってる』

その一言のあとに、部屋の住所が書かれ、「お気軽にいつでもどうぞ」とつけくわえられていた。相変わらず全身の力が抜けるような対応だった。このメールを見せたら、慎司もそんなに畏れる存在ではないと、少しは救われるのではないか。

だいたい「夜の種族」の詳しい事情をよく知らなかった東條が、「狩人」とやらであるはずがない。覚醒したというが、メールからはそんな気配は窺《うかが》えなかった。

危険なのだろうかと躊躇《ためら》う気持ちはあったものの、好奇心には勝てずに律也は東條の部屋を訪れることにした。どこかに櫂が自分を見守ってくれているに違いないという安心感があったせいもある。

東條の部屋は、ごく普通のマンションの一階だった。一応緊張しながらブザーを押すと、すぐに「はい」と東條の声がしてドアが開いた。

「ああ、律也くんか。よくきたね」

東條は最初に学食で会ったときと変わらない調子だった。「さあ、あがりたまえ」とすぐに室内に招き入れてくれる。

部屋は玄関まで本や書類があふれ、床が抜けないのかと心配になる量だった。窓以外の壁にすべて本棚が置かれ、本がぎっしりと詰め込まれていたが、おさまらずに床にもあふれて積み重ねられている。慎司のカオス状態の部屋を見たとき、東條が顔色ひとつ変えないのも納得だった。

「東條さん、勉強家なんですね」

「……そうか？　勉強なんて嫌いだよ。好きなものにしか興味がないんでね。あ、あいてるところに適当に座るといい。そこの本をどかして」

いわれたとおり、律也は本を片付けて場所をつくると床に腰を下ろした。心理学関係の本と、オカルトや超常現象に関する本ばかりだった。ある意味、偏った興味で徹底している。

東條はキッチンに行って、自分と律也の分のコーヒーを淹れて戻ってきた。正直、飲むのが怖かったが、手渡されたマグカップからはとてもいい香りがした。

「飲むといい。べつに汚くはない。乱雑と汚濁を一緒にしてはいけない」

心を読まれた気がして、律也はあわててコーヒーをすすった。予想以上に美味しかった。東條は静かにコーヒーを飲んでいる。学食でカレーを食べていたときといい、ものを口にしているときはしゃべらないのが彼の流儀らしかった。

律也はあらためて東條の顔を観察して驚いた。天使のような顔をしている男だと思っていたが、先日よりもその美貌が際立っていたからだ。前も男装の麗人のようだったが、さらに中性的になっている。

なんとなくごくりと息を呑んでしまう。夜の種族にとって、美しさは外見にとどまらず、その者の力を表現しているのだと父から聞いた覚えがある。櫂も日に日に人間離れした美しさが増していった。まさか……。

しばらくしてコーヒーを飲み終わると、東條は「で？」という顔つきで律也を見た。

「きみが僕の部屋にくるなんて、なんの用だい？　もちろん大歓迎だけれども」

「……すいません。いきなり。いろいろ聞きたいことがあって」

「なんなりと。――おや？」

東條はじっと律也の顔に目をこらした。

「きみ、ヴァンパイアと性交でもしたのか？」

まだコーヒーをすすっていた律也は、唐突な発言にむせて咳《せ》き込んだ。

「なにいうんですか」

「きみのオーラのなかに、赤いものが入り交じってる。普段は青いのに。それにとってもフローラルな香りだ」

「し、してません」

「そうか。……亡くなった叔父も、『昨夜、ヴァンパイアがきた』とうれしそうに話してくれたときは、青いオーラが薄れて、赤くなってたんだ。だから、ついてっきりまぐわったのかと」

悪意なのか、とぼけているのか、東條の場合は判断がつかなかった。

オーラが赤くなっているのは、「獣よけのため」といって血を飲まされ、濃厚なキスをされたせいだろうか。もし、櫂と契ったなら、オーラから「昨夜はセックスしました」とでも伝わってしまうのか。

「東條さんはそういうのもわかるんですか?」

「……前に、人界にまぎれてる彼らがわかるっていっただろう? 彼らに惑わされてる人間もわかる。性的なもので魅了されてる場合が多いからね、ヴァンパイアの場合」

「そうなんですか……」

ヴァンパイアの話が聞きたくてきたはずなのに、律也は居心地が悪かった。自分が性的に櫂に惹かれてるといわれてるような気がする。

「きみの小説を読んでもわかるじゃないか。このあいだ話してくれた、国枝櫂という人物に、きみは魅入られてるんだろう？」

「俺の小説を読んで、そんなことがわかるんですか？」

「わかるさ」

櫂に対する想いがあふれているのだろうか。律也は首をひねった。たしかに櫂を忘れないために書いたが、あくまでホラー小説なのだ。恋心など色っぽいものは含んでいない。

「えらく残酷で血なまぐさくて、そのくせ綺麗でふわふわと空想めいた小説だから、どんな変態が書いているのかと思ったら、王子様みたいな顔した美少年ときた。こりゃやっぱり相当の変態だと僕は思ったね。内にかなり暗い欲望を秘めてるとみた」

「東條さんにいわれたくないんですけど」

律也の渋面を見て、東條はにっと唇の端をあげた。

「ほら、御伽噺みたいな綺麗な顔に似合わず、きみはけっこう辛辣《しんらつ》なことをいうし、とても現実的だ。それでいて、夜の種族みたいな存在も自然に受け入れていて、書くものは幻想的ときてる。その乖離《かいり》に、非常に興味を覚える。現実でも、ふわふわとした王子様でいられないのはなんでだい？」

「……いちいち、東條さんにいわれたくない。あんただって、相当見た目と性格が……」

「僕は見たまんまだよ。中性っぽいとか、無性っぽいとかいわれるけど、そのとおり。男にも女にも興味ないし、性欲もない」

しれっときわどい言葉で答える東條に、律也はなにをいってもかなう気がしなかった。

「律也くんはきっとかわいい子どもだったんだろう。いまみたいにちょっとひねくれたのはいつから？」

「成長すれば、誰だってひねくれるでしょう。無邪気なままいられるわけがない」

「きみはなかなか複雑だ。このあいだ家にお邪魔したとき、叔父さんとの話を聞いてたら、きみは国枝櫂という人物を慕っていたようなのに、彼をモデルにした小説を書くなんて残酷なこともしてる」

「残酷……？」

あれは櫂を忘れないために——といいかえそうとして、胸にわけのわからない棘《とげ》が突き刺さった。

「国枝櫂はヴァンパイアになるかもしれないと畏れてた青年で、行方《ゆくえ》知れずだったんだろう？　なのに、きみは彼をはっきりとヴァンパイアとして描いてる。おそらく彼はヴァンパイアになったのを恥じて、きみたち家族の前から姿を消したんだろうに。小説に書くなんて傷口に塩をぬるものだろう」

「それはべつに……悪感情があったわけじゃ……」

答えているうちに自信がなくなる。いままで意識しなかったが、律也を襲ったのを悔いて家から出て行った櫂をモデルにして、血なまぐさいホラー小説を書く行為はたしかに本人にとって愉快ではないかもしれない。たとえどれほど美しい存在として描かれていたとしても。

「それとも、きみは、襲われたい願望でもあるのかな？　綺麗で残酷なヴァンパイアに」

心を読まれているのか、心理分析されてるのか、判断がつかなかった。どちらにせよ、不愉快なことには変わりがない。

「……俺は耀が何者だってかまわないんです。だから、なにされたっていい。そういう願望がでたのかもしれませんね」

わかったようなことをいう東條に少しばかり対抗したくて意地になって宣言しながらも、小説を書いたのはやはり残酷なことで、耀を傷つけてしまったかもしれないと反省する。

それとも無意識のうちに、耀を傷つけたい気持ちでもあったのだろうか。初めから迎えにきてくれる気もなく、忘却の魔法をかけられて恨んでいたから……？

耀は小説の内容についてはふれなかったが、不快に思っているとしたら、律也との約束を守ってくれなくても当然なのか。

律也が思い悩む様子が伝わったらしく、東條は「は――」と笑いだした。

「きみはおもしろいなあ。僕があてずっぽうでいったことなんて、真面目に気にしなくていいのに」

「あてずっぽうなんですか？」

てっきり自分でも気づいてない深層心理を読まれたかと思ったのに――と律也は腹立たし

くなる。

「僕はむやみにひとの心を読んだりしないよ。あれはあれで、なかなか胸くその悪い体験だ。できることなら、避けたい。だから僕はそんな感覚的なものに頼らず、ひとの心理を探求するために心理学を専攻してるんだよ。……うん、きみはひねくれてなんかないね。ほんとは素直なままだ。結構結構」

目を細めて笑う東條を見ているうちに、律也はいままでにない違和感を覚えた。たしかに以前の東條と変わりはないのだが、やはり少し違うような……。

認めたくないが、東條の顔が特殊な照明でも当てられているようにきらきら輝いていて、眩しい気持ちになってしまうのだ。先日はいくら外見が女性と見紛う美形でも、ただの変人としか思えなかったのに。いまも変わり者には違いないが……。

「……東條さん、なにかあったんですか？」

「なにか、とは？」

「……いえ。この前、初めて会ったとき、東條さんは夜の種族について知りたいっていってましたよね。あれから、ほかにわかったことはありますか」

「うん。いろいろと調べた。実家に戻って、叔父の遺品をあらためて調査した。絵は燃やされていたけど、膨大な日記を見つけてね。だから、部屋にこもって、それらを読んで考えていたわけだ。書かれている以上のものが見えてきた。ありがたいことに、興味のあるところに知識は集まる」

書かれている以上のものが見えてきた？

なにやら意味深な発言に聞こえなくもなかった。東條の変化は気になったが、律也も自分が抱いている疑問の解決を優先させなければならない。

「夜の種族のことがわかったんですか？　叔父さんの日記にはそんなに情報が？」

「まあ、九割は妄想だが、それでも全体の知識量は格段に増えた」

「じゃあ、ヴァンパイアについて聞きたいんですけど……彼らは契約を守るっていうでしょう？　もし、守らない場合はどうなるんですか？　東條さんは電話で、『霊的存在の拠り所だから』っていいかたをしてたから」

「そもそも霊的存在とはなんぞや？」

わからないから聞いているのだが、東條は律也の答えなど望んではいないらしかった。間髪容れずに自ら答える。

「ひとがそこにあると信じるから、存在する。信じなければ存在しない。彼らはそういったエネルギーが具現化し、意思をもったものだ。抽象的だからこそ、認識されるのにはさまざまな決まりごとが必要なんだよ。超自然的な存在でありながら、彼らはいろいろな制約に縛られてる。外見からしてステレオタイプで、ヴァンパイアはヴァンパイアらしい外見、オオカミ男はオオカミらしい外見。人間と違って、規格外は存在しない。でなければ、存在の意味がなくなるから。——だから、契約を守らなかったら、彼らは自らを否定したのと同じことになる」

「同じって……？」

「存在の意味がなくなるから、塵《ちり》になって散ってしまう。まあ、どの程度の契約かにもよるだろうがね。ダメージはまぬがれないだろうね」

律也はごくりと息を呑んだ。

もし、櫂が自分との契約を守ってくれなかったら、櫂は散ってしまう……？

「そんなの許さない」

思わず呟くと、東條が興味深そうな眼差《まなざ》しを向けてきた。

「きみはヴァンパイアとなにか契約を交わしてるのか？」

一瞬迷ったものの、律也は櫂とのこれまでの経緯を話してしまった。櫂が塵になると聞いて、少しばかり気が動転していたからかもしれない。

一緒に暮らしていた頃から特別に慕っていたこと、二十歳の誕生日に自分のものにしてくれると櫂が約束してくれたこと——再会したら、本人は契約を守るつもりがなさそうなこと。

叔父の慎司にはどれも話せないので、誰かに相談したかったのかもしれない。どうしてそれが二回会っただけの、変わり者の東條なのかとの疑問は残るが、彼に話すのはとても気が楽だった。心は読まないといっているが、東條が感応者なのと関係してるのだろうか。

「そうか、律也くんはヴァンパイアと……国枝櫂がきみとそんな契約をひそかに交わしていたとはな。どうりで、誰も手を出せないわけだ」

「え？」

「彼の力のせいで、きみは守られてる。だけど、二十歳になって契約どおりにきみが彼のものにならなければ、国枝櫂は消滅するし、きみを守護する力がなくなるから、夜の種族たちがこぞって狙ってくるよ。……いや、その以前に一悶着《ひともんちゃく》あるな。二十歳の誕生日が訪れる前に動く連中もいる」

先ほど「知識量が格段に増えた」とはいっていたものの、東條がすでに夜の種族の事情に通じているようなくちぶりに驚いた。

「……俺の、命を狙って？」

「いや、きみの貞操を。つまり、求婚しにくるんだ。どうやらきみは珍しいタイプの気をもつ、理想の花嫁だからね。きみは男子だから一応花婿《はなむこ》か。どっちでもいいけど」

東條の突拍子もない発言には慣れつつあったが、これにはさすがに律也も仰天した。「え」と目を見開く。

「俺を？　なんで？　求婚って……どういうことですか。なんで、俺の貞操……？」

「――きみのそういう、ごく飾らない常識的な反応が好きだ。しかし、驚くことはないだろう。先ほどの話だと、きみはすでに十五歳のときに国枝櫂からプロポーズされてるじゃないか。『大人になったら迎えにくるよ』って。しかも、彼は自分の血を使って契約してる。正式な契約だから、もし契ってもらえなかったら、きみは堂々と婚約破棄の慰謝料を請求してもいいレベルだ。……あ、その前に相手が散って消えてしまうかもだが」

東條と話していると論点がずれてくるような気がして、律也は頭が痛くなった。

「……東條さん、俺は真剣に相談してるんですけど」

「僕だって真剣に答えてる。ひとに相談されるなんて滅多にないからな。……しかし、忘却の魔法を使って、きみに自分を忘れさせたりして、契約を守るつもりが最初からなかったなら、なぜ口約束じゃなくて、ほんとうに血を流したのかな。きみの目はいくらでもごまかせただろうに。……きみが国枝櫂を忘れずに覚えていたせいで、彼は命取りな事態だ」

「それは……」

おそらく律也が「ちゃんと約束してほしい」と頼んだからだった。すがりつく律也を前にして、櫂は嘘がつけなかったのだ。だからきちんと契約をしてくれた……。

「まあ、きみを守る意味もあったんだろうね。ヴァンパイアは同族の印がすでについてる獲物は狙わないんだ。そこらへんは仁義があるから。きみが子どもの頃から、よくヴァンパイアに興味をもたれてたというから、もしもの場合、ほかのやつに手を出されたくなかったんだろう」

そんな独占欲があるなら、十五歳のときに律也を自分のものにしてくれればよかったのに

――と思う。

このまま櫂が律也に会いにきてくれなかったら、どうなるのだろう。二十歳の誕生日に契らなかったら、自分の知らないところで櫂は塵となって散ってしまうのだろうか。それは絶対に避けなければならない。

待つだけだなんて――。

「東條さん……彼らが俺を狙うって――欲しがるのは、気の力のせいですか」

「そう。きみの気は強い。とても綺麗な青い色をしてる。力を純粋に浄化してくれる、珍しい特性をもっているから。夜の種族たちにとっては好ましいだろうね」

「……はあ」

つい先日には「夜の種族について教えてくれ」といっていたのに、東條はどうしてこれほど詳しく知っているのか。この変貌ぶりはいくらなんでも奇妙だった。

叔父の日記を読んだというが、そもそも夜の種族は記録に残されるのを嫌うといっていたのに、絵が燃やされて日記が残っていたのは変ではないだろうか。

しかし、律也も東條のどこから得たのかわからない知識に頼るしかない状況だった。

「……それなら、櫂にとって、俺は邪魔な存在じゃないはずですよね？」

「邪魔どころか、喉から手がでそうなくらいに欲しいだろう。きみの叔父の慎司さんがいっていたように、彼らは感情イコール欲望なんだ。国枝櫂がきみのことを大切に思っていれば思ってるほど、ほんとうは欲しくて欲しくてしようがないはずだ。我慢するのは、死ぬほどの苦しみだろうね。おそらく人間としての国枝櫂は、ストイックな青年だったんだろう。だから、きみをヴァンパイアの欲望のままに獲物にするのに抵抗がある」

律也だって、いまだに「獲物」といわれてしまうのは引っかかるのだから、櫂の心情は察せられた。

目の前に現れるのは苦痛——だから、櫂は姿を現さないのだろうか。

「俺の力で……櫂を呼び出すことは可能ですか？　窓の鍵を開けて待ってるだけじゃ……櫂は現れてくれない」

「——きみが誘えば、拒めるものはいない」

東條にしたり顔でいわれて、律也は訝る。

「誘う……？」

「きみが夜の種族の気配を強く感じるのは、小説を書いてるときなんだろう。からだからパワーがでてるのを感じるはずだ。それと同じように頭のなかでイメージを広げて、国枝櫂に『きてくれ』と呼びかけるといい。彼は飛んでくるよ」

そういえば、薔薇が咲いた夜も、律也は窓を開けて「きてくれ」と声にだして呼んだのだと思い出す。あんな単純な方法が有効なのか？

「——国枝櫂と契るつもりなのかい？」

真正面から問われると、「はい」とは答えにくい質問だった。だが、律也は東條を睨みつけながら顔を赤らめる。

「契約を守ってもらわないと、耀が散ってしまうなら……俺は、困る」

「そうか。きみにヴァンパイアの夜の相手がつとまるのかな。興味津々だな。思いを遂げたら、また顔を見せてもらいたいものだ」

「……絶対、いやです」

律也が断固拒否すると、東條は「なぜ」と目を見開いた。

「だって、俺と耀がなにをしたか、東條さんにはわかるんでしょう？」

「まあ、でも、僕に見られても気にすることはないだろう。きみと僕とは、とても深い部分でわかりあえている気がするから。僕はきみのいい理解者になれると思わないか。今日、こうして話してみて、二回目だけど確信した」

変わっているとは思うものの、律也も東條と話すのは嫌いではなかった。それほど社交的ではないのに、いくらヴァンパイアの真実を知りたかったとはいえ、こうしてわざわざ相手の部屋を訪ねるのは珍しい。

不本意だが、話し相手としては相性がいいのかもしれない。そう考えたせいで、律也はついうっかりと頷いてしまった。

「たしかに……俺も、東條さんと話すのは気が楽です」

「そうか、きみもそう思うか」

満足そうに答える東條の目が、奇妙に光ったような気がした。

律也は突然落ち着かない気持ちになって、『そろそろ失礼します』と腰を上げる。背中がぞくりとした。なにに怯えているのかはわからなかったが、長居は無用というサインだった。

この手の勘は外れない。東條はやはり特別な存在なのか。

初めて会ったときに慎司ですら気づかなかっただけあって、どれだけ感覚をすませてみても、律也にも東條が何者なのか摑めなかった。

妖しい気配はないものの、その顔に輝くばかりの光が見えるのは、なにを意味しているのか。

「――東條さん、『狩人』ってどういうものなのか、知っていますか？」

どういう反応を示すのか知りたくて、律也は玄関で靴を履きながらたずねてみた。

東條は最初きょとんとしたものの、すぐに「知ってるとも」と唇の端をあげた。

「獣を狩る者だ」


真夜中を過ぎた頃、律也は東條にいわれたとおりに小説を書くときのように頭のなかで夜の種族たちをイメージしてみた。慎司はちょうど出かけていたので都合がよかった。

意識してくりかえしていると、やがて自分のからだから青い気がでてくるのが感じられる。不思議な青い炎のようなそれはゆらめいて、律也の周囲の空間を囲った。

窓は開いてないのに、どこからか風を感じた。ふわりと生ぬるく、肌をなでていく奇妙な風だ。

続いて、薔薇の匂いも漂ってきた。どうやらチャンネルがつながったらしい。窓の外を見ると、庭はいつもより暗い、漆黒の闇に包まれていた。

薔薇がひとつひとつ光りだすのが見える。本来、ピンクの品種の花なのに、その夜は赤く染まったように見えた。血の色だ。

初めて見る光景に、律也は目をしばたたかせる。庭の薔薇がこんな色に見えたことはなかった。

「——櫂?」

律也は窓を開けて呼びかける。

「櫂、どこにいる? 早くそばにきて……」

言葉が止まってしまったのは、窓を開けた途端に、目の前に広がる風景がぶわっと強い風とともに絵を掛け替えたように変化したからだった。

暗い夜空に不思議な七色の星々がきらめいていた。幻想的な風景は、人界のものではなかった。律也の家の庭と異世界が混じり合っているのだ。本来の風景に、フィルターを重ねるようにして、別世界が見える。

ふっと風が吹くたびにそれらはゆらめいて、あやふやになる。幻のような世界から、普段は人界に住んでいない夜の種族たちが次々と現れ、優雅に空を飛び、もしくは地を駆けてゆく。美しい鈴を振るような音楽がどこからともなく聞こえ、狼の遠吠えが重なった。よく目を凝らすと、色のついた星のように見えるのは、小さな羽が生えた妖精が空を飛んでいる姿だった。父の描く御伽噺のような光景が広がっていることに、律也はただ立ちつくすしかなかった。

子どもの頃にはあたりまえに見えていたはずだが、これほどはっきりと風景として異世界が見えたのは久しぶりだった。やがてそれらは映像が遠のくように薄れて消えてゆく。しかし、見えないだけで、まだ確実につながっていると実感できた。

その証拠に、背景は見えなくても、悪戯《いたずら》好きの妖精がすっと窓のそばを飛び去っていくのが見えた。

律也の家の庭は、チャンネルがつながっているあいだは、人界であって、人界でない場所になっているのだ。初めて見る血のような薔薇の色は、いったいなにを意味しているのか。

「……櫂？　どこ？」

ふいに空からひとりのヴァンパイアが近づいてきた。貴種の特徴である黒い翼をはためかせ、律也の二階の窓の目の前でぴたりと止まって宙に浮く。ヴァンパイア特有の冷めた美貌が、律也ににっこりと笑いかける。まだ少年といってもいい年齢のヴァンパイアだ。実際はおそろしく年をとっているに違いなかったが。

「我が主は、あちらに」

普段は人界に紛れているのか、ヴァンパイアは言葉を話した。

彼が指し示したのは、庭の薔薇の前だった。櫂がいつのまにか立っていて、薔薇の花をつんでいる。

「櫂っ」

律也が一階に下りるために窓から離れようとすると、ヴァンパイアが腕を摑んだ。

「どうぞ、こちらに」

「いや、俺は……」

「わたしがお運びいたします」

ヴァンパイアに抱きかかえられて、律也は「うわっ」と声をあげる。バサリ、と翼が大きくはためいたかと思うと、ふわりとからだが浮いて、一瞬にして庭へと着いていた。

降り立ったのは、櫂のすぐ真横だ。櫂は不機嫌そうに律也を見た。

律也を運んだヴァンパイアが離れるときに背後からそっと囁く。

「とても美しい方だ。櫂様と契られれば、もっともっと美しさが増す。獣くさささなど、すぐに消えます」

ヴァンパイアが「美しい」という言葉を使うときは、決して外見だけを誉《ほ》めているわけではなかった。彼らにとっては、美しさは力の強さの象徴だった。律也の気の力の強さが増すといっているのか。

櫂が「レイ」とうるさそうに少年のヴァンパイアを見やる。

「失礼いたしました。獣たちは五十年ぶりに新しい狩人が現れたと浮き足だっております。幸いなことにもうすぐ律也様も誕生日を迎えられる。なにも邪魔が入らなくて、結構なことです。……律也様、櫂様はおやさしい方ですから、怖がらなくても大丈夫ですよ」

レイと呼ばれたヴァンパイアは律也に悪戯っぽい笑みを向けてから、櫂に向かって一礼すると、ふわりと飛び立った。そして瞬きするあいだに空高くへと飛び去っていく。

残された律也は茫然とするしかなかった。

「どうして二十歳の誕生日の契約のことを……」

「きみ、東條忍に話したんだろう？」

櫂に指摘されて、律也は「あ」と口を手で覆った。

すっかり忘れていた。彼は、夜の種族たちにとってはスピーカーのような役目を果たすのだ。それでは、契約の件は大音量で放送されたと同じになるのか。

かなり恥ずかしい内容まで話した気がするのに、すべて聞かれていたのだろうかと思うと、律也はくらくらと眩暈がしてきた。どうして東條に話をしてしまったのか。

櫂が最初に不機嫌そうに律也を見た理由がやっとわかった。

「きみは外堀から埋めて俺を責めるつもりなのか。……同じ氏族の連中は、きみが俺の正式な伴侶になると思ってる」

櫂にもやはり仲間がいるのだ。ヴァンパイアの世界がどうなっているのかよくわからないだけに、律也は興味がわいた。

「……櫂は、偉いの？　さっき、『我が主』って呼ばれてたけど」

「べつに偉くはない。……血のせいだ」

櫂はヴァンパイアについて語りたくはなさそうだった。律也から顔をそむけて、薔薇に向き直り、血のような赤い花弁をつむ。

「どうして今日は薔薇が赤くなってるのか、櫂にはわかる？　いままでこんなことなかったのに」

「――きみの力が強くなっているから。この花は、特別な精気どころじゃない……血の味がする」

薔薇を赤くしたいなんて考えもしなかったのに、律也がしたことだというのか。そういえば、先日薔薇を咲かせたのも律也だと慎司はいっていた。

「律は俺にきてほしいと願っただろう？　だからだよ」

自分の知らないうちに、力を発している……？

律也は信じられなくて自らの手をじっと見つめた。

櫂はつんだ薔薇の花びらを口に入れて嚙み、味をたしかめていた。色の薄い唇に、真っ赤な薔薇の花びらがふれるさまは、血に染められているようだった。

「……食べる？」

櫂は手を伸ばしてきて、律也の唇にそっとふれ、薔薇の花びらを一枚口に入れる。血の味がするのかはわからなかった。ただ独得の甘い香りが広がるだけだ。

櫂は律也が薔薇の花びらを食べるさまを凝視していた。先日も感じたが、舐めるような執《しっ》拗《よう》な視線で、律也は落ち着かない気分で咀嚼した。

「律にも、味がわかる？」

「……俺には、よくわからない。櫂が美味しいならいいけど」

櫂は律也から視線をそらさないまま、「美味しいよ、とても」と呟く。血の色をした薔薇を口に含む櫂の姿はとても美しく優雅で——胸の鼓動が不規則に高鳴った。

「獣はどうした？　今日は気配がないけど」

「慎ちゃん？　出かけてる。ここ数日、留守にすることが多いんだ。……櫂、慎ちゃんのこと、獣っていうのやめてくれ。俺の叔父さんなんだから」

「わかった——じゃあ、慎司は今夜は帰ってこないのか」

なぜそれを確認されるのか。律也はとまどいながら「うん……」と頷く。

櫂がふっと笑ったように見えた。血の色をした薔薇を食べたせいなのか、今夜の櫂はやけに艶っぽく見える。

「いつまでここにいればいい？　律の部屋で話がしたい」

「あ……もちろん」

櫂が庭からテラスにあがって居間へと入ろうとしたので、律也は首をひねった。

「櫂は飛ばないの？」

「――」

櫂は無表情に律也を振り返って見つめただけで、返事をしなかった。そのまま家のなかへと入っていく。

怒らせたのだろうかと焦る。櫂は律也の前でヴァンパイアらしいところを見せるのを明らかに避けている。なのに、飛んでみせてくれと要求したようで無神経だったのかもしれない。気まずくなるかもしれないと思ったが、律也の部屋に入ったときには櫂は特段不快を覚えているふうでもなかった。

部屋の蛍光灯の電気をつけると、先ほどまで外で見た不思議な光景がまるで夢のように思えてくる。

なにもいわないうちに、櫂がベッドの上に腰掛けたので、律也も自然とその隣に並んで座る。そうこうしているあいだにも、櫂の目はつねに律也のからだの上を這っていた。先日も感じた舐めるような視線。

誕生日の契約を守って欲しいと思っているのに、こういう目つきを向けられるのはまだ慣れなかった。おそらく櫂にとっても、ヴァンパイアの本能で無意識に違いない。

こうして見つめられていると、まるで自分が力の弱い、ヴァンパイアに狩られるだけの存在になったような気がしてくる。

「……櫂は、俺のこと怒ってるのか？」

「律を？　まさか。怒ってなんかいない」

「……でも、なかなかきてくれなかった。窓の鍵はずっと開けてたのに」

「ほんの数日間も、待てない？」

「だって、このあいだは五年ぶりで……そんなに一緒に長く過ごせなかったし、せっかくまた会えるようになったのに……」

櫂と一緒にいると、律也はすぐに幼い頃のような感覚に戻ってしまう。一緒に暮らしている慎司の前でもしないのに、甘えたことを口にしてしまうのが恥ずかしかった。

「すぐにこなかったのは、きみになにもしないでいられる自信がなかったから。このあいだ、まさかきみが俺を覚えてるとは思ってなかった。だから、どうしようかとずっと考えていたんだ」

「……契約を守ってもらわなきゃ困る。燿は、そうしなきゃ塵になって消えてしまうんだろ？」

「――俺と契ったら、律也は年をとらなくなってしまうよ。きみのお父さんも、年齢のわりに若く見えただろう？　花木さんくらいの年齢ならまだいいけど、きみはまだ若すぎる」

たぶんそうなるのだろうと思っていたが、燿の口からはっきりと告げられると、いささか怯《ひる》む気持ちがないといったら嘘になった。だが、ここで引きさがるわけにもいかない。

「十五歳のときも、まだ子どもだから駄目だっていわれて、二十歳になってもまだ若いっていうなら、燿はいつになったら俺と一緒にいてくれるんだ。父さんだって、ヴァンパイアと契約してたんだから……」

「きみのお父さんは、気を供給するだけの単なる契約者だ。始祖にはほかにもたくさんの契約者がいた。だから、契約を終了するのも可能だったし、それほど夜の種族に深入りしてたわけじゃない。彼は利害関係をきちんと理解してたから。でも、俺の場合は――きみに血の印をつけて『俺のものにする』と誓ってしまった。永遠の伴侶にするって意味だよ。普通の契約者とは違う」

燿が悩んでいる理由が律也は理解できなかった。

「……俺は、そっちのほうがうれしいけど。普通の契約者よりも、燿の伴侶のほうが」

「――」

櫂は驚いたように目を見開いたあと、眉根を寄せた。

「そんな簡単にいわないでくれ。伴侶になったら、契約は終了できない」

「俺もヴァンパイアになるってこと？」

「きみは赤い薔薇を咲かせられるほど浄化の力をもつ者だから、ヴァンパイアにはなれない」

「だから、櫂と契れば、伴侶になって、ずっと一緒にいられるんだろ？　よくわからないけど、どういう方法でも俺はかまわない」

「――」

なにをいっても、律也があきらめないのを悟って、櫂は渋面のまま眉間を指で押さえた。

「なんで短絡的にものをいうんだ。俺はそんなふうにきみを育てた覚えはない。もっとよく考えてくれ」

「だって、いくら複雑に考えたって、答えはひとつに決まってる。俺は櫂と一緒にいたい。そのためなら、なんだってする」

きっぱりと宣言する律也を見て、櫂はあきれた顔をしたあと、すっかり気が抜けてしまったようだった。額を押さえて、小さく笑いだす。

「なんで笑うんだ。俺は櫂が記憶を封じたこと、まだ怒ってて許したわけじゃないんだからな。最初から約束を守る気がなかったなんてひどいじゃないか」

「律が、俺を冷酷なヴァンパイアみたいに小説に書いた件は？　俺は怒ってもいいの？」

初めて小説の件にふれられて、律也は言葉に詰まった。東條に指摘されて初めて気づいたが、櫂はやはり腹をたてているのだろうか。

「あ……あれは、櫂を忘れたくないから……『カイ』って名前にして、容貌なんかは記録するためにそのままだけど、あとはちょっと脚色してるだけで。でも、すごく格好良く書いたつもりなんだけど。……気に入らなかった？」

櫂は返事をしないままにうつむいて、再びこらえきれないように笑いだした。

冷や汗をかく場面なのに、櫂がそうやって笑うところを見るのは久しぶりで、律也はうれしくなった。再会してから、櫂はしかめっ面ばかりしているような気がするから。

櫂がふと顔をあげて、律也を見つめる。

「――俺を好き？」

昔も同じように問われたのを思い出しながら、律也は頷く。

「……好きだよ。俺は櫂が好き」

「――」

櫂は目を細め、律也から視線をそらさずに凝視しつづける。そのうちに律也は恥ずかしくて目をそらしてしまった。

黙って見つめられると、今夜の櫂は怖いような色気がある。先ほど赤い薔薇を食べているとき、口許が血に染まったようだと考えたことをなぜか思い出した。

「櫂は？　俺、櫂の気持ちを聞いたことない……」

櫂は無言のまま身をよせてきて、律也の顎を手でとらえてキスをする。軽い接触なのに、薔薇の香りが鼻から脳まで突き抜けた。

一瞬で、律也は眩暈をともなう熱を覚える。

「好きだよ。好きだなんて言葉ではいいあらわせないほど」

「そ……そうなんだ」

うっすらと朱に染まった律也の頬を、櫂はそっとなでながら唇を寄せてくる。軽くくちづけられているだけなのに、背中が怯えたように震えた。

先日、慎司に「りっちゃんは俺と国枝櫂とじゃ、態度が違う」と責められたが、そのとおりかもしれなかった。

どうしてかわからないが、櫂に引き寄せられると、抵抗する気が失せてしまうのだ。

これはヴァンパイアの能力で幻惑されているせいなのか。それとも——なにをされてもかまわないほど好きだから……？

櫂は律也のからだをなでながら、パジャマのシャツの裾から手を入れてきた。長い指が肌のうえを這う。

「……い、いま、するの？」

誕生日に抱く約束を守れといっている分際で、いまさらあわてるのも変な話だが、いきなりの覚悟はできてなかった。

「さわってるだけ。こうして話してるあいだに、お腹が冷えるといけないから。なでてあげるよ」

「あ……うん」

櫂は律也の後ろに回って、背後から抱きかかえる格好になった。

もうすぐ二十歳になる男に「お腹をなでてあげるよ」というのも不自然極まりないが、櫂に甘い声で囁かれるとやはり逆らえなかった。櫂の前だけ乙女モードになると慎司に揶揄《やゆ》されても、いうとおりになってしまうのだから仕方ない。

櫂は小さな子どもにするように、律也の腹をやんわりとなでさする。その手はどんどん上にあがってきて、律也の胸へと伸びてきた。

「律——胸もなでてもいい？」

「……うん」

いまさら拒否するのも変だったので、律也は力なく頷く。

櫂の指はうすい胸をなで、突起をつついた。

「——あっ」

そんなところを他人にさわられたのは初めてで、律也はびくんと肩を震わせる。

「くすぐったい？　ゆっくりとさわれば、気持ちよくなるから」

耳もとに囁かれながら、焦れったいほどやわらかく指の腹でさすられる。突起をもてあそばれるうちに、じわじわとした熱が生まれて、全身に広がり、じっとしていられなくなる。

「あっ——や」

「——律」

腕のなかから逃げだそうとした律也を引き寄せて、櫂は耳もとにくちづけてきた。耳朶《じだ》を噛み、耳の穴を舐める。ぞくぞくと痺れが走って、律也は横に崩れ落ちた。

櫂がそのまま覆いかぶさってきて、律也の唇にキスをする。舌をからませる濃厚なキスだった。

しばらく夢中で吸いあって、ようやく唇が離れた。

「まだ誕生日じゃないけど……」

「きみに『好き』だなんてかわいいことをいわれて、俺に我慢できるはずがない」

では、櫂は自分を受け入れてくれるのか。伴侶にしてくれるのだろうか。

はっきりと答えてほしくて、櫂の顔を見つめたが、言葉にはしてくれなかった。

ただ櫂の瞳は熱く欲情に潤み、妖しく魅力的だった。櫂本来の感情で律也が欲しいのか、ヴァンパイアの本能で性欲に支配されているのか。

「……俺は律が欲しい」

耀はうわごとのように呟き、律也の首筋に吸いつく。牙をだされるのではないかとひやりとしたが、キスをされただけだった。

すぐにパジャマのシャツを脱がされ、ズボンも下着ごと足から抜きとられた。耀は自らもシャツを脱いで裸身をさらすと、律也の胸に吸いついてきた。

先ほど指でいじっているときからそうしたくてたまらなかったというように、舌で乳首をなぶり、舐め回す。ハアハアと荒い息が肌をなでるたびに、律也は身をよじった。

「あ……あ」

「律──」

チュッチュッと音をたてて乳首を吸われる。まるでそれが甘い食べ物でもあるかのように執拗だった。

「や……や、耀……」

「──ここを舐められるのは、嫌い？」

胸から顔をあげて、指で突起をつつきながら、耀が問う。

「嫌いじゃないけど……」

耀の頬は興奮で火照り、瞳は潤んで、ますます艶っぽさを増している。間近で見つめられてしまったら、いやだと首を振ってことわれるわけがなかった。

耀はかすかに笑って、再び律也の胸に顔を埋める。

「律のここは、すごく美味しい。甘いんだ」

櫂が喜んでいるのなら、やめてくれとはいえない。好きにしてくれと、恥ずかしさから顔をそむけるしかなかった。

櫂は律也の胸を舐め、乳首を指の腹で揉《も》む。櫂の舌が動くたびに、そこから肌が蕩《とろ》けてゆくようだった。

胸を舐められているだけなのに、下腹が疼いてくるのがわかる。

「あん……あっ」

強く吸いつかれた途端に、自分でも信じられない甘ったるい声がでた。それを聞いたせいか、櫂がひときわ興奮したように息を荒くして乳首を噛んでくる。

頭がだんだんと下におりていき、足を信じられないぐらいに広げられ、顔を埋められた。

「大きくなったね」と囁かれて、律也は首すじまで真っ赤に染めた。

「……櫂っ」

抵抗するまもなく、反応してしまっているものを口に含まれる。あたたかい感触につつまれた途端、「あ」と律也は首をのけぞらせた。

櫂は律也のそれを舐めて、きつく先端を吸う。そうすることで飢えを満たしているように見えた。

刺激に慣れていない律也は、激しい口腔の愛撫《あいぶ》に、すぐさまぶるっと腰を震わせた。

「やーーやっ」

離してくれと頭を押しやろうとしたが、櫂はしっかりと律也のものを口にくわえたまま離さない。

律也の出したものをごくりと喉をならして飲み込み、最後の一滴まで綺麗に舐めとる。

櫂が口を離してからも律也は虚脱状態で、しばらく天井を見上げたまま動けなかった。自慰の経験はあっても、こんなに強烈な快感は味わったことがなかった。

そんな様子がおかしかったのか、櫂が笑いながらくちづけしてきた。先ほどまで自分のものを舐めていた唇だと思うと、一瞬顔をしかめたが、濃厚な薔薇の匂いのせいで気にならなかった。抱きしめられるたびに、宙に浮いてしまいそうだ。

櫂もいまだに興奮が冷めやらないようだったが、律也の精液を飲んだことで少し落ち着いたようだった。それでも、律也の裸身を見つめる目にはまだ熱がこもっていて、視線だけで犯されている気がした。

「……綺麗だ、律」

櫂は律也の額にくちづける。

律也も冷静になってくると、自分はすっきりしたけれども、櫂は大丈夫なのだろうかと気になった。

櫂は上半身を脱いだだけでズボンを履いたままだったが、抱きしめられると布ごしにもそれが硬くなっているのがわかったからだ。

「……櫂は、いいの？」

「――なに？」

「その……大きくなってるから」

口にしてから恥ずかしくなったが、櫂は微笑んだ。

「律よりは我慢できるから」

「……なんだよ、それ。だって、俺はひとにさわられたのも初めてで……」

早く達してしまったいいわけを口にしようとすると、櫂は「しっ」と律也の唇を指で押さえた。

「灯りを消してもいい？」

櫂はベッドから立ち上がると、部屋の照明を消して、ベッドサイドのランプだけをつけた。

暗くなって初めて、律也は先ほどまで煌々《こうこう》と電気のついた下で足を大きく広げて櫂の前にすべてをさらけだしていたのだと気づく。

今頃になってどっと汗が噴きだしてきた。羞恥《しゅうち》でじわじわと耳が熱くなる。

「……櫂、ずるい」

「なにが？」

わかっているだろうに、すました笑いを返される。

耀は再びベッドに横たわって抱きしめてきたが、律也はそっぽをむいた。

「……耀は、いつもずるい。俺を迎えにくるつもりもないくせに、だまそうとしたし」

「そんなことはない。……迎えにくるつもりだったんだ」

「じゃあ、なんで記憶を封印して、『俺を覚えてたら』なんて条件をつけたんだ」

「それはもしものときの保険のつもりだった。……ほんとうは、律を迎えにこようと思ってたんだ。それに、律は『そばにいたなら、もっと会いにきてくれればよかったのに』といったけど、俺は五年のあいだに何度かきみに会いにきてる。ただ、そのたびに記憶を封じてしまったから、覚えてないだろうけど」

「……なんで、そんなこと――」

時折、記憶が斑模様のようにはっきりしないのは、やはり耀のせいだったのだ。

どうしていま告げられるのか。

「まさか……今夜のことも、忘れさせるつもり？」

「いや、もうしない。どうせ無駄だから。……今日のことはきっと忘れさせられるだろうけど、きみは俺と暮らしていた頃を決して忘れない。忘れたように見えても、なにかきっかけがあれば、すぐに思い出してしまう。五年のあいだに何度か会いにきたことを完全に忘れさせられても、一緒に暮らしていた記憶はどうしても消せないみたいだ。きみが本を書いたときに思い出してることがわかって、二十歳の誕生日が近づく前になんとかしようと、このあいだの夜にもここにきて、きみの記憶を封じたけれども……きみはやっぱり覚えていた。封じることができたのは、その夜の俺を見た記憶だけ」

もう一度誕生日の前に記憶を封じられて、櫂を忘れてしまったらどうしようと危惧《きぐ》していただけに、そのつもりはないといわれて安堵した。

じゃあ——と律也は顔をほころばせて振り返ったが、肩越しに見る櫂の顔は苦しげにゆがめられていた。

「どうして忘れなかったんだ、律……俺のことなんて」

それが忌ま忌ましいと同時に、櫂にとっては喜びでもあるようだった。だが、それゆえに彼は苦痛を覚えている。

「櫂……」

「忘れてくれてれば、あきらめもついたのに。花木さんは俺がきみを攫うのを恐れてた」

「だって……父さんがどう思ってようと、関係ないじゃないか。俺は、櫂を忘れたくない。好きなんだから、忘れられない」

律也は懸命にいいつのった。父がヴァンパイアとの契約を打ち切ったのは、律也に対して『夜の種族にはかかわるな』という遺言だった。父の気持ちは充分にわかっていたが、櫂への思いは打ち消せない。

「俺は櫂が好きなんだから」

「…………」

櫂は律也の必死の形相を見てしばらく黙り込んだ。やがて小さく息をつく。

「五年前は——きみは俺が契るっていっても、ピンときてないみたいだった。だから、『好き』の意味が違うのかと思ってた」

「もういいかげんわかってるよ。さっきだって——その……したじゃないか」

櫂がかすかに笑った気がした。ほっとしたのも束の間、背後からふいにきつく抱きしめられて、律也は息が止まりそうになる。

「……さっきいったように——五年後なら、きみも理解できるだろうと思ってたんだ。だから、迎えにこようと思ってた。五年のあいだに、俺のほうもなんとかなるんじゃないかと考えてたんだ。もしかしたら……人間に……戻れる方法があるんじゃないかって」

櫂が家を出て行ってからどうやって過ごしていたのか。律也はまったく知らなかった。ヴァンパイアから人間に戻る方法を模索していたというのだろうか。

あれほど先祖返りを畏れていたのだから、櫂にしてみれば当然なのかもしれなかった。すぐにヴァンパイアとして生きていくことを受け入れたわけではないのだ。

「なにか前例がないかと調べたし……いろいろなものを試してみた。覚醒したあとでも、なにか方法があるはずだと思った。五年あれば、なんとか人間に戻って、律を迎えにいけるはずだって……きみが俺を忘れてても、もう一度出会えれば、きっと俺のものにできる。だけど……そんなことは不可能だった。俺は——いまも、化け物のままだ」

「…………」

最後の振り絞るような苦しげな声に、律也は胸が詰まった。

櫂がそんなふうに考えていたことなど、律也は想像もしていなかった。ただ、その場しのぎで約束したものの、最初から守る気はなかったのだとばかり思っていた。

先ほど櫂が「俺と契ったら、年をとらなくなってしまう」といったとき、律也は即座にそれでもいいと返事をした。この数年間、人間に戻りたいと足掻《あが》いていた櫂にしてみれば、律也の態度は軽はずみとしか映らないに違いなかった。

「櫂……俺……」

なにを謝っていいのかわからないまま口を開こうとすると、櫂が律也の唇を唇で覆ってきた。ハア、と息を乱しながら、舌を合わせる。苦しくて、甘いキスだった。

櫂はいったん上半身を起こし、律也の顔を見つめる。その顔はいつもよりも白くなっていた。ヴァンパイア特有の色だ。櫂はいつも普通の人間の顔色に見えるようにしているらしいが、極度の興奮状態になると、やはり隠しきれないようだった。

その少し翳りのある視線には、見つめられただけで胸の動悸が速まるほど、不思議な色香がある。視線を合わせているうちに、律也は気が遠くなりそうだった。

「化け物のままで、こんなふうに律にさわるべきじゃないのに——俺はきみが欲しい」

櫂は再び律也に覆いかぶさってきて唇を合わせる。

俺は櫂が何者でもかまわないって、前からいってるのに……。

そう答えたいのに、声にはならなかった。だが、考えただけで櫂には通じたらしかった。

一瞬、驚いたように律也を見て、動きをとめたから。

「……律……」

いとしそうに呟きながら、櫂の目が再び欲情に奇妙なきらめきを見せていた。ひとを抱くときに、ヴァンパイアはこれほど魅惑的な瞳を見せるのだろうか。だとしたら、幻惑されずにいられるわけがない。

薄明かりのなかでも、櫂の肌がきらきらと月のような光を帯びているのが見えた。もしかしたら、こういうところを見られたくないから、櫂は先ほど部屋の照明を落としたのかもしれなかった。

普段も見惚れるほどに端麗な容貌が、さらに妖しい輝きを増していた。律也はまともに顔を見られなくて、頬を染めて目をそらす。

櫂は視線の先を追ってきて、律也の唇をやわらかく吸いながら、先ほどさんざんいじっていた胸を再びなでた。

「ん……」

くすぐったいような疼きが、指でいじられるうちに甘いものに変わっていく。

櫂が「また食べさせて」といいながら、乳首に唇をつけた。すぐにまたからだが熱くなって、櫂が動くたびに濃くなる薔薇の芳香に酔う。

からだをなでまわされるうちに、先ほど達したばかりなのに、律也の下腹のものは再び勃起した。

「や……も」

櫂がまた顔を埋めようとしたので、手で押さえつけて拒否した。櫂の笑う吐息が、恥部をなでる。

「どうして？　嫌い？」

「――それされると、すぐいっちゃうから……」

櫂はおかしそうに了解と呟いて、顔をあげると、律也の額にキスをした。そして、いよいよつらくなったのか、そのまま上体を起こして自らのズボンに手をかける。

律也は顔をそむけながら、ドキンドキンと心臓が高鳴るのをどうしようもなかった。

櫂はすぐに全裸になると、再び律也にかさなってきた。不自然に視線があさってのほうを向いているのに気づいたのか、「律」と呼びながらキスしてくる。反応している腰を初めてじかに押しつけられて、「あっ」と声をあげてしまう。

「――怖がらなくても大丈夫だから。前に俺がいったことで、怯えてる？　でも、今夜は最後までしないから」

なんで——と、律也はとまどいながら櫂の顔を見つめる。

「したくてもできない。この前もいったろ？　二十歳の誕生日までは契約があるから、最後まではできないんだ。契約に縛られてなかったら……我慢しろっていわれても、こんなふうにきみを抱いてたら我慢できずに最後までしてしまうけど。おかげで今日は……きみをからだのなかまでは汚さずにすむ」

自分が抱くのを「汚す」行為だと思っているのだとわかって、律也はちくりと胸が痛んだ。だが、そう思っていても、ヴァンパイアの性《さが》ゆえか、櫂は律也にふれずにはいられないようだった。

興奮した様子で、櫂は律也の首すじに吸いついてくる。抱きあっていると櫂のものが当たって、律也はそのたびに目の前がちかちかと赤く見えるほど恥ずかしくなった。

どれほど顔は綺麗で優美に見えても、櫂の男の部分は硬く膨れあがっていて、はっきりとした欲望を伝えてくる。それを律也のからだにこすりつけるたびに、呼吸を荒くして、悩ましげに眉根を寄せるさまはひどく官能的だった。

下のほうを見る気にはならなかったけれども、櫂の表情を見ているだけで、律也のからだのなかで甘いものがとけた。

「律——俺の顔をあまり見ないでほしい」

「え……？」

「怖がらせたくないから」

最初は首をひねったけれども、徐々にその理由がわかった。櫂が興奮してくると、肌がヴァンパイア特有の色を取り戻すだけではなく、目が赤くほのかに光ってくるのだった。

たしかにそれは初めて見るものにとっては、息を呑む光景だった。律也もしばし茫然と見つめてしまった。

櫂の表情がすぐに翳るのがわかったので、律也はあわてて笑みをつくる。

「大丈夫……俺は……櫂が好き」

「――」

櫂はいったん動きを止めて上体を起こすと、ベッドサイドのランプの灯りも消してしまった。

一瞬真っ暗になったが、窓から差し込む月明かりのせいで、目が慣れてくると暗闇のなかでも視界はそれなりに確認できる。

暗がりだと、かえって櫂の目が赤くなるのが目立ったが、本人が見られたくないと思っているのだから口にはださなかった。しかし、しばらくすると、櫂がランプまで消してしまった理由はほかにあるのだと気づいた。

ハア……と興奮した吐息を漏らす櫂の口許が、かすかに白く光っていた。暗がりのなかではっきりとわからなかったが、鋭い牙に見えた。

普段は顔色と同じく見えないように隠しているようだが、いまは剝《む》きだしになっているのだ。

櫂は律也の首すじに唇をつけて「少しだけ」と囁いた。噛まれるのだと身構えたけれども、痛みはなかった。全身の力が甘い匂いとともに抜けていったので、気を吸われただけだとわかってほっと息をつく。

しばらくすると、気を吸ったせいか、櫂の目の赤みは消えて、いつもの黒い瞳が戻ってきた。だが、よりいっそうその目つきは妖艶《ようえん》さを増し、飢餓感はさらに募っているように見えた。律也のからだに当たる櫂の下半身の一部分はいままで以上に硬くそりかえっている。

櫂はハアハアと荒い呼吸を吐きながら、律也のからだをひっくり返した。背すじをすっとなぞられて、ぞくぞくと震えが走る。

その震えを吸いとるように、櫂は背すじにキスをして、頭を下げていった。

なにをされるのだろうとびくびくしていたから、腰をあげられたときには、びっくりしてからだがこわばった。信じられない場所に吐息がかかるのを感じて、律也はこらえきれずに声をあげる。

「か……櫂っ……」

暗闇でよかったとこれほど思ったことはない。

櫂は律也の腰をあげさせて、しっかりと押さえつけたまま、その狭間《はざま》に舌を這わせた。

「や……や」

舐められた部分に、指がゆっくりと入り込んできてかきまわす。

「や……最後までしないって」

逃げようとして肩をあげても、腰をがっちりとつかまれているので、動くことができない。

「俺のは挿れないから」

契約のせいでできないけれども、おそらく櫂としては挿入したくてたまらないのかもしれない。動物みたいに飢えた息遣いのまま、四つん這いになった律也の閉じている部分や足を執拗に舐める。

なかの指を動かされているうちに、甘いものがあふれてくる場所に当たって、律也は「あ、あ」ととまどった声をあげた。その瞬間、自分でもまったくコントロールできないうちに射精する。

あまりの突き抜けた快感の衝撃に、律也は脱力した。心地よい余韻がからだをつつむ。

櫂は律也の体液を手のひらにすくうと、それを腿の内側に塗りつけてきた。

「櫂……？」

再び背後から腰をかかえあげられたと思った瞬間、熱い塊が足のあいだに入ってきた。

「あ……」

「——こうやって、律の肌でこすってもらうだけだから」

燿はあやすように囁き、律也の腿に自身のそれを挟み込んで、腰を動かしはじめた。されるままに揺さぶられながら、律也は甘い息を吐く。

燿は律也に覆いかぶさり、前に手を伸ばしてきて胸をなで、耳朶にキスをした。

動かれているあいだは、なにも考えられなかった。腿の間から伝わってくる燿自身の熱さに、律也もからだが火照ってどうしようもなかった。

「や……燿――」

律也が呼んだ瞬間、燿がそれに答えるように首すじにキスをする。呼吸が荒く、胸が弾んでいるので、彼のクライマックスが近いことを伝えてきた。律也の腰を抱えたまま、ひときわ激しく動く。

「律……見ないでくれ……頼むから」

燿が熱情を放ち、律也の腿を体液で濡らした感触があった瞬間、間髪容れずに、首に鋭い痛みが走った。

「あ――」

燿が牙を剝きだしにして、律也に嚙みついてきたのだった。甘露でも吸うように、首すじにしたたる血を舐め、食らいついた肌からさらにすすり、嚥下《えんか》する。ほんの短い時間だが、律也にとっては永遠のように感じた。

いわれたとおりに、律也は決して振り返らなかった。頭のなかで、燿が血の色をした薔薇の花びらを口にふくんでいる光景が広がる。唇が血に濡れているようだと思った。

自分の血の匂いにむせそうになったが、すぐにそれよりも強い、強烈な薔薇の香りにつつまれたので、麻酔がきいたみたいに痛みはすっと薄れていった。

首すじを舐めながら、櫂が「ああ——」と苦しさと悦《よろこ》びがないまぜになったようなかすれた声をもらすのを聞きながら、律也の意識はブラックアウトした。

小説『夜の種族』のなかで、律也《りつや》は主人公の『カイ』のことをクールで優雅なヴァンパイアとして描いた。

彼が血に飢えたヴァンパイアだということは知っていても、あまりにも魅力的なので、みんなわかっていて犠牲者になる。

吸血鬼ハンターと闘うのだが、ハンターでさえも彼の虜《とりこ》になる。そして、最後にはハンターもヴァンパイアとなってしまい、ふたりしてどこかへ消えてしまうのだった。

ストーリーにひねりはないのだが、櫂《かい》のことを記録するために書いたものだから、『カイ』の外見は櫂そっくりに描写していた。そして、ハンターは外見こそいかつい傷だらけの大男だったが、幼い頃に実は一時期ヴァンパイアと暮らしていたことがあり、これはほとんど律也と同じ設定だった。

吸血シーンを微に入り細をうがつようにしてページをさいて執拗《しつよう》に書いており、血の匂《にお》いがしてきそうで普通なら気分が悪くなりそうなものなのに、微妙なバランスで幻想的に仕上がっているのが個性だ――という評価を得て新人賞を受賞したのだった。東條《とうじょう》が小説を読んで律也を『変態』だと評価したのはあながち間違っていない。決して『上手《うま》い』と評価されたわけではなく、病的な吸血描写の突出した部分がホラー小説としては「ありでしょう」と認めてもらえたのだった。

二作目の原稿はまだ途中だ。途中で展開に詰まってしまったので、律也は大学での講義の間中、ストーリーを練り直していた。

ああでもないこうでもないと考えているうちに、どうして自分は一作目であれほど執拗に吸血シーンを描写したのかと首をひねる。

（きみは、襲われたい願望でもあるのかな？　綺麗《きれい》で残酷なヴァンパイアに）

東條に指摘されたのは癪《しゃく》にさわるが、ひょっとしたら、律也はヴァンパイアになった櫂に血を吸われることを意識のどこかで畏《おそ》れていたのかも知れない。だからあれこれと吸血シーンを想像してシミュレーションするように書いたのだろうか。

首すじの痛みをちくりと思い出して、律也は櫂に吸われた場所に手をあててみる。もう傷はほとんど残っていなかった。事後に、櫂が自らの血を塗ってくれたからだ。ヴァンパイアの血には治癒能力があるらしく、すぐに傷はふさがってしまった。

櫂は抱きあった夜から姿を現していない。律也に嚙《か》みついて血を吸ったことを後悔しているのかもしれない。

牙《きば》をむきだしにしているところを「見ないでくれ」と切なげにいった声がいまも耳の奥に

はりついて離れない。

幼い頃、律也は窓の外に見えるヴァンパイアが怖いといって、櫂のベッドにたびたび甘えて潜り込んでいた。きっと櫂のなかでは、あの頃の律也の記憶が鮮明なのだ。だからヴァンパイアらしいところを見せないようにしているに違いなかった。

たしかに噛みつかれたとき、怖かったのは事実だが、それほど怯《おび》えるほどのものでもなかった。なによりも櫂に自分のことを「化け物」だなんていわせたくない。

考えごとをしているうちにいつのまにか周囲の学生たちが席を立っていた。ぼんやりとしていたので、講義が終わったのにも気づいていなかったようだ。

律也はあわてて荷物をまとめて立ち上がる。大教室を出たところで、ふとひとりの学生がこちらを見ているのに気づいた。

どこかで見た顔だと思っていたら、先日、櫂と一緒にいたヴァンパイアだった。レイと呼ばれていた少年だ。

昼間は彼も人間に見えるように顔色を変化させているらしい。しかし、際だった美形ぶりが人目をひくし、よくよく見れば外見の年齢に反して、達観しすぎた目をしている。

「――こんにちは、律也様」

外に出たところで、レイはにっこりと笑って近づいてきた。律也は「こんにちは」と返したものの、警戒せずにはいられなかった。

「先日、お会いしましたね。わたしは櫂様と同じ氏族のものです。レイとお呼びください。そろそろ律也様の周辺が騒がしくなるかもしれないから、警護をしてくれと櫂様に頼まれました。家までご一緒させていただきます」

「……警護？　なんで」

「あと一週間で誕生日ですから。妙な気を起こす輩《やから》がいたら、動きはじめる時期です。用心に越したことはありません」

律也は櫂から警護の件などなにも聞いていなかった。誕生日が近いといわれても――櫂はきちんと契約を守ってくれるのだろうか。

櫂や慎司《しんじ》は別だが、夜の種族には気を許してはならないという教えが律也にはしみついている。一度会っただけのヴァンパイアをあっさりと信用するわけにはいかなかった。

「結構だ。ひとりで帰れる」

「――注意深いのは賢明ですが、櫂様が塵《ちり》となって消えてしまってもよろしいのですか？」

立ち去ろうとしていた律也は、愕然《がくぜん》と足を止めてレイを振り返った。

「たとえば、いまあなたがここで何者かに拉致《らち》されてしまったとする。誕生日が過ぎるまで、櫂様の手の届かないところに監禁されてしまったとしたら？　櫂様はあなたと契ることができずに、契約を破ったとして消滅してしまいます。あなたとはもっとも神聖な血の契約を交わしているはずですから。櫂様を消滅させるために、あなたを狙う勢力もあるのですよ」

いままで思いもつかなかった可能性を指摘されて、律也はぞっとした。しかし、ヴァンパイアの社会をよく知らないので、「勢力」といわれてもイメージできない。

「それは困る……櫂には、そんなに敵が多いのか？」

「敵対するものはいつでもいます。ヴァンパイアは氏族同士でつねに争っているので、敵は多いのです。律也様に関しては、獣や狩人《かりゅうど》もからんでますし」

話しているうちに、レイは信用してもいいような気がしてきた。最近、知らないあいだに薔薇《ばら》を真っ赤に変化させたり、律也の能力も強くなっているようだが、彼を前にしても背中がぞわぞわとするようないやな予感はない。

「ちょっと——聞きたいんだけど、いい？」

「わたしに答えられることなら」

レイは口許《くちもと》だけで微笑《ほほえ》む。

「櫂は……ヴァンパイアの社会で、どういう存在なんだ？　このあいだから妙に思ってたんだけど……あなたが……レイさんが櫂を『我が主』っていったりするから」

「——」

レイの表情が一瞬固まって、あきれたように律也を睨《にら》む。

「わたしのことはレイと呼び捨ててくださって結構。櫂様の立場を、ご存じないんですか？　櫂様は律也様にはなにも事情は話していないとおっしゃってましたが、ほんとうに？」

「聞いてない。だいたい五年も会ってなかったのに」

「櫂様は我らの始祖の血を受け継ぐ方です。二百年ぶりに誕生された新しい長《おさ》となる可能性がある方です」

堂々といいきられて、律也は啞然《あぜん》とするしかなかった。

「長？　だって、櫂はつい数年前まで人間で……生粋のヴァンパイアじゃない。なんで始祖の血を継いでることになるんだ」

素朴な疑問に、レイは頭が痛いような顔をして小さくためいきをついた。これほどなにも知らないとは思ってなかったらしい。

「貴種のヴァンパイアはそう簡単に生まれません。我らは、不老不死ですからね。ハーフのヴァンパイアのように日光に焼かれて死ぬこともないし、ぽんぽん生まれたら、世の中はヴァンパイアだらけになってしまう。我らはひとびとの血のなかにひっそりと息づいていって、相応《ふさわ》しい器をもつ者のなかで覚醒《かくせい》するのです。国枝《くにえだ》家は古くから、契約者がたくさんいる家系。始祖をはじめ、我らの血を与えられた人間がたくさんいる。ヴァンパイアの血は世代を超えて受け継がれ、櫂様というもっとも優れた器を選んで目覚めたのです」

「七番目の息子……？」

「そうです。七番目の男子の、そのまた七番目の息子。そのいいかたは、確率としてそんなにたくさん生まれるわけではないという象徴に過ぎないですけどね。国枝家のような家系はいくつかあります。旧《ふる》ければいいというわけでもない。まったくヴァンパイアとは縁がない家のものでも、その人物が優れた能力をもっていれば、我らの血は根付きます。たくさん誕生することもあれば、何年、何十年と誰一人として新しい貴種が誕生しないこともある。我我は、種族としては斜陽なのでしょうね」

ヴァンパイアがどうやって血をつないでいくのか。ハーフと呼ばれるヴァンパイアは、貴種が誕生させることは知っていたが、貴種の生まれかたは初めて知った。しかし、父と契約していた始祖のヴァンパイアは櫂によく面立ちが似ていたことを鑑みれば、櫂がその血を受け継いでいるというのも納得せざるをえなかった。

貴種ももともとは人間が覚醒してなるものなのか。だが、ひとの言葉をしゃべらない貴種もいるのはどうしてだろう。

「……貴種がそうやって生まれるのはわかったけど、人界に紛れてない貴種はひとの言葉を話さないじゃないか」

「あれは――幼い頃に目覚めて、我らの世界にくるしかなかった者です。長い時間、人界を離れてしまったなら、言葉など忘れます。夜の種族の世界に同化してしまってますから」

「……ヴァンパイアはべつの次元の存在じゃないのか」

「もともとはそうです。我らはいくつかの氏族に分かれてますが、大本になるのは七つの氏族です。それぞれの始祖たちは、天から墜《お》ちてきた翼をもつものですから」

「天使みたいなの？」

「人界だと、そういう解釈になりますね。だから、地を這《は》う獣のオオカミ族のような輩とは、まったく存在の成り立ちが違うのですよ。やつらは人間と交尾して、種族を簡単に増やしていきますから。我らのように長い時間を費やして、世代を超えて血が育つのを待つまでもない」

ヴァンパイアがオオカミ族を「獣」と呼ぶのは、自分たちは翼をもつ存在だからという自負と、繁殖の仕方の違いかららしかった。レイのいいかたはクールななかにも憎々しげな感情がこもっていて、ほんとうにヴァンパイアとオオカミ族は険悪な関係なのだと実感する。

「そんなことしてたら、オオカミ族が増えすぎない……？」

夜の種族は例外なく美しい。慎司などがその気になったら、たくさんの女性に子どもを産ませるのも可能な気がする。

その疑問を待っていたように、レイは意味ありげに笑った。

「我らの世界にも、食物連鎖の法則は存在するのですよ。増えすぎた獣は、狩られなければなりません」

「狩る……？　誰が？」

笑顔に怖いものを感じて律也の口許がひくついたとき、背後から呼びかける声が聞こえてきた。

「おい、律也くんじゃないか。元気かい？」

通りかかったのは東條忍《しのぶ》だった。先日まで部屋に引きこもっていたようだが、今日は大学に出てきたらしい。

「東條さん——」

律也が振り返ったとき、隣に並んでいたレイからぶわっとものすごい霊力が出てきた。一瞬だが、レイの顔が白くなり、その口許から牙がむきだしになるのが見えたような気がした。真っ赤な薔薇の花が散るようなオーラがたちのぼる。

なんだ？　これは——。

対する東條のほうも、金色のライトを当てたようにキラキラと光っている。眩《まぶ》しすぎて、肌に金粉をまぶしたように見えた。

いったいこの特殊効果はなんなんだ？　と律也が目をこすると、ふたりの容貌《ようぼう》はすっと自然なものに変化した。

「おや、連れがいたのか、失礼」

東條はレイと向き合って見つめ合ったあと、すぐに踵《きびす》を返そうとする。それを呼び止めたのはレイだった。

「狩人よ、早く仕事をするといい。獣たちが狩られるのを待ってる」

「——僕は、獣に興味はない」

東條は振り返って足を止めると、とぼけた顔つきのまま律也とレイを見つめた。

「律也くんに興味がある。彼とは話が通じるんだ。心の友だ」

え？　俺？　――と律也がきょとんとしている隣で、レイが美少年顔のまま再び牙を剝《む》きだしにして唸《うな》った。

「では、我が主の敵になる」

わけがわからないあいだに対決モードになるふたりに、律也はまったくついていけなかった。

「ちょ……ちょっと東條さん？　あなた、なにわけのわからないことといって……」

とまどう律也に、東條は裏切られたようなかなしい顔を見せた。

「きみ、このあいだ、僕と話すと気が楽になるといってくれただろう。僕もそうだ」

「たしかにそういったけど……」

「僕は欲のない人間だと思ってたけど、夜の種族を知れば知るほど、きみに興味がでてきた。きみを知りつくしたい。だから、求婚する。先日、きみを狙う夜の種族たちがでてくると告げたけど、僕もそれに参戦することにした」

「……」

啞然とする律也をよそに、レイは東條に嚙みつかんばかりの形相になる。

「貴様、ヴァンパイアの印がついた者に手をだしたら、どうなるかわかってるのか？」

「僕と国枝櫂だったら、いまは僕のほうがかろうじて強い。彼の翼はまだ黒いんだろう？　覚醒して数年じゃ、齢《よわい》千年を越える始祖を食らいつくす能力はないはずだ」

よほど聞き捨てならない台詞《せりふ》だったのか、レイの顔色が変わった。

「……この、若造の狩人のくせに——我らが始祖の血を愚弄《ぐろう》するのか。わたしの目の前で、律也様を奪えるものなら奪ってみろ。その金色の柔肌を引き裂いて、粉々の血肉にしてくれる」

紅顔の美少年にしか見えないレイの凄味《すごみ》のきいた脅し文句に、律也は背筋がぞくりとした。気がつくと、周囲には多くの学生たちが行き交っていたはずなのに、その姿が見えなくなっていた。風景は大学の構内で変わらない。ただ、同じ場所であっても違う空間になっている。おそらくヴァンパイアの結界内に入り込んだのだった。

東條は飄々《ひょうひょう》とした顔つきだったが、あっさりとからだを引く。

「やめておくよ。そっちのほうが人界に長くひそんでいるぶん、老練だろうからね。今日は素直に退散する」

そのまま立ち去るのかと思いきや、東條は足を止めて、律也をまじまじと見つめた。

「律也くん。ヴァンパイアがちょっと囓《かじ》ったあとだけど、僕は気にしない。ひとの食べかけは全然いけるクチなんだ」

「なにいってるんですか？　東條さん、ますますわけがわからなくなって……」

「きみのオーラが赤く濁ってる。最近、国枝耀の体液の匂いをつけられるような行為をしただろう。体内にはかろうじて出されてないようだけど」

真面目な顔でずばりと指摘されて、律也は絶句するしかなかった。

「契約のおかげで、誕生日までは無理なんだな。いまのきみは、夜の種族を惹《ひ》きつける匂いを発してるよ。下半身にダイレクトに響く匂いだ。いま、隣にいる美少年のナイトだって、いつ豹変《ひょうへん》するかわからない。ほかの奴らに狙われたら大変だから、近いうちに迎えにくるよ」

誕生日に迎えにきてくれるのは、櫂のはずだった。いつのまにか律也が望んだわけでもないのに、もうひとりのお迎え候補が増えた。

「なにがどうなってるんだか……東條さんて、何者？」

東條が去ると、再び世界は元に戻り、見慣れた風景のなかに学生たちが何事もなかったように笑いながら、律也たちの脇を通り過ぎていく。

先ほどまで牙を剝いていたレイも、東條がいなくなるとクールな顔つきに戻っていた。

「——あれは、狩人ですよ。夜の種族です。最近、覚醒したばかりの者です。こちらの世界で気の供給源となる『敏感者』の家系の者ですね。ヴァンパイアに限らず、いろんな血がまじってるはずです。『黄金の血』をもつものといわれて、狩人は変わり者が多いんです。基本的に欲がない」

「……欲がない？」

「気まぐれで、どこに興味が向くかわからないんです。それも自然の摂理なんですけどね。あれの力は圧倒的ですから、欲望が制御できなかったら獣を狩りつくしてしまう。夜の種族は基本的に人間を狩るものですが、狩人は夜の種族を狩るのです」

狩人がそんなにすごいものだとは思わなかった。どうしても天然キャラとしか思ってなかった東條のイメージと結びつかない。慎司が狩人を畏れていたのは、本能的な恐怖からだったのだ。

「だから気まぐれで、怠け者ぐらいでちょうどいいんです。彼らは必要以上には狩らない。圧倒的に力をもってるくせに、なかなか仕事をしない。ヴァンパイアの貴種以上に生まれにくく、突然変異みたいになんの前触れもなく現れる。そして、周りをひっかきまわす。我々には理解できない、気持ちの悪いやつらです。ヴァンパイアとの契約者の家系によく現れるので、我々とは対をなすものなんですけどね。基本的に地を這うものだけで、ヴァンパイアとは敵対しないんです。おそらく我らと同じく天界の系譜を継ぐものたちなので、共食いは避けてるんでしょう」

東條が夜の種族……。

櫂も慎司もそうなのだから、気がつけば律也の周りは人ならざるものたちで固められていることになる。

耀と一緒ならどこにでも行くつもりだったが、どうしてこうややこしい事態になるのか。

「それにしても律也様――耀様と契約を交わしている身で、狩人に愛想を振りまくとはどういうことです？　よくあんなわけのわからないやつと気が合いますね」

レイは腹立たしそうに律也を睨んだ。

「愛想を振りまくって……俺はなにもしてない。あのひと、ついこのあいだまで、『夜の種族』がどんなものかも知らなかったのに。俺のほうがどうなってるんだって聞きたいよ」

「狩人とはそういうものです。でなければ、いわば同じ夜の仲間を狩れるわけがない。ヴァンパイアとオオカミ族が仲が悪いのとはまた意味が違います。彼らはほんとうに一方的に狩るんです。地を這う獣は、いいなりになるしかない。黄金の矢をもってますから」

そんなに強敵なのか。慎司のことを考えると心配になった。最近、よくオオカミ族たちで集まるために家を留守にしているのも無理もないのか。

「でも、いまは彼も狩りに興味がないようです。律也様にご執心のようだから……困ったことです」

「狩人の東條さんはなんで俺になんか興味をもつんだ？　俺に求婚て――あのひと、言葉の意味をわかってるのかな」

獣を狩るというのだから、人間の律也はそれほど脅威に感じなくてもいいはずだった。東條が求婚の意味を間違っているとしか思えない。

「律也様こそわかってるんですか？　彼らは基本的に無欲なだけで、気まぐれに興味をもったものには貪欲《どんよく》ですよ。あなたを知りたいようだから、心の奥まで発狂するくらい覗《のぞ》き込んだあと、身体《からだ》をバラバラにして研究対象にするつもりかもしれませんね。我らのいう『求婚』とは、相手を完全に自分のものにするという宣言です」

「俺を手に入れてどうするわけ？　俺なんて普通の人間なのに——そりゃ気の力が少しばかり強いのかもしれないけど」

レイはためいきをつきながら額を押さえた。

「まったくあなたは自覚がないのですね。櫂様は、先日あなたと夜を一緒に過ごされてから、あなたの精を飲み、血をすったせいか、すでに少し変化されてますよ。とても美しい存在になられましたから」

レイもさらりと律也と櫂が抱きあった事実を口にする。精を飲んだだの、血をすっただの、なにをどこまで知ってるんだ、ひょっとしてあの恥ずかしい行為自体が筒抜けなのかと問い詰めたいが、とうてい口にはできなかった。

「美しくって……」

「力が増したのです。あなたは櫂様と一緒に暮らしてたのでしょう？　だったら、彼が日に日に美しくなっていくのを目にしていたはずです。あなたには浄化の力があって、そのものの本質を引きだすのです」

昔はヴァンパイアの覚醒が近づくにつれて？　いまは、ヴァンパイアの力が増すごとに？　どんな変化か知りたかったが、耀はあれ以来、律也の前に現れない。

レイは誇らしいことのようにいうが、ひょっとしたら耀にとってその変化は忌ま忌ましいのかもしれなかった。だから、顔を見せてくれないのではないか。

「それって……俺が耀の覚醒を促したってこと？」

「そうなりますね。あなたと契れば、彼はより純粋な貴種のヴァンパイアになる」

ショックだった。それでは、耀が「化け物のままだ」という嘆く結果を引きだしたのは、律也だというのか。自分がそばで暮らしていたから、耀は覚醒した――？

「耀はそのことを……知ってるの？　始祖に会ったのがきっかけじゃ……」

「それはほんとうにきっかけに過ぎません。あなたが耀様のなかに眠るヴァンパイアの血を純粋にむきだしにしたのです。あなたは耀様が初めて気を吸った人物でしょう。あなたを欲したからこそ、耀様は覚醒したのです。父親の花木《はなき》氏同様、強い気をもってることは知っていたはずですが、『浄化者』だということは最近まで知りませんでした。あなたの父親も知らなかったでしょう。狩人と同じく珍しいので、我々にもよくわかっていない存在なのです。ただ、夜の種族は例外なくあなたに惹かれます。だから、あの狩人があなたにいきなり求婚したのも驚くことじゃない。本能ですから」

「どうして？」

「我々は純粋なエネルギーを求めるからです。力こそ、我らの本質。本来は混ざり気のあるものなど好まないが、この世は複雑でありとあらゆるものが混ざり合っています。あなたはそれを浄化する。我らには理想的です。夜の種族が欲望に忠実なのは、欲望もある意味、純粋なエネルギーだからです」

よくわからない説明だったが、律也を見つめるレイの瞳が恍惚《こうこつ》とするのを見て、たしかに彼らには好ましいものなのだと実感した。

「……ちょっと変なこと聞くけど、俺ってレイから見ても——その、魅力的なの？　ほかの奴らに狙われるって、東條さんはいってたけど」

「櫂様の印がなかったら、わたしはあなたを出会った瞬間に即座に襲ってますよ。いままで無事だったのは、あなたが自分の父親に——父親がいなくなってからは叔父《おじ》のオオカミ男、それから櫂様の契約に守られてたからです」

さらりといわれておののく律也に、レイは悪戯《いたずら》っぽく笑いかける。

「甘い方ですね。そんなことに驚いていては、櫂様の伴侶《はんりょ》としてはとうていやっていけない」

「俺はなにも変わってないのに、いきなりそんなことといわれたって……」

櫂と一緒にいたいだけだ。昔から変わらないことを望んでいるだけなのに。

だが、櫂を覚醒させたのが自分だと知ったいまとなっては、それを望んでいいのかもわからなくなった。

律也が考え込むと、レイが興味ぶかげに見つめた。

「――律也様は、我々があなたにひれ伏して請うぐらいの存在だといっても、まったく自惚《うぬぼ》れないようですね。謙虚なのは、ひとの美徳ですが」

「自惚れるもなにも、どんな力をもってようと、俺には関係ない。櫂のためになるなら、なんだってするけど。それ以外の夜の種族たちにも無条件に好かれるっていわれても、困るよ。それに……なんだよ、ひとの美徳って。レイだって人間だった頃があるんじゃないのか」

「そんな遥《はる》か昔のことは、とっくに忘れました。覚醒するときに、個性はいささかなりとも変容するものですし」

「え――そうなの？　別人になるってこと？」

「個人差はありますが。人間らしさは失われます。なにしろひとを獲物にしなければならないのですからね」

それでは櫂もヴァンパイアになって、変わったというのだろうか。律也にはほとんど違いがわからない。

レイが微笑した。

「夜の種族が嫌いですか？」

「……いや、その……」

「我らは相手を魅了するために、ひとの目に美しいと映る容姿をしているのですけどね。あなたがまったく夜の種族らしさに惹かれないというのなら、櫂様はどうしてそれほど特別なのですか？」

「だって、櫂は、俺の——はつ、」

そんなの決まりきってるじゃないかと答えようとして、律也は口をあけたまま止まってしまった。

「『はつ』——？　続きはなんです？」

「い……いや、なんでもない」

「『初恋のひと』ですか？」

続きの言葉を見抜かれて、律也はあわてて唇を引き結んだ。

「人間らしいかわいらしい感情ですね」

レイのからかうような言葉に腹をたてるひまもなかった。

昔から櫂は大好きだが、はたしてそういう対象なのかといわれると首をひねるところがあった。十五歳のときに大人になったら契るといわれても、とまどいのほうが大きかったはずなのに——いまは自覚してしまった。

あまりにも身近に家族のように存在していたから、自分でなかなか気づけなかったが、律也にとって櫂は初恋の相手だったのだ。

このあいだ肌を合わせてみて、はっきりとわかった。櫂になら、なにをされてもいやではない。気を吸われても、血をすすられても——抱かれることも。

誕生日の前だったから不可能だったけれども、あの夜に最後まで櫂のものにしてほしかった。相手の肌の感触を知ったあとでわかるなんて単純だけれども、律也のなかにはすでに独占欲が芽生えている。

櫂は気や血をもらうために、誰かとああやって抱きあうことがあるのだろうか……？

当然、あるに違いない。ヴァンパイアはそのためにひとを幻惑し、性的魅力があるのだから。

櫂が自分以外を抱く——？

そんなことは耐えられない。

いままでどうやって過ごしていたのか。特定の相手と契約を結んで関係があるのか。レイなら知っているだろうかと思ったが、聞くのも抵抗があった。でも、やはり気になる。

どうしようかと迷っているときに、レイが「おや」というふうに眉《まゆ》をひそめて、反対方向を振り返った。

「——獣がきた。狩人があなたに接近したのを察知して、心配したようですね」

見ると、いつのまにか慎司が現れていて、はあはあと息を切らしながら律也とレイを睨んでいた。

慎司は最近、家を空ける機会が多かった。狩人が現れたために、オオカミ族のあいだでは不穏な空気が流れているらしい。

大学に現れた慎司を見て、レイは「彼は一応ボディガードにはなるでしょう。わたしは離れたところから見てますから」と姿を消してしまった。

「りっちゃん、こいよ。帰るぞ」

仏頂面で命令する慎司に連れられて、律也はあとをついていく。

慎司はいつになく怒っているふうだった。

「いつのまに国枝櫂以外のヴァンパイアとも親しくするようになったんだ？」

「さっきのレイは、櫂が頼んだ警護だって。俺が誰に狙われるかわからないっていうから」

「俺がそんなことさせない。りっちゃんのことは兄貴に頼まれてるんだから」

そのわりには、最近家にいないじゃないか——と文句をいうのはやめておいた。律也の心を読んだように慎司が振り返る。

「りっちゃんが悲鳴をあげれば、俺はどこにいても駆けつけるよ。ただ、りっちゃんには知らないあいだに印がついてるみたいだから、国枝櫂と、それに連なるヴァンパイアが近づく気配は感じとれないけど。やつらはきみに危害を加えないだろう」

それでは律也と櫂が会っていることは、慎司には感じとれないのだ。たしかに薔薇の匂いに気づいても、いままでも五年のあいだに櫂が何度か律也のもとを訪れていることを察知している様子はなかった。

このあいだの夜のことも慎司は知らないのだ——と思ったら、少し安堵《あんど》した。

「櫂は……俺を守ってくれるみたいだから。彼の氏族も——ヴァンパイアの印のついてるものには手をださないって」

「どうなんだろうな。でも、いまはヴァンパイアよりも心配なことがあるのはたしかだ」

東條が狩人だとわかって以来、こうして慎司と落ち着いて話をするのは久しぶりだった。慎司は律也にずっと自分の正体を隠していたのを後ろめたく思っているようだったし、狩人が現れたという騒ぎに乗じて、律也を避けていたふしがある。疑問に思っていることにも、ちゃんと答えてくれようとはしなかった。

いまもこうして並んで歩いていても、ちらりと律也の顔を見るものの、慎司はどこか居心地が悪そうだった。

「——りっちゃん、あいつの匂いをすごく濃くつけられてるんだな」

面白くなさそうに呟《つぶや》かれて、律也はやはり知られているのかと頬《ほお》が熱くなった。東條やレイに筒抜けになるよりも、肉親の慎司のほうが恥ずかしい。

「慎ちゃん……俺……」

「大丈夫だよ。いいわけなんてしなくていい。あいつらに誘われて、ことわれる人間なんていないんだから。やつらの性的魅力に幻惑されるのは仕方ないんだ」

まるで櫂がヴァンパイアの能力を使って、律也を抱いたとでもいいたげだった。

「違うよ。幻惑されたんじゃない」

「りっちゃんは――やつに抱かれたいのか？」

慎司は足を止めて、律也の顔を覗き込んでくる。そんな質問を真正面からぶつけられても、答えられるものではない。

しかも、叔父だから恋愛の話はしにくいという理由ではなくて、慎司の律也を見つめる目がいつになくにはりつめた熱を孕《はら》んでいるのを感じるからだ。

普段はだらしない慎司だけれども、真剣な顔をされるともともとが二枚目なのもあって、我が叔父ながら格好いいと思うことならいままでもあった。だが、いまみたいに妙な緊張感を覚えたのは初めてで、律也は気まずくて目をそらした。

「慎ちゃん……俺は櫂が好きなんだ。だから、櫂のことをずっと待ってたんだ」

「やつの伴侶になるつもりなのか。二十歳《はたち》の誕生日に契って？　あいつは始祖の血をひく、もっとも濃い血のヴァンパイアだぞ。あんな化け物にりっちゃんを渡してたまるか」

説明しなくても、すでに慎司は二十歳の誕生日の約束を知っているようだった。東條に話したのがまずかったらしく、すでに情報が隅々まで行き渡っているらしい。

「化け物って……そんないいかたしないでくれ。だいたい、慎ちゃんだってオオカミ男だろ？」

「あいつと俺じゃ、化け物の度合いが違う。奴らが、濃い血の継承者となるために、どんな儀式をするのか知ってるか？　あいつらは同族を食うんだぞ。夜の仲間を餌《えさ》にする狩人と同じだ」

「――え」

意外な事実に息を呑《の》む。先ほど東條が現れたとき、櫂について「覚醒して数年じゃ、齢千年を越える始祖を食らいつくす能力はないはずだ」と奇妙なことをいっていたのが記憶に残っていないわけではなかったけれども……。

「食うって……始祖を食うってこと？」

「正確には、始祖の血を継ぐものをだな。始祖の血を絶やさないために、代替わりが必要なんだよ。やつらは恐ろしい年月、生きてるから。櫂だけが、次の始祖候補じゃない。ほかにも何人もいる。櫂は二百年ぶりに生まれた、もっとも新しい始祖の血を継ぐものなんだそうだ。同時に始祖を倒す候補でもある」

「始祖は二百歳ってこと？」

「いや、もっと生きてる。なかなか優れた血の貴種は生まれないんだよ。生まれたとしても、先代の始祖の血を継ぐものに勝てない。反対に食われる。始祖はそのものの力を吸収して、さらに強くなる」

頭が混乱した。てっきり始祖の跡継ぎなのかと思っていたのに、次の始祖として、スムーズに代替わりするわけではない？

「なんでわざわざ自分たちの始祖を倒そうとするんだ？　強いなら、そのままにしておけばいいじゃないか」

「さらに強い者を、自分たちの王として仰ぎたいからだよ。同じ始祖の血を継いでるなら、より優れた器のほうがいいんだ。本能だから仕方ない。食うか食われるかだ。その代わり、やつらは優れた血と強い力には絶対服従だし、それで統率がとれてる。兄さんと契約してた始祖は、最強だ。千年以上、代替わりしてないはずだ」

父と契約していたヴァンパイアの姿を思い出す。櫂によく似た面差《おもざ》しの――天使のような白い大きな翼をもった始祖。圧倒的な存在感と力だった。

あの始祖を櫂が食らうところなんて想像できなかった。失敗したら、反対に食われてしまう……？

「だからヴァンパイアはやめておけっていうんだ。あいつらは獣だって馬鹿にするけど、オオカミ族は、群れの仲間は大切にするし、協力しあう。古くから人界にたいがい紛れてるから、人間くさいんだ。でも、ヴァンパイアの貴種は人間とは感覚がかけ離れてる。櫂だって、りっちゃんの前では昔と同じように見えるかもしれないけど、相当変化してるはずだ」

「でも、耀は──」

耀が人間離れした運命にあるとしたら、その立場に追いやったのは律也なのだ。化け物だなんて呼ぶ気にはならない。

「耀は変わってない。少なくとも、俺に接するときの耀は、昔のままだ」

「りっちゃんはほんとうに国枝耀が好きなんだな。まあ、俺がこれ以上いってもしようがない」

慎司はさすがに少しあきれたようだった。頭をかきながら、ためいきをつく。いつもの慎司の表情に戻っていたが、ひどく疲れているようだった。

「慎ちゃん……俺のことなんかよりも、オオカミ族は大丈夫なのか？　狩人って、オオカミ族にとっては怖い存在なんだろう？」

「あいつらについては、話すのもいやだよ。だけど、話さないわけにもいかない。家に行ったら、りっちゃんに知ってもらわなきゃいけないことがあるんだ。でも驚かないでほしい」

ここ最近、驚きの連続なのに、まだびっくりさせられることがあるのだろうか。

無事に誕生日は迎えさせてもらえそうもなかった。こんなふうにややこしいことになるとわかっていたから、父は夜の種族とはかかわるなといっていたのか。

だが、律也としてはもうすでに乗りかかった船だった。潔く受け入れて、なんとか一番良い方向に事態をもっていくしかない。自分に力があるというのなら、うまく使いこなさなくてはならない。

いささか緊張しながら家に帰り着くと、門扉を入った途端にいつもと違う空気を感じた。

なにかが待ってる――？

「警戒しなくてもいい。俺の仲間がきてるだけだから」

玄関に入ると、慎司のいうとおり客人がきているらしく、複数の靴が置いてあった。慎司の仲間ということはオオカミ族だ。

居間に入るときはさすがに緊張したが、待っていたのは人間の姿のままの三人の男たちだった。さすがにひとのうちにきて狼の姿で待ってはいないだろう――と律也は身構えていた自分を反省する。

ひとりは年老いていて、残りのふたりは双子で、慎司と同年代に見えた。

全員背が高く、初老の男も、若いふたりも筋肉質の引き締まったからだつきをしている。

慎司と血がつながっているのか、面影が似ていた。

三人は律也の姿を見た途端、ソファから立ち上がって「おお」と感嘆の声をあげた。

「ほんとうだ。花木さんの息子は、『浄化者』だったんだな」

三人の男たちから、焦がれるような視線を向けられて、律也はその場からあとずさりしたくなった。

夜の種族は例外なく律也にひかれるとレイはいっていたが、真実らしい。恋愛には疎くても、外国の血が混じった人目をひく外見ゆえに、律也はいままでも女性からは似たような好意の目を向けられた経験はあった。だが、さすがに大のおとなの男たちにこんなあからさまな熱のある視線を向けられたのは初めてだった。

いままでは夜の種族と接しても、こんな目で見られたことはなかったのに？　櫂と肌をかさねた結果、色っぽい匂いがでているといわれたことが関係しているのだろうか。

「はいはい、りっちゃんが引いてるから、みんな落ち着いて落ち着いて」

律也のそばににじりよってこようとした三人を、慎司が押しとどめる。

三人は顔を見合わせて、おとなしくソファに腰掛けた。初老の男は慎司が属している群れの長老で、堂本《どうもと》だと名乗った。双子は若手の代表で亜樹《あき》と直樹《なおき》だと紹介される。体格のいい、迫力のあるまったく同じ顔をした美丈夫が並んでいるのは、それなりの威圧感があった。

「お目にかかれて光栄です。いままで慎司のやつは、あなたを仲間の目にもふれさせないようにしていましたから。この家のなかの様子も、外であなたの顔を見ても認識できないように術がかけられていました」

長老の堂本が感慨ぶかげにいう。長老といっても、健康的で穏やかなナイスミドルといった風情の男だ。

律也が見えないように術をかけるなんて——そんなことをしていたのかと、律也は驚いて隣の慎司を見る。慎司はぺろりと小さく舌をだした。

慎司の群れの仲間なのだから、律也もそれなりの礼儀をつくさなければならないと姿勢を正して、客人の三人に向き直った。

「初めまして。花木律也といいます。叔父がいつもお世話になって――」

頭を下げる律也に、三人は「いやいや、こちらこそ」と頭を下げ返す。

横で見ていた慎司がたまりかねたように声をあげた。

「ちょっとストップ。そんな挨拶はいいから。いまは危機的状況なんだ。さっさと用件に入らなきゃ」

「いや、こちらとしては頼みごとをするのだから、きちんとしなければ。慎司、おまえにとっては律也くんは甥《おい》だから、気安くしてるのかもしれないがな。わたしたちは初対面だ」

堂本にたしなめるようにいわれて、慎司は「めんどくせえ」と頭をかく。双子がそろって「そうだぞ、慎司」と追い打ちをかける。

慎司が先ほど「オオカミ族は人間くさい」といったが、どうやらそのとおりらしかった。

慎司が変身して、巨大な銀色の狼《おおかみ》になった姿を見たときの印象が強いので、仲間がきていると聞いて警戒したが、少なくともここにいる三人はまったく普通の人間と変わらないように見える。

得体の知れない狩人の東條や、櫂の仲間のヴァンパイアのレイなどと接しているときは、あきらかに人間を超越した存在だという感覚があったので、正反対の空気にさらされて律也は肩の力が抜けてしまった。

それにしても、頼みごととは、なんだろう？

「今日はどうして、うちに……？」

律也が水を向けると、堂本は待っていたとばかりに切りだした。

「狩人が現れたことは、知っていますね？　狩人は突然出現し、獣が増えすぎないように、ある一定の数を狩る役目を果たす存在です。だいたい群れごと狩ってしまう。狙われたら、狩人の黄金の矢に貫かれて、大変なダメージを受ける。そこで、危機を回避するために、わたしたちは律也くんに群れを代表して、お願いがあるのです」

とっても紳士的で、礼儀正しい狼だった。こんなふうに丁寧に頼まれたら、できることはなんでもしたくなってしまう。慎司の群れなら、律也だって守りたい。

「なんですか？　俺にできることなら、なんでもいってください。だけど、みんなに力があるっていわれても、俺にはその使い方がよくわからないんですよ。どうすればいいんだか」

律也はなにげなく自分の手のひらを見つめて握りしめてみた。すると、すうっと青い炎のようなものがたちのぼる。

チャンネルがつながっているときや、真夜中ならともかく、こんな昼間から律也のもつ気の青い色が見えるのは珍しかった。それだけ力が強くなっている証拠なのだろうか。

青い気が放出された途端に、向かいに座っている双子がそわそわと落ち着かない様子になった。律也に熱っぽい視線を向けたかと思うと、その容貌が変化する。頭の輪郭がぐにゃりと曲がり、いきなり狼の耳があらわれた。

さすがにびっくりして、律也は目をむく。それ以上は変化しないようだったが、中途半端に人間の姿のまま獣の耳をだされても、かなり異様だ。慎司がやれやれと肩をすくめる。

「りっちゃん、気にしないでいい。亜樹と直樹はきみの気にやられて、興奮してるだけだから。きみの気には、本質をむきだしにさせる力があるんだよ」

「……でも、慎ちゃんは耳だしてないじゃないか」

「俺は我慢してる。長老も変化してないだろ。亜樹と直樹は若いから、抑えがきかないんだ」

双子たちがそろってキッと慎司を睨みつける。

「ひとを欲求不満みたいにいうな。おまえは慣れてるから、平気なだけじゃないか」

堂本が「だまりなさい」というようにふたりを見て、咳《せき》払いをした。あらためて律也に向き直る。

「ふたりを見ればわかるように、律也くんはわたしたちにとって、とても魅力的な存在なのですよ。あなたがヴァンパイアの国枝櫂と、狩人の東條忍に求婚されているのは知っています。国枝櫂と昔一緒に暮らしていて、彼を慕っていることも。——でも、それを理解したうえで、あえてお願いしたい。どうかオオカミ族の我々の群れのなかから、伴侶を選んでもらえませんか」

律也は一瞬意味が理解できずに「は？」と聞き返した。

「オオカミ族の伴侶を選んでもらいたいんです。律也くんは、慎司の甥だ。いわば、我々はすでに身内です。あなたにオオカミ族の血は入ってないが、花木さんは慎司にあなたを守るように託した。いわば、花木さんが認めたのはオオカミ族だけです。これはお父上の遺志だと思いませんか」

堂本に穏やかな声で紳士的に説明されると、催眠商法のようにわけのわからないうちに説得されてしまいそうだった。

「ちょ……ちょっと待ってください。伴侶って、誰を？」

「我らの次のリーダーは、慎司にと思ってました。ですから、律也くんには――」

「慎ちゃんは、俺の叔父さんですよ？」

信じられなくて声をあげながら、律也は同意を求めるように慎司を見やる。慎司はしかめっ面をしたまま、なにも答えなかった。

「わかっています。慎司だと抵抗もあるでしょうから、ここにいる亜樹と直樹はどうですか。ふたりとも優れた血をもつ、強いオスです。もし、このふたりでお気に召さないのなら、ほかに何人でも連れてきます。我らの群れには魅力的な若いオスがたくさんいますから。ヴァンパイアなどに負けはしません。きっと律也くんを満足させることができる」

律也は絶句した。慎司は家にくる前に、「驚かないでほしい」といったが、この状況では驚かずにはいられない。オオカミ族は人間と変わらないと思ったが、やはりなにかが違う。

いきなり顔見せさせられて、伴侶に選べ、気に入らなければ次をつれてくるといわれても頷《うなず》けるはずもなかった。まるでペットのつがいをさがすような手順ではないか。

「そんなの無理です。俺は櫂と——」

「狩人に対抗するには、あなたが必要なのです。律也くんが群れの一員を伴侶に選んでくれれば、その者は強い力をもつことができる。狩人は我らの群れを狙うことはないでしょう」

「でも、ほんとに……」

慎司の群れのためならなんとかしたくても、それだけはできない相談だった。

律也が返事に困っていると、慎司が助け船をだしてくれた。

「——無理だよ、長老。駄目だっていっただろ。りっちゃんには俺たちの流儀は理解できない。それこそ『獣だ』って思われてしまう。もういいだろ、話すだけは話したんだから」

「しかしだな……」

「狩人に狙われるのが俺たちとは限らない。奴らは変なところは公正だから、評判の悪い群れをいつも狩るって話じゃないか。粛正の意味も込めて。俺たちの群れは、いい群れだ。だから、大丈夫だ。それより、りっちゃんがほかのタチの悪い群れの連中に襲われることを警戒しないと」

どうやら訪れる前に、慎司から「絶対に無駄だからあきらめろ」とさんざんいわれていたらしく、堂本は残念そうにしながらも「そうだな……」とすぐに納得したようだった。一方、亜樹と直樹の双子は、律也がことわったショックのためか、耳が引っ込んでしまっている。

「すいません。力になれなくて」

三人が帰る際に、律也はあらためて頭を下げた。堂本は「気にしないでくれ」と恐縮したようだった。

「それより慎司のいうように律也くんは気をつけたほうがいい。タチの悪い連中がいるのはたしかだから」

亜樹と直樹も振られたとはいえ、完全にめげてはいないらしく、律也に熱っぽい目を向けてきて、「いつでも力になるから」と声をそろえた。

慎司たちの群れはあきらめてくれたが、ほかにも律也を欲しいという群れがいるのだろうか。狩人に対抗できるとしたら、そう考える狼たちもいるのだろう。

話が大ごとになってきた。いったいどうやったら収拾がつくのか。律也が約束どおりに櫂のものになったらみんなあきらめるのだろうが、肝心の櫂にその気はあるのか。

堂本たちが帰ったあと、律也は居間のソファに座り込んでしばらく虚脱状態になってしまった。

「りっちゃん、大丈夫か？」

慎司が心配そうに声をかけてくる。

「あ……うん。平気。慎ちゃんの群れのひとたちは、いいひとたちだね。伴侶に選べってい
われたときはちょっとびっくりしたけど、なんか憎めない」

「そうだろう。みんな、気持ちのいいやつらだから」

慎司は誇らしげにいう。慎司がオオカミ族の仲間たちとうまくやっていることを知って、
律也は安心した。

慎司がからかうように笑う。

「りっちゃん、亜樹と直樹は、好みじゃなかった？　あいつら、けっこうモテるんだけどな。

あのマッチョなからだつきだし、男前だし。誘って落ちなかった女性はいないんじゃないか
な。いまごろあらためて自信喪失してるだろうな」

「好みとか、好みじゃないとか、そういう問題じゃないんだよ」

「――わかってるけどさ」

慎司はふいに真面目な顔つきになって、律也のソファの隣に腰を下ろした。

「なあ、りっちゃん」

慎司がからだを寄せてきた。距離を詰められて、律也は息を呑む。

「俺じゃ駄目か？」

問われた意味が瞬時に理解できずに、律也は茫然《ぼうぜん》と慎司を見つめ返した。

「慎ちゃん、なにいってるんだ？」

「――俺はりっちゃんの伴侶になれないのかって聞いてるんだ」

「だって、慎ちゃんは俺の叔父さんじゃないか」

「わかってるけど、俺はもしもりっちゃんが長老の頼みを了解したらどうしようって、さっきは生きた心地がしなかった。ヴァンパイアの櫂だから、りっちゃんを奪われたくないんだと思ってた。亜樹と直樹なら――でも、やっぱり平気じゃなかった」

まさか慎司にこんなことをいわれるとは思わなかった。幼い頃を一緒に過ごした櫂以上に、父の弟である慎司とそんな関係になるなんて考えられない。

「おかしいよ。慎ちゃんがそんなことといいだすなんて……どうしたんだよ」

「――わかってる。おかしいんだけどさ。どうしても……」

慎司は苦しそうに律也を見つめてから、「はあっ」とためいきをつき、迷いを断ち切るように頭を振る。

「りっちゃんが『浄化者』として能力を増したせいなのかな。なんだか俺も亜樹や直樹みたいに、気にあてられてるみたいだ。自信がなくなってきた。櫂の匂いがついてるせいで、かろうじて襲いかかるような興奮状態にはならないけど。りっちゃんは力が強くなったのと、櫂と肌を合わせたせいで、とても綺麗になってる。いままでよりもずっと魅力的に……視覚と嗅覚《きゅうかく》で、俺たちをじかに刺激するんだ」

自分の気の力のせいで、夜の種族は例外なく惹かれるとはいわれていたが、慎司までそういう状態になるなんてショックだった。

「なあ——考えてみてくれないか」

慎司はあらためて律也の顔を覗き込み、囁《ささや》くような声でいう。

「俺も、りっちゃんに求婚する。ことわってくれてもいいから、一度だけよく考えてくれ。決して、きみの『浄化者』としての力が欲しいだけの理由じゃないんだ。りっちゃんは、兄から頼まれた俺の大切な子だから」


その夜、律也はなかなか寝つけなかった。まっとうな男子として生きてきて、もうすぐ二十年——まさかこんなふうに複数の男から求婚される立場になるとは思ってもみなかった。

夜の種族の『求婚』とは相手を自分のものにするという意味らしいから、人間の男女のプロポーズとは少し異なっているが、実質的な意味はたいして違いがないように思えた。

みんな目の色を変えて律也を欲しいという。つい先日までは夜の種族たちの存在を知ってはいても、彼らからこれほど注目されはしなかった。

『浄化者』とやらの力のせいで、周囲がおかしくなっているとしか思えない。決して律也自身が好きなわけではない。力に惹かれているから……？

そのせいで、周りがどんどん変わっていく。東條はともかく、慎司から求婚されたのはかなりショックが大きかった。いやとかではなく、肉親の叔父ですら律也の力に目を眩《くら》まされているのかと考えると怖い。決して力が欲しいせいではないというが、慎司が純粋に律也を好きで伴侶に欲しいというのなら、なお複雑だった。

なぜなら自分には——すでに約束している櫂がいる。

「……櫂……」

どうして会いにきてくれないんだろう。大変な事態になってるのに。レイなんてよこさずに、律也が危険だと思うなら、櫂が守ってくれればいいではないか。

レイは、櫂が律也と肌を合わせてその血や精を飲んだことで少し変わったといっていた。その変化を見られたくなくて、姿を現さないのか。櫂は律也に人間の頃と違う姿を見せるのを嫌っているようだから。

「……櫂……そばにきて」

声にだして呼んだが、すぐにはなにも起こらなかった。部屋の窓の鍵は開けたままにしてある。櫂が現れてくれないかと窓を見つめているうちに、律也はうとうとと目を閉じて眠ってしまった。

一眠りした頃、ベッドのそばにひとの気配があるのに気づいて目を覚ます。はっとして飛び起きると、櫂がすぐそばに立っていた。青い顔をして、ハア……と息を切らしている。不自然に腹のあたりに手をやっているのが気になった。

「櫂？」

「――きみが呼んだから。遅くなってしまったけど」

いつものように微笑んではいるものの、やはりひどく顔色が悪い。なにやらポタリポタリと水滴のようなものが落ちているのに気づいて、律也は床を見る。

櫂の衣服が真っ黒なので、暗がりではよくわからなかった。しかし、雨など降っていないはずだ。あわててベッドサイドのランプをつけると、床に血だまりができてるのが見えた。

「櫂――」

「大丈夫だよ。すぐに傷なんてふさがるから。ただ、少し時間がかかるだけ」

櫂は脇腹を押さえたまま、床に腰を下ろそうとする。律也はあわててその肩を掴んだ。

「櫂、ベッドに横になって」

「座るだけで平気だ。俺はひとと違うから。いくら血がたくさん出てても、たいしたことじゃない」

「じゃあ、ベッドに座ってよ」

「汚れるから――」

なおも櫂が頑固に床に座ろうとするので、律也はその肩を摑んだ。

「いいから、ここに座って。じゃないと、俺、怒るから」

律也のいいかたがおかしかったのか、櫂は笑いながら肩をすくめて、ようやくベッドに腰を下ろした。その脇腹の服は裂けて、肌がざっくりと割れて血があふれている。

普段なら見ているだけで気分が悪くなりそうだが、櫂が傷つけられているのだと思うと、怒りのほうが強かった。

「ひどい……誰にこんな……誰にやられたの？」

ひょっとしたら律也のために、櫂が襲われたのではないかと考えたのだ。夜の種族たちはいま、みんな律也を欲しがっているように思えたから。

「大丈夫だよ。誰かに襲われたわけじゃないんだ。俺の力が足りなかっただけ」

櫂はそういったが、ひとりでにこんな傷ができるわけがない。誰かと闘ったのだ。

ひょっとして、始祖と――？

なんの根拠もなく、その考えが頭をよぎった。襲われたわけではなく、こんな傷を負うということは、自分から闘いを挑んだのではないのか。そして、そんなことをする相手は始祖しかいないような気がした。

「櫂……もしかして……」

律也がからだをそばに近づけると、櫂は少し苦しそうに表情をゆがめた。強い薔薇の香りに、律也も瞬時に脳髄を刺激される。

「律——少しだけいい？」

気を吸わせてほしいと首すじに唇を寄せられて、律也はあわてて頷く。抱きしめられた途端に、すっと力が抜けていく。

櫂はすぐに律也から身を離した。だんだん顔色がよくなってきた。といっても、気を吸ったせいか、ヴァンパイア本来の月光のような肌の輝きになりつつあったが。

「……櫂……」

「ごめん、律——あの夜のあと、会いにこれなくて。やらなければいけないことができたから、少し手間取ってる。でもレイはそこらへんの夜の種族には負けないから、警護役としては最適だ」

「……それはいいんだけど……」

やらなければならないことって、なに？

律也の疑問を読みとったように、櫂は小さく息をついた。

「——律。きみの周辺が騒がしくなってるのは知ってる。きみが珍しい『浄化者』だと知れ渡って、しかも狩人が本来の役目をそっちのけできみに執着して、求婚したことも。オオカミ族たちが、なんとかきみの伴侶に選ばれようとしてることも」

櫂はふいに腕を伸ばしてきて、律也の手を握りしめた。

「でも、俺はきみを誰にも渡さない」

囁くような声とはいえ、はっきりと力強い語調でいわれて、律也はすぐには反応できなかった。燿はいままで「約束を守らないほうがきみのためだ」といっていたから、こんなことをいってもらえるとは思ってもみなかった。

「絶対に渡さない。きみは俺のものだから」

ただ言葉をかけてもらっているだけなのに、律也は意識がぼんやりとして、肌が火照り、からだの内側が熱くなるのを感じた。

燿の黒い瞳に情熱的な光が宿るのを見て、思わず目をそらす。

「へ……変なの。このあいだまで、俺がどんなに約束通りに契ってくれっていっても、燿はその気じゃないみたいだったのに」

「そのほうがきみのためになると思ったから。だけど、このあいだきみにふれてから、俺はもう我慢できなくなった。律が欲しい。全部俺のものにしたいから」

「…………」

さすがにもう憎まれ口を叩く気もなくなって、律也は黙るしかなかった。頬が火傷《やけど》しそうに熱くなり、首まで赤くなる。

「――きみは俺のものになるんだ。誕生日になったら、約束通りに迎えにくるから。俺はきみをおかしくなるほどに抱いて、生涯の伴侶にする」

まさしくプロポーズ以外の何物でもなかった。うれしいはずなのに、あまりにも自分の望み通りで怖くなる。

「お……俺は、最初から……櫂と約束した日からずっとそのつもりだったけど」

「よかった。律が俺を怖がって、嫌いになったんじゃないかと少し心配してたから」

やはり櫂は先日、牙をだして血を吸ったことを気にしていたらしかった。

「……俺は平気。櫂にならなにされてもいいから」

「――ほんとに？」

櫂に間近から顔を覗き込まれて、律也はどくんと心臓が高鳴った。

ほんとだよ、と答えたいのに声がでない。先ほどまで櫂は青ざめた顔をしていたから気がつかなかった。

(とても美しい存在になられましたから)

レイがそういった意味がよくわかった。あらためて至近距離から櫂の顔を見つめると、律也は落ち着いて目を合わせていられなかった。

もともと際だって端麗な顔立ちをしているのだから、これ以上よくなりようもないのだが、その眼差《まなざ》しがさらに憂いをおびて、艶《つや》っぽさを増しているように見えた。見つめている相手を引き込んで離さない瞳だ。

先日も抱きあっているときにヴァンパイアはなんて美しく相手を魅了するのだろうと思っ

たが、いまもこうして見つめられているだけで心臓がおかしくなりそうだった。

薔薇の香りのなかに、相手を惑わすフェロモンでも入っているみたいに。

これがヴァンパイアがひとを幻惑するという意味なのだろうか。自分は慎司にいわれたようにヴァンパイアの能力に惹かれているだけ……？

櫂を好きなことに変わりはないのに、律也は少しだけ不安になる。

「律――俺は、きみのためなら、なんでもする。俺と一緒にきてくれるといったきみのために」

櫂は律也を引き寄せて、そっと額にくちづける。

「……なんでもって……櫂、なにかするの？　危険なこと？」

「きみのことを欲しいやつは、たくさんいるんだ。強い力がなきゃ、きみを自分のものにすることはできない。たぶん誕生日の前に邪魔するやつがでてくるだろう。いまのままでは、俺は狩人には勝てないんだ」

「櫂……」

いやな予感が的中するような気がして、律也は不安になった。

「俺、始祖のことを聞いたんだ。櫂は、始祖を倒さなきゃいけないの？　父さんと契約したヴァンパイアだろ？　白い翼の――」

「いずれそうしなきゃいけなかった。もう少し時を待つつもりだったけど、狩人が現れたせいで時間がなくなった」

「今日の怪我《けが》は、始祖に――？」

「いや、これは俺がほかの候補者と闘ったからだ。俺と同じような始祖の血をひいてるものは、何人もいるんだ。俺は若くて、本来なら一番力がないから……でも、このあいだきみの血をすったことで、少し強くなった。だからほかの候補者を――」

耀はその先をいわなかった。おそらく闘って倒したのだ。その結果、相手はどうなったのだろうか。

ヴァンパイアの傷はすぐ癒える。勝敗をつけるためには、徹底的にダメージを与えるしかないだろう。その結末を想像したくなかったが、それがヴァンパイアの社会で生きる耀の現実なのだ。始祖の血を引く者の運命。

慎司は「食うか食われるか」だといっていた。人間とはまったく違う――。

「律……俺が、怖くなった？」

耀の問いかけに、律也は首を振る。

耀がそんな苛酷《かこく》な世界に身を置いているのは、自分のせいかもしれないのだ。律也が浄化者だったから、耀を目覚めさせてしまった。

耀はそのことを知って、律也を恨んでないのだろうか。

「……慎ちゃんに、始祖に負けたら、耀は食われるって聞いた。どういう意味？　力が吸い取られてなくなるってこと？　それとも——」

「塵になるんだ。すべてを吸い取られたあと、塵になって消えてしまう」

やめてくれ、そんなこと——といいたかった。櫂は覚醒して数年で、優れた血をもつとはいえ、ヴァンパイアとしてはまだ若いのだ。ほかの候補者たちは何年、いや何百年と長い年月を待って、始祖に挑戦するに違いない。櫂は一足飛びに行こうとしている。

「櫂……そんなに急がなくてもいいじゃないか。櫂にはたくさん時間があるだろう？」

「律を誰かに奪われるんだったら、いくら時間があっても意味がない。狩人は変わり者に見えるけど、力はほんとうに強いんだ。東條忍の人間の頃のイメージを引きずって、舐めてるとひどいめにあう」

律也はどこかで東條には話が通じるのではないかと思っている。「求婚」だなんていったのも、本気とは思えない。もし、その気だとしても、律也が「そんな気がない」といえば、引いてくれるのではないか。

「俺が東條さんに、あなたの求婚はことわります、っていうだけじゃ駄目なの？」

「狩人は気まぐれだから、それであっさり興味をなくすこともあるだろうけど、本気をだされたら、俺はいまのままだときみを奪われる」

櫂は万が一にもその可能性が残るのがいやなようだった。

「律、俺はきみを自分のものにするために、邪魔するやつや、きみを奪おうとするやつは容赦しない。ひとり残らず排除する。……それは、理解してほしい。俺を怖がらないで」

「こ、怖がってはないけど」

櫂は疑わしそうな顔をしたあと、それ以上律也の表情を確認するのを恐れるように目を伏せた。

「俺はもう人間じゃない。だけど、きみが欲しいんだ。……手に入らないなら、始祖と闘って散ってしまったほうがましだ。きみを巻き込まないほうがいいと思ってた。だけど……」

櫂は少し迷ったそぶりを見せたあとに、声を振り絞る。

「だけど、律が自分のものにならないのなら、これから先、俺はひとりで――」

苦しげな独白に、律也は茫然と声もないままに、再び首を横に振る。

――ひとりになんてするわけがない。

櫂は人間の頃、やさしくて、優雅に薔薇のお茶を飲むのが似合う青年だった。律也のしつけは厳しかったけれども、怒るのに声を荒げたことすらなかった。律也が「いいにおい」といってしがみつくと、困ったような顔をして抱きしめてくれた。

そんな櫂が――誰かと闘って、傷つき傷つけられて、血を流す。

昔を知っていたら、もっとも櫂のイメージとはかけ離れたことなのに。

俺のせいで――と思うと、律也は胸が苦しくてどうにもならなかった。櫂はあれほどヴァンパイアになるのを畏れていたのに。

なんの前触れもなく泣きそうになってしまって、律也はあわてて目許をぬぐった。

「律――？　なんで泣く？　やっぱり俺が怖いのか」

「……違う……そんなんじゃない」

なにもいわずに泣いてしまうなんてずるいことだ。櫂を心配させてしまうだけ。

律也はあふれそうになる涙をこらえて、その問いかけを口にした。

「櫂……俺が、櫂をヴァンパイアにしたの……？　俺が、浄化者だから？」

「――」

櫂は驚いたような顔をして、律也の頬をなでた。

「律のせいじゃない。そんなことを気にしてたのか？」

「だって、俺が櫂を覚醒させたって……」

「律のそばにいなくても、俺はきっといつかそうなってた。それに――律が俺を怖がらずにそばにいてくれるなら、もうどうだっていいんだ。きみと長く一緒にいられる。そう考えればいいんだって気づいたから」

「…………」

櫂は律也を決して責めない。わかっていたけれども、胸が引き絞られるように痛くなった。

だが、櫂がそういってくれるのなら、いつまでも自分は沈んだ顔を見せるべきではない。

よけいに櫂の気持ちを重くしてしまうから。

律也は目尻にひっかかっている涙をぬぐいながら、櫂を睨みつけた。

「俺の記憶をなくそうとまでしてたくせに、櫂は変わり身が早すぎる」

「そうだな。律が魅力的すぎるから——こうやって目の前に現れて、きみにじかにふれたら、もう我慢できなくなったんだ。夜の種族が欲望に正直で助かった。初めて人間じゃなくてよかったと思ったよ。このあいだの夜……律はすごく綺麗だった。きみがほかのやつに抱かれるなんて、俺は絶対にいやだ」

律也も先日の夜以来、櫂がほかの誰かと寝るのは耐えられないと思っていた。同じように感じていてくれたことがうれしくて、くすぐったい。

「……櫂は、でも——ほかのひとと、するんだろ？　ヴァンパイアは……その……いままで、どうしてたんだ？　誰か相手が……特定のひととか、何人もいたんだろ？　気をもらったり、血を吸うために」

「——いままでは、いままでだけど」

櫂が困ったように言葉を濁すので、やはり相手がいたのだとショックを受ける。わかりやすく表情をゆがめる律也を見て、櫂はおかしそうに顔をほころばせた。

「でも、これからは——律を抱けるなら、俺はほかには手をださない。約束するから」

「そんなの無理だ。だってヴァンパイアは——」

「ヴァンパイアは契約者と必ず寝てるわけじゃないよ。きみのお父さんと、始祖だってそう

いう関係じゃなかった。気をもらって、代わりにヴァンパイアの血を与えるだけでもいいんだ。ただ、ベッドでの関係を結んだほうが、ことがやりやすいだけで――」

「もう、いい。それは聞きたくないから」

律也が断固拒否だというように耳をふさぐと、櫂は噴きだした。そっぽを向く律也を背後から抱きしめる。

「律はやきもちやきなんだな。俺はうれしいけど」

「やきもちじゃない」

「――ほかには手をださないよ。ただその代わりに、律をたくさん抱くけど。……いい？」

ふいに耳もとに唇をつけられ、耳朶《じだ》を噛まれてぞくりとする。

「いいって聞かれても……」

「それで嫌われるかもしれないと思ったから、俺はきみとの約束をないことにしたほうがいいとも考えてたんだ。人間の頃と印象が違って、ショックを受けるんじゃないかと思ったから」

「……俺は知らないよ。櫂が最初に、ヴァンパイアに幻惑されて、乱れる俺を見たくないみたいなこといったんじゃないか」

「そうだな。でもいまは――見たくなった」

甘い声で囁かれて、律也は身動きがとれなくなった。櫂は律也の胸元へと手を伸ばしてくる。

「律が俺の腕のなかで気持ちよさそうに乱れるところが見たい」

昔の櫂と変わらないと思う一方で、やはりこういうところはヴァンパイアらしいのかもしれない。櫂の誘うような声に、律也は抵抗を覚えることがあってもどうしても逆らえない。それも嫌いじゃない――と思ってしまう自分はやはり櫂自身が好きな一方で、櫂のヴァンパイアとしての部分にも魅了されているのだろうか。

わけがわからなくなってきた。そもそも櫂がこれほど熱烈に律也を欲しいというのも、昔からの人間の頃の想いからだけではなく、純粋に力が欲しいヴァンパイアの本能だから……？

櫂が首すじにくちづけながら、律也をベッドに横たえようとした。ぼんやりとしていた律也ははっとする。

「櫂……傷は？」

「もうふさがってる。きみの気をもらったから――ほら」

櫂は律也の手をひっぱっていって、自身の脇腹にさわらせた。服の裂け目から肌をさわると、たしかにぱっくりと裂けていたはずの傷がふさがっていた。

確認させおわると、櫂は早速とばかりに唇を吸ってくる。舌をからませる濃厚なキスに、すぐに呼吸が乱れてしまう。

唇を離されたときには、律也の顔は蕩《とろ》けて朱に染まっていた。

「……するの？」

「——最後まではできないけど。このあいだと同じように、きみに俺の匂いをつけておいたほうがいいから。そろそろ効果が薄れてくる」

匂いをつけられていることを、いろんな相手に見抜かれたことを思い出して、律也は渋面をつくった。

「櫂……俺たちがこうしてることって、誰かに見られてるの？」

オーラが赤く濁っているといった東條や、匂いに敏感な慎司はともかく、レイは精を飲んだだの、血を吸っただの、具体的な行為まで知っていたのだ。どこかで覗き見していたとしか思えない。

「ああ……目が良かったり、鼻がきく者は多いから——」

櫂は思い当たることがあるのか少し考えこんだ。まさかと思って聞いてみたのに、ほんとうに見られている可能性があるなんて、律也の顔もこわばる。

「待って——」

暗がりの中で、櫂のからだから赤い煙のようなオーラがたちのぼる。目を赤く光らせながら、櫂は腕をすっと伸ばして、なにもない宙をなでるようなしぐさをした。

すると、辺りはよりいっそう濃い闇《やみ》につつまれた。律也の部屋には違いないのに、どこか別の空間に飛ばされたような違和感。ヴァンパイアの結界が張られたのだ。

「こうすれば、誰にも見えない」

燿は安心させるように微笑みかけると、律也のパジャマを脱がして、自身の服もすばやく脱ぎすてた。

裸体を見ても、傷のあった部分はうっすらとした線がわずかに残っているだけで、治癒してしまっている。

律也が手を伸ばして再びふれると、燿はまるで傷が痛むみたいな顔をした。綺麗に傷は消えているはずなのに。驚異的な回復力を目《ま》のあたりにして、律也の顔に人間離れしたものを見るような表情がでていたのかもしれない。

「よかった、大丈夫なら」

律也があわてて笑顔を見せると、燿もつられたように小さく笑った。

「——律」

燿は律也のからだの上に覆いかぶさると、首すじから胸元へとていねいに指を這わせ、唇をつけた。

吐息がかかるだけで、律也のからだは震えて興奮した。乳首を吸われると、背がびくびくと弓なりにしなってしまう。このあいだの夜よりも敏感になっている気がした。

「や……」

律也の反応しているものを、櫂が手に握って動かした。「あ——」とすぐに細い悲鳴が口から洩《も》れて、律也はとまどう。

気のせいではなく、確実に以前とは違う。少しの刺激にもからだが疼《うず》き、動いてしまうのだ。心臓が痛いほどに高鳴る。

「やだ……櫂、なんか変……」

櫂が下腹のものを何度かこすっただけで、律也は「やだ」といいながら射精してしまった。前もそうだったけれども、あっけないほどに早い。

それでもからだの火照りが治まらない。まるで妙な薬でも盛られたようだった。

ハアハアと息を乱しながら、律也は櫂を仰ぎ見る。

「俺……どうしたの?」

櫂の目から見ても前回とは反応が違うらしく、さすがに心配そうな顔つきになった。

「——たぶん感じやすくなってるだけだから。でも無理しないほうがいい。からだには負担になるから」

どうやら先日、櫂と肌を重ねたときから、律也のからだは変化しつつあるようだった。敏感になっていて、少しの刺激にも過剰に反応してしまう。

「大丈夫だよ。ヴァンパイアとのセックスに慣れないうちはよくあるんだ。俺の体液や吐息が催淫剤《さいいんざい》のように働くから。このあいだの夜のぶんが、思ったよりもまだ強くきいて残ってるらしい。でも耐性がつけば、平気になる」

説明を聞いて、律也は安堵した。

律也のからだを気遣いながらも、櫂の目つきにはまだ控えめな欲望の色が残っている。

櫂は飢えを抑えきれないように、再びそっと律也の肌にふれてきた。

「無理はさせられないけど——少しだけ……匂いをつけておいたほうがいいから」

そういいながら、櫂は律也の脇に寝転がって、横から抱くようにしながら首筋に唇をつける。

腰のあたりに当たる櫂のものが硬くなっていた。それを感じとっただけで、律也は胸が苦しくなる。甘く興奮した息が律也の首や耳もとにかかった。

「少しじっとしてて」

どうやら櫂は時折それを律也の肌にこすりつけ、自分で刺激しているようだった。

律也が敏感になっているから、なるべく愛撫《あいぶ》などでからだにふれないようにしているのだ。

「櫂——」

いくら押しつけられているだけでも、熱い吐息を感じるたびに、律也は肌の内側が火照ってどうしようもなかった。でも、興奮すると心臓が破れてしまいそうに息苦しい。

「……櫂……俺が、さわってあげたほうがいい？」

櫂はなにも答えないまま、興奮に潤んだ目で律也を見つめ、手をそっと握って自らの下腹に導いた。

さわるといったものの、大きくなっているものに指がふれると、どうやって動かしたらいいのかとまどった。

「いいよ、律の指だってだけで気持ちいいから。うまくやろうとしなくても」

櫂は笑い交じりの堪《こら》えたような息を吐き、律也の指をそれに添え、自らの手を上下に動かした。

興奮している櫂のからだから、むせかえるような薔薇の匂いがした。頭のなかが真っ白になって、律也はなにも考えられなくなる。

やがて、櫂は小さくうめきながら熱いものを放った。下半身にぬるりとした感触を覚えて、律也はびくんと肩を震わせる。

「や……」

「——匂いをつけないといけないから」

まるで薬を塗るみたいな口調で、櫂は律也を仰向《あおむ》けにすると、開いた足のあいだに手ですくった体液を塗りつけた。腿のやわらかい内側や、足の付け根、尻の挟間《はざま》のくぼみに熱心に指を這わせる。

「やだ……櫂……」

いくらなんでも恥ずかしくて、頭の血管が切れそうになった。櫂はなにも感じていないのか、まるで動じない。それでもその目が少し意地悪く律也の裸体を観察し、興奮に揺らいでいるのが見てとれた。

「――馬鹿、やだっていってるのに、もう……」

律也は顔を手で隠しながら泣きそうになった。指のあいだに、櫂が笑いながらキスを落とす。

「――誰も見てない。俺しか見えないから、大丈夫だよ」

それが恥ずかしいのに――と小さな呟きを吸い取るように、櫂が唇を合わせてくる。

「律……俺は、きみが俺のものになってくれるのなら、なんでもできる」

欲情に溺《おぼ》れているようでいて、櫂は必死に自分にいいきかせているように聞こえた。おそらく自分の力を高めるための闘いで、恐怖を感じることもあるのだろう。すぐに治癒するとはいえ、傷を負わされてダメージがないわけではない。こうしてすぐに櫂が律也を抱きしめて甘いことを囁くのは、自らの深い傷の痛みを紛らわしているようにも思えた。

ヴァンパイアになったこと、思わぬ展開のせいで早く始祖の力を手に入れなければならないこと、律也を失うかもしれないこと――それらの恐怖が櫂を追い詰め、束の間の甘い夢をむさぼらせる。

誰の目も届かない閉じた空間のなかで、律也は朝まで甘い息を吐き続けた。

Ⅴ　薔薇の寝床

その日は朝からいやな予感がした。

起きた瞬間から背筋がぞわぞわとして、奇妙なレーダーでも働いているみたいだった。

誕生日の前日、律也は優れない気分のまま部屋を出た。いつものように朝食の準備をしていると、珍しく慎司がひとりで起きてきた。

「おはよう、りっちゃん」

「慎ちゃんが自分で起きるなんて、雨が降るんじゃないの」

律也が笑いながら嫌味をいっても、慎司は笑わなかった。目を細めて眩しそうに律也を見つめる。

「――りっちゃん、綺麗だな」

不意打ちのようにいわれて、律也はとまどう。慎司は意味もなく、律也の顔を見ているうちについ洩らしてしまったようだった。

「慎ちゃん……俺……」

求婚されたことへの返事はまだしていなかった。慎司が「考えてくれ」といったので、すぐにことわることもできなかったのだ。

だが、いくら考えても、答えはすでに決まっていた。

明日は誕生日——櫂のものになる約束だ。慎司の求婚はきちんとことわらなければならない。

「俺……慎ちゃんにちゃんと返事をしなきゃいけない」

律也が切りだすと、慎司は少し困ったような顔をした。

「——そんなこわばった顔していわれたら、なにも聞かなくてもイエスかノーかがわかっちゃうだろ」

即座に見抜かれて、律也はあわてて言葉をつなぐ。

「慎ちゃんが嫌いってわけじゃないんだ。いままで俺のことを守ってくれて、感謝してる。でも、そういう相手としては考えられないだけなんだ」

「俺は、国枝櫂よりも劣る？　あいつのほうが強そうに見えるか」

強いとか弱いとかの問題ではないのだが、夜の種族にとっては伴侶を選ぶ絶対的な基準なのだろう。そのために、櫂は強くなろうとしているのだから。

「……俺は、もう櫂と約束したんだ。ほかは考えられない」

「なるほど——俺がりっちゃんと、国枝櫂よりも前に一緒に暮らしてればチャンスはあったのかな。りっちゃんが乙女モードでかわいくなるのは、やつの前だけだもんな」

とぼけたようにいうと、慎司は表情をほころばせた。

「いいよ。最初から、玉砕覚悟だったんだから。そんなにすまなさそうにしなくても」

「ご……ごめん。俺、慎ちゃんになにも返せない。父さんがいなくなってから――父さんが頼んだから、俺のそばにいてくれたんだろうに」

「馬鹿だな。なにも返さなくたっていいんだよ。俺はおまえの叔父さんだぜ？　りっちゃんに求婚するなんて、俺が欲張りすぎたんだ」

慎司のことは肉親として好きなのに――だからよけいに話せば話すほどせつなくなった。そんな心情を見抜いたのか、慎司がぽんと律也の頭を叩いて笑う。

「もういいって。いうだけいってみたかったんだ。ああ、でも複雑だ。俺はヴァンパイア、嫌いなんだよな」

もうこの話は終わりにしよう――といってくれたものの、さすがに誕生日当日には慎司は家にいたくないらしく、しばらく留守にすると伝えてきた。

「新婚の邪魔しちゃ悪いしな。それから先のことはまたあらためて考えるけど。とにかく明日から数日間は留守にするよ」

誕生日のあとのことを、律也はいままで考えていなかった。

櫂と一緒に行くと決めていたけれども、家を出なければならないのだろうか。大学は？　いままでの生活は？

そもそも櫂はふだんどこで暮らしているのだろうか。再会してからの月日は短く、いろいろと周囲が騒がしくて、落ち着いた話などなにもしてない。

でも不思議と不安はなかった。心配なのは、櫂が誰かに傷つけられないかということだけだ。

律也が櫂のものになる前に、誰かがよからぬことを考えるとしたら、今日しかない。それに櫂は始祖と闘ってその力を手に入れるつもりのようだが、結果はどうなったのだろう。狩人の東條からはなんの接触もない。もしかしたら、櫂は焦る必要などないのかもしれない。櫂は明日には訪れてくれるはずだから、今日だけ無事にやりすごせばいいのだ。

家に閉じこもっていたほうが安全かもしれなかったが、もしかしたら今日で大学に行くのは最後になるかもしれないので、普段通りに出かけることにした。

櫂と最後まで結ばれたら、律也も人間以外のものになってしまうのだろうか？

あれだけ待ちわびていたはずなのに、その後のことをなにも考えていなかった、自分の計画性のなさにあきれはててしまう。でも、櫂が一緒にいてくれるなら、すべてを乗り越えられる気がした。

「慎ちゃん――俺、じゃあ大学行くから」

「大丈夫か？　俺がついていこうか」

「レイがいつも見えないところでついてきてるみたいだから」

慎司は玄関まで見送りにきながら、心配げな顔を見せた。

「櫂のやつはだいぶ無理しているみたいだけど、大丈夫なのか。あいつ、ライバルの候補者を次から次へと塵にしているらしい」

夜の種族のあいだで、櫂の属するヴァンパイアの氏族の始祖が代替わりするらしいとの噂が流れているらしかった。ヴァンパイアの別の氏族はもちろん、オオカミ族など他の種族たちも注目しているらしい。櫂はなにも教えてくれないが、レイが時おり嬉々《きき》として状況を教えてくれる。

櫂様はとても強くなられた——と。

「みんな若いヴァンパイアが挑戦するのを面白がって見てるみたいだけど、何百年も始祖を倒すことのできなかったほかの候補者たちは簡単に蹴落《けお》とすことができても、あそこの氏族のいまの始祖はほんとうに化け物だぞ。翼が白いままでいられるんだから」

以前から、ほかの貴種の翼は黒いのに、どうして始祖の翼は白いのだろうと疑問だった。

「なんで、いまの始祖の翼は白いの？」

「もともとは白いんだ。ヴァンパイアは天から墜ちてきた種族だから。だけど、地上では不純物が多くて、エネルギーもなにもかもが濁る。だから、やつらの翼は黒くなったんだよ。最初の始祖の翼は白かった。代替わりして、器が変わっても、力の強いものは原始のパワーを宿しているとして、白い翼を保てる場合もある」

レイが前に「我々は純粋なエネルギーを求める」と語っていたことを思い出した。あの白い翼は、混ざり気のないパワーをもっていることの象徴なのか。欲望もある意味、純粋なエネルギーだといっていた。

燿は自分がヴァンパイアらしいところを見せるのが嫌いなので、律也にはヴァンパイア同士の闘いを決して詳しく語らない。「律也様も、燿様が相手の喉に雄々しく食らいつく姿を見たら、きっと惚れ直すと思いますよ」と目を輝かせていうが、ヴァンパイアと人間の感覚は違うので、それほど格好のいいものではない気がした。

相手を塵にする――燿はきっと本心では望んでそんなことをしていない。

家を出てから、レイに燿のことをたずねてみようと思った。だが、その日に限って、外に出てもレイの気配が感じられない。

駅への道を歩きながら少しばかり不安になっていると、すっとレイが隣に並んできた。

「レイ――？」

「ちょっと変なやつらがいました」

レイの唇には血がついていた。昼間だというのに、その肌は白く、おそらく血を吸ったあとなのか、目がぎらぎらと興奮していた。

「律也様の家の周辺で、あなたが出てくるのを襲おうと待ち構えてた。大丈夫です。結界内に誘い込んで片付けましたから」

そのせいで、律也が家を出てからついてくるのが遅れたらしい。

「待ち構えてたって――なにが？」

「獣です。若い狼が三匹ばかり」

律也は「え」と固まる。

「あなたの叔父のオオカミ男は、大丈夫ですか？　あなた相手になにかよからぬことを企《たくら》んでいるかもしれない。やつらも『浄化者』が欲しくて必死ですからね」

「まさか――」

先ほど求婚をことわったけれども、慎司はそれも仕方ないと認めてくれたのだ。「いいよ」といってくれた笑顔に嘘があるとは思えない。

「慎ちゃんは、俺に企みなんて――」

「……ほら、また現れた」

レイが舌打ちして、背後を振り返る。いつのまにか、体格のいい男たちが五人ばかり迫ってきていた。あとずさりすると、もう一方からも同じく五人が迫ってきて、囲まれる格好になる。

レイがぺろりと唇についた血を舐《な》める。

「朝食にしては少し食べ過ぎですが、たまにはいいでしょう」

レイのからだから血のようなオーラがたちのぼり、あたりに霞《かすみ》のように散らばる。空間が一瞬、ぐにゃりと曲がり、また戻った。ヴァンパイアの結界のなかに入ったのだ。男たちは次々とうめき声をあげながら、本来の姿を取り戻す。

服が裂けて、たくましい肉体があらわになり、獣の耳がはえて、全身が毛に覆われていく。生あたたかい風が吹いたと思って目を閉じた瞬間、そこにいたのは黒々とした毛並みをもつ狼たちだった。一匹一匹が巨大で、十匹の群れとなると、かなりの迫力だった。

獣のうなり声をあげて、狼たちは律也たちににじりよってくる。

「哀れな、地を這う者ども」

レイの背中には貴種のヴァンパイアの印である、黒い翼があらわれていた。

大きく翼をひろげて、ふわりと宙に浮かぶ。ばさりとゆるやかな動きで翼がはためいた。

そしてその目が赤く光ったと思った刹那《せつな》、まるで弾丸のようにすばやく狼の群れに突進していく。

早すぎて動きが見えないほどだった。狼たちの鳴き声の中心に、レイはいた。一番巨大な黒い狼に覆いかぶさり、その喉笛《のどぶえ》にしっかりと鋭い牙をたてている。

レイは律也よりも小柄なのだが、狼に食らいついている姿はおそろしいほどに大きく見えた。

狼の動きが鈍くなるのを見て、牙を抜く。鮮血がしたたりおちた。そしてまた、とどめをさすために食らいつく。今度は嚙みついて、強靭《きょうじん》な牙によって肉が引き裂かれるのが見えた。あたりに肉片が血しぶきとともに飛ぶ。

ヴァンパイアの闘いぶりを目にするのは初めてで、律也は足がすくんだまま動けなかった。レイは一匹を仕留めると、その次の一匹に襲いかかる。残りの狼たちに集団で襲いかかられそうになるが、食いついた狼をかかえたまま宙を飛ぶ。

高いところまで上がって、なにをするのかと思ったら、そのままかかえていた狼を勢いをつけて地上へと叩きつけた。一匹が下敷きになってつぶれ、内臓が飛び散る。仲間の惨状を目にして、狼たちは空を見上げたまま、憎悪をたぎらせて吠《ほ》える。

「——あのヴァンパイアは、かわいい顔してとんだドSだね。あんなふうに流血沙汰《ざた》にしなくたって、彼ほどの力なら、狼たちを幻惑して、弱ったところでエネルギーだけ吸い取ってやれば倒せるのに」

とぼけた声が聞こえてきて、はっと隣を振り返ると、いつのまにか東條が立っていた。

「僕は、無駄な殺生は嫌いだ。よくないよ、うん」

「と……東條さん？」

ヴァンパイアの結界のなかで、東條の肌は黄金の粉をまぶしたように光っていた。初めて見たとき、聖堂の天使のような顔立ちをしていると思ったが、いまやその美貌は人間離れしていて、ほんとうの天使にしか見えない。しゃべっていることはいつもの気が抜けるような東條節なのに、無駄に神々しい。

「律也くんは血が大好きな変態ホラー作家だからあのスプラッターも平気だろうけど、僕には耐えられない。行くよ」

「ちょ……行くってどこへ？」

「もうちょっと安全な観客席へ。ほら、狼たちがこっちを見てる」

細身のくせにやけに強い力で引っぱられて、律也は逆らえなかった。狼たちが吠えながら突進してくる。レイも東條に気づいて、牙を剝きだしにして飛んできた。

「……狩人っ――貴様っ」

「きみはちょっと自分の趣味を楽しみすぎだよ」

東條が目の前に手をかざすと、黄金の光があふれでた。小さな空間が広がり、人が入れるくらいの大きさになる。

「あ」と声をあげる暇もなかった。律也はそのまま手を引かれ、東條とともに光の渦へと飛び込んだ。ふたりを呑み込んだ途端に、空間はすっと閉じて、あとかたもなく消えてしまった。


ものすごく長いあいだ眠っていたような気もする。

目が覚めたとき、律也は自分がいったいどこにいるのか、まったくわからなかった。狼たちに襲われたことも、レイが闘ったことも、すぐには思い出せなかった。

頭を押さえながらからだを起こすと、見知らぬ部屋のなかにいた。まるで日本旅館のような、落ち着いた風情の和室だ。

ただ奇妙なくらいに物音がしない。隔離された空間のようだった。

「目が覚めたかい？」

襖《ふすま》が開けられて、東條が姿を現した。

「ここ……どこです？」

「危険で、安全なところ」

すまして答える東條を、律也はしかめっ面で睨みつけた。

「とぼけてないで。教えてください。どこなんです。……いまは、いつ？　あれからどれくらい時間が……」

「悪い狼たちの根城だ。きみを襲ったやつらの仲間がいる」

結局は狼たちに捕らえられてしまったのかと青くなる律也に、東條は「ちがうちがう」と首を振る。

「ここは僕が結界をはってる空間だ。ちょっと様子見にきただけだよ。やつらの根城だけど、やつらからは僕たちは見えない。もうすぐヴァンパイアたちが襲撃にくるはずだから、狼たちも臨戦態勢だ」

レイが噛みついていた黒い狼たちの姿が脳裏にまざまざと甦《よみがえ》る。

「オオカミ族がどうして……慎ちゃんが、俺を――？」

まさかと思うが、やはり慎司はオオカミ族のために律也を手に入れたかったのだろうか。だから裏切った？

「いや、きみの叔父さんは関係ないよ。彼はいい狼だ。襲ってきた狼たちを見たら、慎司さんと似てないだろ？　彼の属する群れは銀色の狼たちだから。きみを襲って、ドSヴァンパイアの餌食《えじき》になってた黒いやつらは、慎司さんと敵対するグループの狼たちだね」

慎司たちの群れが絡んでいないと知って、律也は安堵する。群れの仲間には三人しか会ったことがないが、もし彼らが律也をだましたのなら人間不信になりそうだ。

「俺、早く帰らないと――いま、何時なんですか？」

「きみが家を出て、狼たちに襲われてから丸一日たってる。ヴァンパイアたちは犯人の群れをさがしあてたから、もうすぐこの日本家屋を訪ねてくるよ。きみの大好きな国枝櫂を筆頭にしてね」

「じゃあ、今日は誕生日？　大変だ」

律也は立ち上がって部屋の外に出ようと襖に手をかけたが、びくともしなかった。東條は冷めた目で律也を見る。

「どこに行く気だい？　僕の結界内だっていっただろう？」

「出してください。俺、櫂に会いにいかないと」

「――会わせるわけないだろうに。そのためにきみを拉致したんだから」

律也は信じられない思いで東條を見つめた。

「もしかして……あなたが狼たちをたきつけて、俺をわざと襲わせたんですか？」

「そんなえげつないこと、僕がするわけない。きみに会いにいこうと思って、家を訪ねる途中で、ヴァンパイアの結界があることに気づいたから、好奇心で覗いてみたんだ。そしたら、あのドSが狼たちを血祭りにあげてた。きみは見てないだろうけど、最初にやられた三匹は涙を誘うほど酷《ひど》い目にあってた。あそこにいたら危険だから、きみを連れ出したんだ。結果、ふたりきりになれたから帰さないことに決めた、と」

拉致といわれてもいまいち緊張感に欠けていて、律也はとりあえずその場に腰を下ろした。

「僕はきみを暴力的に奪おうなんて考えてはいない。ヴァンパイアや狼とはやりかたが違うのでね」

東條は妙に落ち着いている。その言葉どおり、律也に襲いかかってくる気配など微塵《みじん》もなかった。そもそも櫂や慎司のように、東條が律也を欲しがっているとは思えないのだ。

「東條さん……あなた、俺に『夜の種族について教えてくれ』って声をかけてきたとき、普通の人間でしたよね？　いつから狩人なんですか？　それとも……叔父さんが亡くなった話とかみんな嘘で、最初から俺が『浄化者』だってわかってて、近づいてきたんですか？」

いつのまにか東條が狩人ということになっていたが、律也にはその経緯がどうも理解できない。

「かわいそうな叔父の話なら、ほんとうだよ。ヴァンパイアと契約してたけど、向こうから打ち切られたんだ。叔父は精神を病んでて、もう相手に提供できるエネルギーもなかったから。律也くんに声をかけたとき、僕はなにも知らないオカルトマニアだった。ただ、叔父の件を調べるために実家に帰っていた夜、ほんとに突然、天啓みたいに夜の種族についての知識が頭のなかに流れ込んできて、自覚と使命を与えられたんだ。僕はどうやら狩人らしいってね」

「覚醒したってことですか？」

「そうなんだろうね。まるで生まれたときから知っていたみたいに、狩人としての役目も、能力の使い方もわかるんだ。同時に、人間の東條忍としてのパーソナリティーもちゃんと残ってる。不思議な感覚だよ。実に興味深い」

普通だったら混乱するところだが、東條はどうやらごく自然に狩人としての運命を受け入れているらしかった。なんの迷いもためらいもなく馴染《なじ》んでいるのが羨《うらや》ましい。少しはとまどうのが人間だと思うのだが。

「俺は……東條さんからの求婚はことわります。俺にはちゃんと櫂がいるから。だいたい、東條さん、俺にそういう意味で興味ないでしょう？　無欲だっていってたじゃないですか」

「僕はきみと性交したくて、求婚したんじゃないよ。きみとはわかりあえると思ったから。国枝櫂に渡したくなかっただけだ。あいつはきみに相応しくない」

「……慎ちゃんが天敵のヴァンパイアを嫌うのはわかるけど、東條さんはなんでそんなに櫂を嫌うんです？」

「きみ、やつが七番目の息子だって知ってるだろう？」

東條は鳥肌がたつとばかりに両腕をかかえるように押さえた。

「知ってる……けど」

「調べてみたら、国枝家っては、おそろしく子だくさんなんだ。そうじゃなきゃ、七番目の息子の、そのまた七番目の息子なんて生まれないからな。えらい好色な一族じゃないか。表向きには財産家で、優秀な学者や起業家を生んでる家系らしいけど。一族はみんな容姿端麗で、天才か、好血症か、淫乱症。そんな家系の精力ありあまってるヴァンパイアと一緒になったら、きみの柳腰が壊れる。僕は見るに堪えない」

「……って――東條さんに関係ないだろ、そんなことっ」

どこまでくだらないことをいうのかと腹立たしかったが、東條の真意はそこにはないようだった。ふいに真面目な顔つきになって律也を見つめ、ためいきをつく。

「わかりやすくいえば、きみは人間だった頃の国枝櫂しか知らない。だから、少し考えたほうがいいんじゃないかと思うだけだ。人間と夜の種族の感覚はまったく違うから。僕は、身をもってそれがわかる。カルチャーショックだよ」

どこか沈んだ声のトーンに面食らう。自然に受け入れていると思いきや、狩人になったことで、東條は東條なりの苦悩があるらしい。

「たとえば、律也くんは先ほどのヴァンパイアの狼に対する仕打ちを見ただろ？　平気なのか？　わざわざあそこまでする必要ないじゃないか」

「あれは、俺を襲おうとしてたから……ああしなきゃ、レイが狼たちにやられてしまってた」

「たしかにそうだけど、あのドSが仕えているのが国枝櫂なんだから。きみはやつの優雅な美男ぶりに惑わされて、ヴァンパイアとしての本性を知らないだろう。彼はきみには徹底して紳士の顔を見せてるから」

「そんなの——知らないけど、だいたいわかってる」

それに櫂は、律也にヴァンパイアとしての自分はあまり知って欲しくないはずなのだ。

「いや、知っておいたほうがいい。だからここに結界を張ったんだ」

東條が宙に手をかざすと、四角い光が現れた。スクリーンのようだと思っていたら、ほんとうに映像が映しだされた。

監視カメラみたいに、この家の門扉や、玄関が映しだされる。オオカミ族らしい男たちが右往左往していた。どうやら近づいてくるヴァンパイアたちの匂いをかぎつけて、警戒しているらしい。

「なんで櫂たちがここにくるんです？」

「きみが狼たちに捕らえられてると思ってるからだよ。僕がこの群れの獣たちを操ってるという間違った情報が流れてる。どうやら成り行きを面白がって見てるやつがいるみたいだね。ほかのオオカミ族か、べつの氏族のヴァンパイアか知らないが」

「……誤報なら、違うっていわないと。俺は狼じゃなくて、東條さんに捕らわれてるんじゃないか。どうして呑気《のんき》に見てるんです。オオカミとヴァンパイアの殺し合いになる」

「きみを攫《さら》おうとしたのは事実だし、仕方ない。これも僕の役目だ。調整役だからね。まあ、ちょうどいいんだよ。ここの狼たちは悪事ばかり働いてるんだ。若い人間の娘を攫って襲ったりしてね。きみの叔父さんの狼の紳士的な群れとはだいぶ違う」

オオカミ族の男たちは、それぞれヴァンパイアの襲撃に備えた配置についたようだった。みんな体格のいい、屈強な男たちだ。少なくともこの家には五十人を超える狼たちがいるらしい。

「……こんなところに配置しても、ヴァンパイアは玄関から入ってこないと思うんだけどなあ。やつらは招待されないと、そもそもなかに入ってこられないんだから」

光の画面を見ながら、東條が冷静に解説する。こういうときにも、ヴァンパイアが家のなかに入ってこられないのなら、襲撃は不可能ではないのか。

すると、画面のなかがいきなり曇った。昼間なのに、門扉の前もまるで日が落ちたように暗くなる。「なんだ?」とオオカミ族たちがどよめく。

律也たちがいる部屋も、灯《あか》りが落ちて暗くなった。光の画面だけが浮き上がったなかで、東條が「ふむ」と腕を組む。

「やつら、家の周辺一帯を結界にしたか。ずいぶんな力業を使ってきたな。すごい能力がいるだろうに。まあ、律也くんが捕らえられてると思ってるんだから、当然か」

東條は立ち上がると、律也の腕を摑んで、「出るよ」と先ほどは開かなかったはずの襖を開けて暗闇のなかを走った。辺りが暗くなったことで、みなが混乱しているらしく、怒鳴り声と慌ただしく走り回る足音がする。だが、不思議と誰ともぶつからなかった。

縁側を抜けて、外に出る。外はまるで夜のように真っ暗だった。

家のなかにいた狼たちも、なにか異常気象なのかと飛び出して空を見上げている。よく手入れされた静謐《せいひつ》な佇《たたず》まいの庭に、異様な空気が流れていた。

「ああ、それが狙いなのに、みんな外に出てきちゃった」

東條がやれやれと呟いた瞬間、真っ暗な天上に月のような銀色の光がぽっと浮かび上がった。

しかし月ではなく、空間が割れているのだった。そこから次から次へと黒い翼をもったヴアンパイアたちが飛び降りてくる。あるものは優雅に翼をはためかせながら、またあるものは弾丸のように一気に狼たちの根城の家の庭を目指してものすごいスピードで降下してくる。全部で二十人ほどの奇襲だ。

「うわあっ」

オオカミ族が変身する間も与えず、それは地上に降り立つと、庭に立っていた男の喉笛にいきなり食らいついた。

「――ああっ」

男の断末魔のうめき声が響く。ヴァンパイアはすぐに隣に立っていた男にも襲いかかった。とにかくスピードが速いので、なにが起こったのか暗闇のなかではよく見えない。

黒い突風のような動きが去ったあとに、鮮血が飛び散った。

次から次へと庭にヴァンパイアが降り立ち、変身前の男や、変身しかけた者、そして狼の姿になっている者たちに飛びかかる。

だが、最初に庭に降り立った者のスピードはずば抜けていた。ヴァンパイアたちのなかで一番早く動き、相手の息の根を止め、次の相手に襲いかかる。

最初はレイなのかと思った。だが、レイにしては背が高すぎる。そのすらりとしたスタイルのいいシルエットがよく見知っているものに似ているのに気づいて、律也は心臓が止まりそうになった。

そのヴァンパイアは誰よりも強く、誰よりも美しい大きな黒い翼を持ち――そして、誰よりも残酷だった。

容赦なく相手の急所をついて、自分よりも体格のいい大男をはがいじめにして、その喉に躊躇《ちゅうちょ》もなく嚙みつく。抵抗する隙をまったく与えない。

暗闇に目が慣れてきたせいで――また、ヴァンパイアたちの肌が白い光を放ちはじめたせいで、はっきりと顔が見えた。

オオカミ族の男の喉から鋭い牙を抜き、顔を血まみれにしてこちらを振り返ったのは――。

律也はそれを目にした途端、思わずあとずさった。

そのヴァンパイアは――櫂だった。

だが、東條が自分の周囲にだけ結界を張っているのか、櫂には律也たちの姿が見えないようだった。

顔だけではなく、全身に鮮血を浴びたまま、櫂は次の獲物に飛びかかる。闘っているはずなのに、彼ひとりだけ飛び抜けて力が違いすぎるので、一方的な殺戮《さつりく》に見えた。

「律……律はどこだっ」

普段のやさしい櫂の声ではなく、まるで獣のうなり声のようだった。闘争本能なのか、流れる血に興奮しているのか。

血を浴びた、月光の輝きを放つ肌。昂《たか》ぶって、赤く光る瞳。真っ赤な薔薇の花びらが散るように背後にたちのぼるオーラ。

禍々《まがまが》しいほどに美しく——そして恐ろしかった。

「——あれが彼のほんとうの姿だよ。まあ、あのくらいの迫力がなきゃヴァンパイアの氏族のトップになんてなれないだろうが。やつらはひとを餌にするときにはその性的魅力や容姿で惑わすから、乱暴なことはしないんだが、夜の種族たちで争うときには、ぬきんでた闘争能力を発揮する。獣たちにもひけをとらない。ドSが『我が主』と心酔するのもわかるね」

東條に話しかけられても、律也はすぐに反応できなかった。

「それでも、きみは国枝櫂の伴侶になるかい？」

律也は言葉もないままに東條を睨みつけた。なにに反発しているのかもわからなかった。ただわけがわからないままに——泣きそうになる。

「ああいう姿になっても、彼がきみを見分けられる能力があるか、ためしてみる？」

返事を待つまでもなく、東條は律也のからだに手をかざして、念じるように目を閉じた。なにも起こった気はしなかったが、東條は満足そうに「良い出来だ」と頷く。

「ほら、彼の前にいってごらん」

わけがわからないままに押し出される。すると、櫂の目にようやく律也の姿が映ったようだった。

櫂——と呼びかけようとして、律也は自分の声がでないのに気づいた。

燿が赤く瞳を光らせたままこちらに駆け寄ってくる。そのときになって初めて、律也は自分の姿が獣になっているのに気づいた。

一匹の亜麻色の狼の姿に——東條がなんらかの術をかけて、幻を見せているのだった。このままでは燿は律也をオオカミ族だと思って、襲いかかってくるに違いない。

(燿——!)

なんらかの手段を講じる暇もなかった。燿の動きはとても素早かったから。

律也は燿に捕らえられ、自分の喉にその牙が食らいついて、切り裂かれるさまを想像した。頭のなかが真っ赤に染まる。

燿は牙を剝きだしにして、律也に近づいてくる。興奮状態にあるためか、「うおおっ」とうなり声をあげて血まみれの顔がゆがむ。燿の手が律也を押さえつけるために伸ばされた瞬間、恐怖のあまり、目の前の風景がスローモーションの映像のように見えた。律也は目をつむって、次に襲いかかるであろう痛みを覚悟する。

だが、いくら待っても痛みはやってこなかった。時間が止まってしまったかのように思えた。

おそるおそる律也が目を開けると、燿が茫然とその場に立ちつくしていた。どうやら目の前にいる亜麻色の狼が律也だと気づいたようだった。

すると、東條の術は解けてしまったらしく、律也は元の姿に戻る。

緊張がとけたために、律也はからだの力が抜けてよろけそうになった。

「律……」

櫂があわてて「大丈夫か」と手を伸ばしてくる。

律也は表情をほころばせかけたが、差しだされた櫂の手が生々しい鮮血で汚れているのを見て、手をとることができずに固まってしまった。

櫂は手を差しだしたまま、凍りついたように動かなくなる。

ややあってから、櫂はうろたえたように手を引っ込めて、血だらけの口許をぬぐい、血に濡《ぬ》れている全身を我に返ったように見つめた。そしてまるで恥じているように、律也から顔をそむけてしまった。

誤解されたと気づいて、律也はあわてて声を絞りだす。

「櫂……？　俺は、無事だから——」

櫂は苦しそうな顔をして律也をちらりと見てから、再び目をそらした。「レイ」と声をあげる。

すぐに狼たちを嬉々として襲っていたレイが聞きつけて、律也と櫂のもとに飛んでくる。

「……律がいた。守ってくれ」

「はい。群れのリーダーは、まだ家のなかにいる模様です。自分たちの結界を張って身を隠してます」

「獣の匂いでわからないか」

「いま、ここは血の匂いが充満しているので。我らの鼻はききません」

突如、狼たちがさらに大きなうなり声をあげはじめた。ヴァンパイアの張った結界の一部が崩れて、新たな狼たちがなだれ込んできたのだ。

さすがに予想していなかったのか、櫂とレイが大きく翼をはためかせて、宙に浮き上がる。律也も櫂に腕をひっぱられて、抱きかかえられた。

狼たちの仲間が応援にきたのかと思ったが、違った。新たに飛び込んできた狼たちは、次次と庭にいた黒い狼たちに襲いかかる。

侵入者は、暗がりにもわかる、立派な銀色の毛をした狼たちだった。

「違う群れの狼たちですね。……ああ、そうか。律也様の叔父のオオカミ男の群れですね。これは好都合。やつらは同じ獣だから、結界の匂いがわかる」

レイのいうとおり、慎司たちの群れが、同族とはいえ、律也を襲った別の群れに報復に訪れたのだった。

銀色の群れのなかで、ひときわ大きく毛並みのいい狼が、櫂に抱きかかえられて宙に浮かんでいる律也を見つけて、足元に駆け寄ってきて吠える。狼の姿は以前に一度見ただけだが、慎司に違いなかった。

「慎ちゃん？」

声をあげると、狼はさらに大きく吠えたてた。

(浄化者を攫おうとするなんて、同族の恥。我らが奴らを始末する)

慎司は周囲に心話でそう話しかけた。

櫂が律也を抱きかかえたまま慎司に答える。

「家のなかに隠れてるリーダー格がいる。オオカミ族の結界なら、きみたちのほうがすぐにわかるだろう」

慎司は頷いて、同じ群れの狼に何事か命じる。すぐさま何頭かが家のなかに飛び込んでいった。

狼の根城である日本家屋は、いまやヴァンパイアが黒い狼に襲いかかり、新たに参戦した銀色の慎司の群れがまた黒い狼に襲いかかって同族同士で争うという、獣のうなり声と血の匂いが充満する地獄絵図になっていた。

このままではヴァンパイアにも慎司たちの群れにも犠牲者が多くでてしまう。なんとかならないのだろうか。

「――そろそろ潮時かな?」

すると、頭上からとぼけたような声が聞こえてきた。

見上げると、東條がふわふわと空を飛んでいる。彼の肌は金にきらめき、その背中には黄金色の翼が生えていた。初めて見る姿に、律也は目を丸くする。

「狩人っ」

レイがいまにも飛びかかりそうな勢いで叫ぶ。

東條はレイを見ると「少しきみの好きな血が流れすぎた」と呟き、腕をまっすぐ高くあげる。すると、その手の先から金色の光があふれ、棒状になり、先が尖《とが》って、矢のような形になった。

「――獣の数を調整する。これ以上の殺生は無用」

東條は手にした黄金の矢を空に向かって投げる。空が切り裂かれ、ヴァンパイアが張った結界の闇が晴れた。辺りが眩しいほどの光につつまれる。

「狩人が獣を粛正する。銀色の狼と、ヴァンパイアたちは去れ」

宣言を下す東條の姿は、まるで神の代理人の大天使のごとく、堂々としていた。なにかが乗り移ったようで、深く響き渡る声はとても元人間のものとは思えない。

すると、庭にいたヴァンパイアたちが大人しく翼をはためかせて空へと移動する。慎司たちの群れの狼だけが選ばれて、金色の光に包まれ、宙へと浮き上がる。

残された黒い狼たちは空に向かって、けたたましく吠えた。

「仕事をするのが遅い。……ったく、気まぐれな狩人め」

レイが上昇しながら憎々しげに呟く。律也はいつのまにか櫂の腕のなかを離れ、ひとりで金色の光につつまれて宙に浮かんでいた。

東條の手には再び黄金の矢の光が戻っていた。そして矢はいくつもに分散する。彼が黄金の翼をなでて、なにやら取り出すようなしぐさをしてみせると、手には巨大な弓が握られていた。その弓を使い、庭に残る狼たちをめがけて、次々と矢を放っていく。矢は外れることなく、獣たちに突き刺さる。

庭はあっというまに倒れた狼たちで埋めつくされた。リーダー格らしい狼たちも家のなかからなにかに追い立てられるように出てきて、その矢に貫かれる。

獣を貫いた矢は、ぼんやりとした気の塊のようなものを刺して、再び東條の手のもとに戻ってくる。

東條は庭に降り立つと、矢からこぼれおちた気のようなものをひとつ残らず回収して、ひとつの大きな塊にする。そして、大きく口を開けると、ぺろりと飲み込んでしまう。すべて吸収しつくしたあと、「ふーっ」と満足そうに息を吐く。

「……これで、あと何十年かは獣を狩らなくてもすむ。満腹だ。数も調整した。この群れの悪い種子は今後実を結ばない」

矢に貫かれた獣は、ぐったりと弱っているものの、死んではいないようだった。

いつのまにか宙に浮き上がっていた銀色の狼たちはひとの姿に戻っている。慎司が律のそばに寄ってきて「大丈夫か」とたずねたあと、庭に倒れている狼たちと東條を忌ま忌ましげに見つめた。

ほかの慎司の群れの仲間たちも、ぞっとした様子で顔色が悪くなっている。自分たちが倒そうとしていた相手なのに、同族が狩人に狩られている様子はやはりショックなのか。

「なんだ……狩人は殺さないんだ。気をとるだけ？」

あれほど獣たちが畏れているからもっと陰惨な狩りなのかと思っていたのに、律也は拍子抜けしてしまった。たしかに群れ全体を狩ってしまうが、殺さずに気を吸いとって弱らせるだけなら血も流れないし、残酷でもない。しかも、東條は銀色の狼たちは救って、悪事を働いている黒い狼たちだけを対象にした。公正な裁きのようで鮮やかだ。

「慎ちゃん、狩人はそんなに怖くないじゃないか」

「怖くない？　あれが怖くないのか？」

「……だって、ちょっと懲らしめるだけだろ？　気を吸い取られて衰弱してるけど……」

「冗談じゃない。あの群れはいずれ滅亡だ」

意味がわからずに、律也はもう一度庭を見る。ヴァンパイアや銀色の狼たちに攻撃された狼は死んでしまっているが、黄金の矢に貫かれた狼たちはやはり弱々しいながらも動いて生きている。

「――去勢されたんですよ」

脇からレイが説明を加える。

「去勢？」

「あの群れの狼たちはみんな不能になりました。獣たちにとって、生殖能力がなくなるというのは恐ろしいことですから。たとえ、ほとんど殺されても、一匹だけでも残れば、次代につながる。その望みさえも断たれる。しかも、去勢されたせいで闘争本能もなくなって——あの群れは、どちらにせよもう終わりです。いっそ一気に皆殺しにしたほうが、まだ獣にとってはやさしい」

レイの解説はまとを射ているのか、慎司たちはなにも反論しようとしない。生殖能力を奪う狩人という存在は、獣の雄として言葉では単純に語り尽くせない恐怖があるらしい。

「狩人は……あいつらは、自分たちが欲がないもんだから、平気であああいうことをするんだ。……しかし、まあ満腹になってくれて助かったが」

狩りが完全に終わったのか、東條が律也たちを見上げて手招きする。律也をつつみこんでいる金色の光がするすると落下して、地上へと降りた。

「——狩りは終了した。僕はしばらく誰も狩らない」

いちいちこういう宣言をするのが狩人のスタイルなのか、東條は気《け》だるそうにいった。慎司は群れの仲間たちと顔を見合わせて安堵の表情を浮かべる。

一方ヴァンパイアたちは、地上に下り立ったとはいえ、まだ臨戦態勢で東條に向き合っていた。

「狩人よ、まだ我が主の伴侶に手をだす気があるのか」

レイが問いただす。もし「ある」と答えたら、その場にいるヴァンパイアたちがいっせいに飛びかかりそうな気配だった。

ヴァンパイアたちのなかから、櫂が前に一歩出て、東條とまっすぐに向き合う。静かな面持ちだが、気迫がこもっている顔つきだった。

無言の闘志は伝わったらしく、東條はちらりと律の顔を見て、首をかしげる。

「律也くん、さっき僕はたずねたけど――きみは、それでいいのか？」

ヴァンパイアの本性を見ても、櫂を選ぶのかという問いかけの答えを求められているのだった。

先ほどの血まみれになった櫂の顔がちらりと脳裏をよぎった。恐ろしいと感じないわけではない。でも……。

「――俺は、東條さんは選ばない。俺の相手は櫂だから」

はっきりと答える律也を見て、櫂はわずかに目を見開いてから、気まずそうに目をそらした。一方、東條は肩をすくめる。

「振られてしまったな。まあ、いい。僕の求婚がうまくいくとは思ってなかった。きみの理解者になりたかっただけだから。それに、国枝櫂は始祖に挑んでないね。この騒ぎがあったせいで、それどころではなかったんだろう。僕も狩りをしたばかりで能力を消耗してる。いま闘っても決着がつかない」

律也が消えたことで、櫂は始祖と対決していないらしい。狩人と互角になるために力が欲しくて始祖を倒すといっていたのだから、もし東條が本気を出せば負けてしまうのか。

「もう律也様には手をださないのか」

レイが確認するように問う。

「僕はもうしばらく誰も狩らないといった。それが答えだ」

東條がそういった瞬間に、ヴァンパイアたちの緊張がとけるのがわかった。やはり狩人というのは、それなりの能力をもっていて、戦闘になれば厄介《やっかい》だとわかっていたらしい。前から東條は話せばわかると思っていたものの、櫂が闘わなくてすむことに律也は胸をなでおろした。もう誰にも争ってほしくない。

「律也くん。――まあ、頑張って。初夜のあとに、僕とまた語りあおう。きみがどんなふうに変化するか見たいから」

「いやですよ」

人間離れしたところを見ても、律也にとっては東條は憎めない存在だった。つい先日までは普通の人間だったのに、覚醒して夜の種族となってしまったところに、律也なりに共感を覚えるからかもしれない。

「俺、東條さんとはいろいろ話したい。だから、なるべく争いごとはしたくないんだ」

「もちろんだ。なんでも相談してくれ。僕に相談してくれるのはきみぐらいだからな。――

それに、きみにはまだ困難が待ち受けてるから、覚悟しておいたほうがいい」

気になることをいわれて、律也は「え」と目を瞠《みは》る。東條は櫂のほうをちらりと見て、律也にだけ聞こえる声で囁く。

「国枝櫂は少し派手に動きすぎたね。彼を気に入らないと思っているやつがいる。気をつけたまえ。いざとなれば、きみが彼の足りない翼の助けになるはずだから」


律也を狙っていたオオカミ族の群れも粛正され、狩人も律也には手をださないと宣言した。騒動は夜の種族たちのあいだで伝達され、とりあえずは律也に対して妙な動きをしようというものはもういないはずだった。

律也が櫂との約束を果たすための障害は消えた。いよいよ櫂の伴侶となる日がきたのだ。

律也が誕生日の前日から消えていたせいで、時間的な余裕は残されていなかった。黒い狼たちの群れの根城である家が狩人によって粛正されたのは誕生日当日の午後過ぎのこと。

律也はあわただしく家に帰って準備をしなければならなかった。自分としては櫂とふたりでひっそりと迎えるつもりだったのに、いまや櫂とのことは周囲のすべてが知っているので、そういうわけにもいかないらしい。

ふたりだけの契約は櫂が律也を抱けば終了だが、伴侶として周囲に認められるためにはそれなりの手順を踏まなければならないとのことだった。

櫂はいったん夜の種族たちの世界に戻り、居城から儀式を経て、律也の家を訪れなければならないと説明された。

「居城？　城があるの？　櫂に？」

「ありますよ。当然でしょう。城持ちでもないのに、これほど仕えるヴァンパイアたちがいるわけがない。それに人界にもいくつか屋敷があります」

レイが「わが主」と呼ぶのは決して誇称ではないらしかった。櫂が普段どこで暮らしているのかも知らなかった律也はただ驚くばかりだ。

「いつのまにそんな……」

「もともと国枝家は財産家ですから。こちらの世界では、その資産があります。あちらの世界では、櫂様は始祖の血をつぐものですからね。ヴァンパイアとして覚醒したときから城持ちです」

「……俺はどこで暮らすんだろう」

「櫂様となにもご相談されてないのですか？　律也様はまだ我らとは異質ですから、夜の種族たちの世界にはお連れできません。しかし、櫂様と契られて、その血を体内に入れれば、完全な浄化者であり櫂様の伴侶として、あちら側の世界にも出入りできるようになります」

「どういう変化が起こるか知ってる？　その……身体的とか、精神的に」

レイはきょとんとしたように律也を見る。それも櫂と話していないのかといいたげだ。

「精神的には個人差があるからなんともいえませんが、律也様は変わらないのでは？　あなたは浄化者ですから、本来の自分でいられるはずです。身体的には――時が止まります」

レイはわかりきっているだろうとあっさりといいきる。

たしかにそれはずっと前からわかっていた。櫂は年をとらないし、律也の父親も契約者であるあいだは病気の進行も止まり、ずっと若いままだった。

だが、自分もそうなるのだとあらためてじっくりと考えるひまもなかった。櫂と一緒に生きると決めたのだから迷いはなかったが、感傷はそれなりにあった。

「そうか……俺は、二十歳で時が止まるのか……」

「よろしいではないですか。律也様は、いまが一番美しいですよ。お父上も契約者だったのだから、だいたいのことはわかるのでしょう？」

「わかるけど……実感はまだないよ」

律也とレイが話していると、居間に櫂が入ってきた。櫂の姿を見ると、レイは頭を下げて、すぐに部屋から出て行く。

狼たちと狩人の騒動があってからつねに周りにひとがいて、櫂とふたりきりになったのは初めてだった。

狼たちの根城に櫂がやってきて、手を差し伸べられたときに、律也はすぐにその手をとることができなかった。櫂が狼たちに嚙みつく姿を初めて見て、その血まみれの姿に驚いてしまったからだ。

あれから櫂はまともに律也の顔を見ようとしない。きっと律也が櫂に怯えたと誤解したに違いない。

怖いと感じたのはほんとうだけれども……。

「櫂……これから夜の種族たちの世界に戻るのか？」

櫂は頷いて、「きみにあいさつを」とだけ短く答えた。

「夜には戻ってきてくれるって聞いた。日が落ちたらすぐに」

「…………」

櫂はなにも答えないまま律也を見つめる。吸い込まれそうな黒い瞳が、わずかに揺れていた。

「……きみは……時が止まる実感がない？」

先ほどの会話をどうやら聞いていたらしかった。

「ないけど……当然だろ？　経験がないから。いやだって意味じゃない」

「きみのお父さんはただの契約者だった。だから、年をとらなくなっても、契約を解消したら元に戻れた。だけど、きみは伴侶だから、そういうわけにはいかないんだ。全部俺のものになるんだから。前にも説明したはずだけど、覚えてる？」

「覚えてるよ。ちゃんとわかってる」

わざわざ確認してくるのは、櫂がまた「きみを巻き込むわけにはいかない」と律也を伴侶にするのを迷っているせいかと焦った。

だが、櫂にはそんなことをいう気はないようだった。というよりも、いえないのだ。先ほどヴァンパイアの本性を見られて恐れられたような態度をとられても、もう自ら律也を手放す気はないようだった。

櫂の目は静かながらも焦がれるように律也に注がれている。たとえ、『ヴァンパイアなんていやだ』と拒否されても、すでに無理やりにでも手に入れなければいられない切望がそこにはあった。

「――なら、いい。俺はきみを俺のものにする」

櫂は小さく呟くと、律也のそばに近づいてきて、誓うように吐息めいたやわらかいキスをした。

「日が暮れたら、すぐに戻るから。待ってて」

濃厚なキスをされるよりも、ひそやかな決意を込めた囁きのようなキスのほうが、律也のからだを震わせた。櫂が居間を出て行ったあと、律也はソファに倒れてしばらく動けなかった。

日が落ちる前に、慎司は前にいっていたとおりに「お邪魔だろうから、しばらく留守にする」と家を出る準備をはじめた。

「……じゃあな、りっちゃん。まあ、国枝櫂はりっちゃんの初恋だから、仕方ない。兄さんも許してくれるよ」

慎司にそういってもらうのは、心強かった。父には「夜の種族には気を許すな」――そういわれていたから、どこかで申し訳ない気持ちもあったのだ。

「慎ちゃん、ありがとう……最後まで。さっきも、群れの仲間と助けにきてくれて」

「あんなの御礼をいわれることじゃない。当然だよ。俺のほうが、同じオオカミ族がりっちゃんを攫おうとしてたのが申し訳ないくらいなんだから」

慎司は旅行にいくみたいに数日分の着替えを詰めると、群れの仲間の亜樹と直樹のうちに泊まっているからと連絡先を教えてくれた。

「りっちゃんにことわられた同士でやけ酒を飲んでるから」

慎司は最後まで明るく接してくれるから、律也にとってはありがたい。

「なにかあったらすぐ呼んでくれ。こんな連絡先じゃなくても、りっちゃんが悲鳴をあげてくれれば、俺は聞きつけるから。ヴァンパイアの結界を張られたら無理だけど」

からかうように笑うのは、おそらく夜には櫂が誰の目も届かないように律也を結界に入れて初夜の契りを結ぶとわかっているからかもしれなかった。

まだ、気になることがないわけではなかった。東條が最後に妙なことをいっていたのが気にかかる。

(気をつけたまえ。いざとなれば、きみが彼の足りない翼の助けになるはずだから)

あれはどういう意味なのだろう——?

「慎ちゃん……櫂を気に入らないやつっているのかな? 誰かに恨まれてる?」

「そりゃいるだろう。りっちゃんを手に入れるんだ。俺だって恨んでるよ」

「そういう意味じゃなくて、敵がいるかってこと」

「たくさんいる。櫂はほかの始祖の血をひく連中を、覚醒して数年なのに、この短い期間でことごとく塵にしてるから。同じ氏族のなかに快く思ってない連中がいるはずだ」

不安の理由はそれなのだろうか。東條は、ほかのヴァンパイアが狙ってくると忠告していたのか。

「心配することはない。俺がつかんでいる情報によると、櫂たちは一番強い。苦々しくは思ってても、誰もかなわないよ。櫂自身もそうだし、櫂に仕えているものたちも能力の高い連中ばかりだから」

それを聞いて安心したが、引っかかるものが完全に消えたわけではなかった。

慎司が家を出たあと、残っていた櫂の仲間のヴァンパイアたちも日が暮れる前に帰って行った。レイだけが一応用心のために残ることになった。

ヴァンパイアたちは、律也の部屋のベッドのシーツやカバーを替え、室内の至るところに薔薇の花を飾り、風呂の浴槽も薔薇の花びらで満たしていった。最後に仕上げとばかりにベッドの上にも花びらが散らされていた。律也はやりすぎだろうとそっと花びらを払って床に落としたが、レイに見とがめられた。

「儀式ですから」

なんでも契ったあと、ベッドの上の薔薇の花びらは夜の種族たちの世界の城の寝室にもっていかれて、同じくベッドの上に撒《ま》かれるのだそうだ。それで、あちらの世界でも契った伴侶として認められるらしい。

日暮れ前に準備は万全だったが、肝心の櫂はなかなか戻ってこなかった。「少し遅れているのでしょう」とレイも初めはのんびりとかまえていたが、さすがに日が落ちてから一時間たっても櫂が現れないのを見て、首をかしげた。

「なにかトラブルかもしれませんね。使いの者をやりますから、律也様はお風呂に入ってからだを清めてください」

トラブルといわれて呑気に風呂に入っていられる気分ではなかったが、レイに口うるさくいわれて、律也は仕方なくいうとおりにした。

豪勢な薔薇風呂に入りながら、リラックスするどころか落ち着かなくなって、早々にバスルームから出る。廊下に出た途端に、辺りがしんとしすぎているような違和感を覚えた。

「レイ？」

呼んでも返事がなかった。首をひねりながら居間に入ると、庭に続く窓が開いていた。そして芝生の上にレイが倒れているのが見えた。

「レイ？」

律也があわてて庭に出た途端、ぐらりと眩暈《めまい》がした。濃厚な薔薇の香り――庭に咲き誇っている花の匂いとはまた違ったものだった。

レイは青い顔をして倒れていた。ざっくりと腹が切られており、血があたりの芝生を染めている。意識はあるらしく、律也を見上げると苦しげに顔をゆがめる。

「……律也様……油断……」

レイはかなり強いヴァンパイアのはずだ。その彼がこれほど簡単にダメージを与えられることがあるのだろうか。

「いったい誰に……」

ざわっと風が頬をなでていった。生ぬるい風だ。

ふんわりと風にのってきた匂いにつられるようにして、律也は顔を上げる。視線の先に存在するものが、疑問への答えをくれた。薔薇の花の前に白いローブを身につけ、背中に大きな白い翼が生やしたヴァンパイアがいる。

庭はすでにヴァンパイアの結界になっていた。

櫂によく似た面差しが微笑み、律也を見つめている。櫂とは違い、つややかな髪は腰に届くまで長い。

かつて父と契約していた、始祖のヴァンパイアだった。

（――なつかしい。彼の息子か）

始祖は心話で話しかけてくる。どうやら律也の子どもの頃を覚えているらしかった。

しかし、いまは思い出話をしているときではない。どうしてここに始祖がいるのか。なぜ同族であるレイが腹を切り裂かれて芝生の上に倒れているのか。

日が落ちても櫂が訪れない理由――すべて目の前の始祖が原因のような気がした。

櫂が戻らなくて、始祖が律也の家にいる。

この事実はなにを示しているのか。

ひょっとして櫂は始祖に闘いを挑んだのか。そして負けてしまった？

始祖は微笑みながら、律也を視線に捉《とら》えたまま動かない。やさしげだが、表情の読めない瞳からはなにも伝わってこなかった。

「櫂は……？　塵になったの……？」

もっとも恐れていることを、律也は最初に口にした。だが、始祖の答えは違った。

（――これから塵にする）

律也はおののいたものの、まだ生きている事実に安堵する。

（わたしは少し長く生きすぎた。しかし、わたしより上のものが出ないのだから仕方ない。ここ何百年間で、あれは一番こざかしい。おまえをわたしのものにすれば、少しはおとなしくなるだろう）

始祖は律也を狙うためにきたのか。東條が警告していたのは始祖だったのか。

恐怖で動けなくなりそうになりながらも、律也は呼吸を整えた。手のひらを握りしめて、未知のエネルギーがわきだしてくるのを待つ。

やがて律也のからだが青白い炎のようなオーラにつつまれ、庭に咲いている薔薇が光りだした。

そのさまを見て、始祖は唇の端をつりあげる。瞳が妖しく赤く光り、射るような眼差しが向けられる。

目を合わせた途端に、くらりと眩暈がしたが、始祖のほうから伸びてくる赤い靄のような気は、律也の青い気と中和して、消え失《う》せる。

（そうか。おまえは浄化者だから、幻惑がきかないのだね。では、痛い思いをしてもらうしかない）

始祖はふわりと宙に浮いたかと思うと、白い大きな翼をはばたかせて、律也のもとへと飛んできた。

微笑んだ口許から鋭い牙が見えた。白く美しい顔なのに、長い年月を生きてきた澱《おり》がすべて溜《た》まっているように、その表情は奇妙にゆがんでいた。

圧倒的な霊的な存在感に、律也は凍りついたように動けなくなった。始祖の爪《つめ》の長い指が律也の首すじにふれ、その柔肌に傷をつけかけた瞬間、バサリと大きな音をたててなにかがはためいた。

「律！」

始祖が目の前にいるせいで、律也には状況がよく摑めなかった。突如、結界が切り裂かれ、櫂が庭に飛び込んできたのだ。黒い風のような動きで始祖の背中にとりつき、首すじに嚙みついた。

始祖が声にならない悲鳴をあげて、櫂を振り払う。

ふたりがぶつかるエネルギーの余波を受けて、律也はその場に倒れ込んだ。

始祖と櫂は睨み合いながら、宙に飛ぶ。高いところまで一気に上昇して、互いに激しく何度も衝突した。律の頭上に、始祖の翼の白い羽根と、櫂の翼の黒い羽根が舞い落ちてきた。

律也は固唾《かたず》を呑んでその闘いを見つめる。互いに相手を身体的な能力では抑えきれないと知ると、ふたりはそれぞれ攻撃のエネルギーを放出しはじめた。ふたりともヴァンパイアなので赤い色をしているが、個性があるらしく、少し色味が違う。始祖のエネルギーの光は少し黒みを帯びた落ち着いた赤だが、櫂のものは鮮やかな明るい赤だ。

異なる朱色の光が飛び散って混ざり合うさまは、夜空に花火があがっているようでもあった。

エネルギーを放出しつづけるうちに、櫂がハアハアと息を切らすのが見えた。目が赤く光り、飢餓感を訴えている。力を使いすぎているらしい。始祖は余裕の表情でそれを見つめていた。原始のパワーをもっているといわれている始祖には、やはりかなわないのか。

櫂のエネルギーが弱まった瞬間、始祖の赤いエネルギーが槍《やり》のような形をとって、櫂の翼を貫いた。

「櫂っ」

翼を傷つけられた櫂はすぐさま落下した。目の前の芝生に櫂が叩きつけられたのを見て、律也は駆け寄る。

櫂はかなり消耗しているらしく、荒い呼吸をくりかえしている。

無理もない。櫂はまだヴァンパイアとしては若いのだ。力の差は歴然としている。それでも負けないためにはどうしたらいいのだろうか。

東條の言葉――「いざとなれば、きみが彼の足りない翼の助けになるはずだから」。

律也は閃《ひらめ》いて櫂を抱き起こすと、自らの首すじにその頭を押しつけた。

たてる。

「櫂──俺の気を吸って」

飢餓状態にある櫂は、すぐさま律の肌に唇を寄せる。普段とは違って飢えているので、貪《むさぼ》れるだけ貪るような乱暴な吸い方だった。やがて気だけでは満足できなくなったのか、牙をたてる。

「──は」

櫂は律也の喉に牙を食い込ませ、あふれだしてきた血をすする。手加減なく吸われるので、律也は意識が遠くなりそうになったが堪える。

そんなふたりを見つめながら、始祖が微笑みをたたえたまま優雅に空を下りてきた。櫂が律也に噛みついているのを見て、栄養補給するぐらいの時間はくれてやるつもりだったのかもしれない。早くしなければ、とどめをさされてしまう。

律也はぐっと全身に力を入れて、自らのからだからエネルギーがあふれてくるのを待った。やがて喉もとに食らいついた櫂ごと、全身が青い光につつまれる。先ほどよりも強いパワーだった。

庭の薔薇が再び発光し、どこからともなく風が吹いてきて、花を散らせて舞い上がらせる。花びらは光の欠片《かけら》となって宙を泳ぐように渦を描き、始祖の視界を見えにくくさせた。

「──櫂」

抱きしめている櫂の全身に、力がみなぎってくるのがわかった。呼吸が整い、傷つけられたはずの翼が修復される。やがて信じられないことが起こった。

律の青い気の光につつまれているうちに、櫂の黒い翼がみるみるうちに白くなっていったのだ。目に眩しいほどの純白の翼として甦る。

浄化の力にはそのものの本質を引きだす威力があるせいだった。ヴァンパイアのもともとの翼は白かったのだから。

櫂の変化を見て、始祖の顔色が変わった。

（よけいなことを――）

始祖が動く前に、櫂のほうがすばやく立ち上がった。翼は始祖のものよりも大きく、白く光り輝いている。その光に目を眩ませられたように、始祖はわずかにあとずさった。

その隙をとらえて、櫂は始祖に飛びかかり、喉に食らいつく。櫂にしっかりとからだを押さえつけられ、始祖は今度は振り切れないようだった。翼が白くなっただけではない。櫂のからだは浄化されて本質を取り戻し、その能力も天から墜ちてきた時代とまったく同じになったのだ。

千年生きてきたとされる始祖は、櫂に首に牙をたてられたまま、やがて崩れ落ちる。なぜか眠るような穏やかな顔をしていた。先ほどまであれほど激しく闘っていたのに、本心ではようやく代替わりができたことを喜ぶように。

櫂は始祖に食らいついたまま、その血を吸いつくした。始祖のからだから赤い霊的なエネルギーの塊がぼんやりと浮きだしてくる。櫂はそれも捕らえて自らのなかに取り込む。

途端に、櫂の全身が白く輝き、一瞬あたりが昼になったのかと思うほど明るくなった。

白い光を浴びて、櫂の腕のなかでぐったりとなっていた始祖のからだが光に融け込む。やがてサラサラと音を立てて崩れ、塵となって消えていってしまう。

気がつくと、庭には夜の暗闇が戻っていた。始祖の姿はどこにもない。

櫂は腕を広げたまま、始祖が消えてしまったことに茫然としていたようだった。その背には純白の翼が揺れている。

「――櫂」

律也はいったん立ち上がったものの、血と気を容赦なく吸われたせいですぐにその場に倒れそうになった。なんとか踏みとどまったものの、大きくよろめく。

「律――？」

櫂がはっとして律也に手を差し伸べる。その口許や手は始祖の血で汚れていたけれども、今度は律也も怯《ひる》まなかった。自ら櫂の腕のなかに飛び込むように駆け寄る。

「よかった、櫂……」

櫂は律也を抱きしめると、なにかいおうとして口を開きかけた。表情から、律也には櫂がいいたいことがわかった。

――もう誰にも邪魔できない。これで律は俺のものだ。

しかし、実際は声にならなかったらしく、櫂は黙ったままだった。その代わりに唇をそっと合わせてきて、想いを込めた囁きのようなキスをした。

櫂が日が落ちても戻らなかった理由は、始祖の部下に足止めされていたせいらしかった。ここ最近、櫂が自分を狙っていることはわかっていたので、一気に片をつけるつもりで律也をたずねてきたのだろう。

レイは致命傷ではないらしく、ヴァンパイアの治癒能力ですぐに回復するとのことだった。ただ、さすがに始祖に傷つけられたので、治りは普通の傷よりも時間がかかるらしい。

「さすが始祖です。まったく反撃する隙がなかった」

居間のソファにだるそうにもたれかかり、レイは悔しそうにいってから、「あ」といいなおす。

「もう始祖ではありませんね。始祖は櫂様になったのだから」

律也にはヴァンパイアの社会がまだ深く理解できていないが、始祖の代替わりというのはやはり大変なことらしい。

酷い目にあったのに、レイの表情は輝いていた。

「あらためて後日、盛大なお祝いをしなくては。たぶんもう皆には知れ渡っているので、いまごろあちらは大騒ぎでしょう」

レイは迎えにきた仲間のヴァンパイアたちに連れられて帰ることになった。

櫂もう一度夜の種族の世界に戻って、律也の家を訪ね直さなければならないらしかった。家に入る前に始祖と闘って血を流してしまったから、向こうで汚れを祓わなければならないらしい。

また離れてしまうのは不安だったが、櫂は「大丈夫だから」と笑った。

「からだを清めてくるだけだから、三十分もしないうちに戻ってくる。律の部屋で窓を開けて待っててくれればいいから」

律也はレイからもこっそりと念を押された。

「今日はいろいろあって、そんな気になれないかもしれませんが、櫂様が戻ってきたら、きちんと零時を過ぎる前に契ってくださいね。でないと、櫂様は血の契約を破ったことになりますから」

たしかに次から次へと驚くようなことが起こったので、誕生日を待ちわびていた気持ちは消えてしまっていた。しかし、ようやく櫂と想いが通じ合ったという一体感はある。ほんとうはそれだけで充分だった。

櫂も昼間は狼たちと闘って、夜は始祖と闘ったのだからかなり消耗しているはずだった。

本来ならゆっくりと休んでもらいたいが、契約がある以上はレイにいわれたとおりにしなくてはならない。

櫂とレイたちが家から出て行ったあと、律也はもう一度風呂に入ってからだを洗った。三十分したら戻ってくるといっていたので、すぐに自分の部屋に行って、電気をつけないままに窓を開けた。

そんな気分じゃないと思っていても、こうして櫂が訪れるのを待っているうちに、胸が緊張と不安とうれしさでいっぱいになっていた。

櫂とようやく約束が果たせる。でも、そのあとで自分にどういう変化が訪れるのかはまだよくわからない。今夜が過ぎれば自然にわかるのだから、あれこれと悩む必要もない――と覚悟を決めて、律也は櫂がくるのを待った。

ところが三十分たっても、櫂は戻ってこなかった。またなにかあったのかと心配になる。

四十分、五十分――やがて一時間が過ぎた。

律也は窓の外を見つめながら、はりさけそうな胸を押さえる。

もし、櫂がこのままきてくれなかったら。

顔がゆがみかけたとき、夜空の向こうで白く輝くものが見えた。それはどんどん大きくなってきて、律也のほうに近づいてくる。

白い翼をはばたかせて、櫂が窓のところまで下りてきた。

「律——ごめん。遅くなって」

月の光を浴びて微笑む櫂は、見惚《みと》れるほどに美しくて、律也は待ちぼうけを食らわせられたことも忘れて息を呑んだ。

「始祖が代替わりしたことで、あちらが大騒ぎになってて、すぐには抜けだしてこられなかったんだ」

「……三十分っていったのに」

律也はかろうじて文句を口にする。ほんとうは心臓が高鳴りすぎていて、もう声などでないかと思った。

「ごめん。部屋に入れてくれないのか」

甘い声で問われて、律也は「入って」とふくれっ面のまま応《こた》える。

櫂は窓からするりと室内に入ってくると、優美な翼をすっと背中から消した。

「——律」

抱きしめられて、律也はその背に腕を回してぎゅっとしがみつく。そうしやすいように櫂はすぐに翼をしまってくれたのだと思った。櫂の体温にくるまれて、薔薇の香りを吸い込んだ途端に、全身の力が抜ける。

「いいにおいだな」

櫂は律也の額やこめかみにキスをくりかえした。

え――と律也はとまどう。櫂がいい匂いがするのはわかるが、自分がそういわれると妙に照れてしまう。

「あ……みんなが用意していってくれた薔薇の風呂に入ったからかな。部屋にもいっぱい飾ってあるし……」

ちらりとベッドを見る。「儀式ですから」といわれてしまったので、ベッドの上にも薔薇の花びらが撒かれたままだ。

櫂は律也のように「やりすぎじゃないのか」と顔色を変えることもなく、動じないまま薔薇の寝床となっているベッドに歩み寄って、花びらを手にとるとそのまま口に運んだ。

赤い薔薇の花びらを口に含む様子は、なにやら官能的に見えて、律也は目のやり場に困る。

「薔薇の花はヴァンパイアを退けるともいわれてるって知ってる？」

「そうなの？　櫂たちはそれが好きじゃないか」

「超越的な霊性を宿す花だから。力の弱い者には毒のように働く場合もある」

一般にいわれている吸血鬼と、夜の種族たちの習性がだいぶ違うのは知っているから驚かなかった。だいたい元は天から墜ちてきただの、天使のような翼があるのもいまだに不思議でしょうがない。

櫂は花びらを手にしたまま、ベッドに腰を下ろして、月明かりが差し込んでくるだけの暗い部屋のなかを見回した。すると、室内の薔薇がランプのように光りはじめた。ベッドの上の花びらさえも暗闇に浮き上がるように淡く光っている。

部屋をつつみこむ幻想的な灯りに、律也は息を呑む。

「律——こっちにきて」

ベッドを示されて、律也は櫂の隣に腰を下ろした。

いよいよだと思うと、まともに櫂の顔が見られなかった。最後までしていないとはいえ、何度か肌は合わせた。だが、今日はさすがに意味が違う。

櫂のものにされる日——律也にとっては、後戻りできない道だ。単なる契約者と伴侶では違うのだと聞かされている。

律也の緊張を感じたのか、櫂がからかうように笑った。

「——そんな、食われるのを怯えてるような顔しなくても」

「怯えてないよ。緊張してるだけ」

「そう」

櫂は微笑みながら律也を見つめている。今夜は律也がおそらくなにをいっても笑っているだけなのだろう。その眼差しの甘い熱で律也はとろけてしまいそうだった。

「——律」

肩を抱き寄せられて、額にくちづけられる。律也はくすぐったくて肩を揺らした。

そのままベッドに倒されるのかと思ったが、櫂は律也を抱きしめているだけだった。ぎゅっと抱きしめられて、子どもの頃みたいに甘やかされている気分になる。落ち着くまで待ってくれるつもりだとわかったので、気になっていることを聞いてみた。

「……あっちが大騒ぎになってたって……大丈夫なの？」

「平気だよ。レイたちがうまくやってるから」

「ふうん……耀は城をもってるって聞いたけど。普段はそこに住んでるの？」

「俺の伴侶になれば、連れていってあげられるよ。夜の種族たちの世界に出入りできるようになるから」

律也の庭とシンクロしているときに見えた、幻想的な風景を思い出す。

「俺はそこで暮らすようになる？」

「どこでもいいよ。律が暮らしたいところでかまわない。まだ大学だってあるだろう？　週末にだけ、城に遊びにきてもいいし。普段は俺がこの家に通ってもいいから。ただ長い間は城をあけられないんだ。そこは不自由なんだけど」

律也が予想していたよりは自由だった。てっきり異世界に行って、こちらの生活は捨てなければならないかと思っていたのに。

「大学に行けるの？」

「行けるよ。人界に紛れて生活してるのはたくさんいるし……オオカミ族なんかはほとんどがそうだろう。慎司はずっとこの家で律と暮らしてただろ？　満月の夜だけはたぶん短時間だけでもあちら側に戻ってたはずだけど」

「なんだ……」

よくよく考えてみれば、慎司の群れの仲間たちもあれだけ人間くさくて人界に馴染んでいる。律也も櫂の伴侶になったからといって、いままでと違う生活を求められるわけではないのだ。

「ちょっとほっとした。大学はまだ通いたいし、原稿も書かなきゃいけないし」

「普通に生活できるよ。――しばらくのあいだは」

櫂は微笑みながらも、少しこわばった顔つきになった。

「きみが年をとらなくなって、周りが不自然に思わないうちは。この家で生活できるし、いままでどおりひとともつきあえる。だけど、あと十数年もすれば……『いつまでも若いわね』ですまなくなる。そしたら、この家は離れなきゃいけないし、いままでつきあいのあったひとたちの前から姿を消さなきゃいけない」

覚悟していたけれども、こうして櫂の口から告げられるとまた別の重みがあった。

「俺は人間だった頃から、時が止まったみたいに年をとらなかった。国枝の濃すぎる血のせいだけど……だから、ある時期から家を出て、友人とも知人とも縁を切って、律のうちで暮らしてた。もちろんここの薔薇が特別だったせいもあるけど……それだけじゃないんだ。だったら、薔薇のエキスをもらいにくるだけですむ。花木さんは事情をわかってて、俺をここに住まわせてくれた」

律也が子どもの頃からまったく容姿が変わらなかった櫂。父からは「病気だから、預かってるんだよ」と教えられていた。

どうして健康そうに見えるのに、櫂がずっと家にいるのか不思議だった。ほかにつきあいはないのか。外に出なくてもいいのか。

薔薇の花をつみ、自分のなかに流れる血に怯えながら、櫂はまとわりついてくる子どもの相手を辛抱強くしてくれた。きっと外に出たくても出られなかったのだ。かつての自分を知っている人々から距離をおくために――。

ヴァンパイアになったからではなかった。

律也の家にやってきた当初から――櫂はすでにいろいろなものを捨ててきて、独りだったのだ。

「……律？」

昔のことを思い出しながら、当時は理解していなかった櫂の心中を想像すると、律也は泣きそうになった。

「どうした？　やっぱり怖い？　きみが失うのは、年をとることだけじゃない。だから……」

律也は目尻にあふれるものをぬぐいながら、きっぱりと首を横に振った。

「でも、櫂がいてくれる。俺は……ほかのもの全部なくなっても、櫂がいてくれるほうがいい。だから不安じゃない」

「——」

櫂は目を瞠った。律也はまっすぐに櫂を見つめ返した。

視線が合った瞬間に、ともに過ごした昔の時間と、さまざまな色のついた感情があふれて混ざり合い、胸が詰まって、息ができなくなりそうになる。

「律——俺と一緒に生きてくれるのか。長い長い時間を——？」

「櫂とじゃなきゃ、いやだ」

律也がそう答えた途端に、櫂は律也を抱き寄せて、くちづける。薔薇の香りが口から広がって、からだじゅうを満たした。

「律……きみは俺のものだ、永遠に」

怖がらなくて大丈夫だから——といいながら、櫂は律也を裸にしてベッドに横たえさせると、自らも全裸になって覆いかぶさり、手首を噛んだ。みるみるうちに腕に血がしたたりおちる。

額の上に、その血が落ちてきた。十五歳のときに印をつけられた場所。傷でもあるみたいに熱く疼く。古く染み込んでいる血と、いままた新たにつけられた血が化学変化を起こしたみたいに、さらに熱くなる。

擢が律也の口許に手首を近づけてきた。

「――飲んで」

こわごわと口にしてみたら、まるでその血の味をよく知っているみたいに、ごくりごくりと喉を鳴らして夢中で飲んでしまった。美味《おい》しいものだと肉体が欲しているようだった。とまどいながらも、今度はからだ全体が熱くなってくる。額の痛みは消えた代わりに、甘く疼くような熱が隅々まで広がった。

「律は俺のものになる」

口で伝えられると同時に、心のなかにもその声が不思議な響きをもって流れ込んできた。

「俺が塵となって消える日がくるまで――きみの魂を俺につなぐ。……いい？」

律也は声がでなくて、頭を振って頷く。

「契約は永遠だ。俺ときみの生命がつきるまで。……きみがもし俺から離れたら、俺はきみの魂と血肉のすべてを、狩ってでも食らわなきゃいけない。契約どおりに俺のものであるままにするために」

さすがに驚いたが、律也はすぐに頷いた。おそらく単なる契約者と伴侶の違いはそこにあるのだ。耀が律也を伴侶にするのをためらっていた意味も。

「……平気？」

律也を見つめてくる耀の眼差しが、気遣わしげに揺らぐ。律也はしっかりと頷いた。どういうわけか口がきけない。

「――では、誓いを」

耀の目が赤く光った。口許から白い牙がのぞく。耀が覆いかぶさってきた途端に目をつむると、首すじに痛みが走った。

だが、それはほんの一瞬で、血を吸われているというのに、からだがふわりと浮き上がるような恍惚感につつまれる。

耀が「ああ」と息を乱しながら律也の血をすするたびに、背すじがぞくりとして、腰のあたりにもその震えが伝わった。

律也が背を弓なりにして、からだをぶるぶると震わせた途端に、耀は首から牙を抜くと、今度は律也の唇にくちづけてきた。

口のなかに、律也自身の血と、先ほど飲み込んだ耀の血が混ざる。甘露のように、喉に心地よく染みていく。

舌を吸われ、口腔をかきまわされているうちに、全身の火照りがひどくなった。心臓もどくんどくんと怖いくらいに高鳴っている。

混ざり合ったふたりの血が、なんらかの変化をからだに与えているに違いなかった。

「――――」

やがて声もないままに、内側からあふれだす波のような衝撃が全身をおおう。律也は全身を激しく震わせながら櫂にしがみついて、荒い息を吐く。その息を吸いとるように、櫂は再びくちづけてくる。

ようやく震えが治まったときには、律也は自分が下腹を濡らしているのではないかと思った。だが、射精はしていなかった。それでも同じくらいの快感がからだじゅうを貫きとおしていた。しばらく手の指さえ動かせないほど消耗していた。

「あ……」

身じろぎした途端、やっと声がでることに気づく。

櫂は血のついた唇を腕でぬぐい、律也の口許も指でぬぐった。櫂の手首の傷はすでにふさがっていた。律也の嚙みつかれた首すじも痛くはなかった。

伴侶の誓いの儀式が終わったのだ。櫂は枕もとの花びらをすくうと、律也の口に運ぶ。

――嚙んでみると、甘かった。力がみなぎってくるような味だ。

いままではわからなかったのに。

「俺……変わったの？　櫂と同じ時間を生きられる？」

「これできみは俺のものになった。からだについてはこれから徐々に変化するはずだ。俺の血を定期的にからだに入れて——それから、俺が……」

櫂はそこでいいにくそうに言葉を濁した。律也が「なに」とたずねるので、仕方なさそうに答える。

「これから俺がきみを抱くたびに、俺の体液がきみの体内に染み込んでいけば」

聞いた律也のほうが、顔を真っ赤にするはめになった。少し気まずそうにしながらも、櫂の目が隠しきれない欲望をあらわしている。

「律……」

櫂はあらためて律也を見つめると、そっとついばむようなキスをしてきた。からだの線を指でなぞり、胸の突起をつまんで揉《も》む。

「きみを抱く。——やっと最後まで俺のものにできる」

普段激しい感情をあらわにしない櫂にしては、珍しく弾んだ声だった。恥ずかしいのと同時に、櫂が悦《よろこ》んでくれていることが、律也にとってもうれしい。

「律……綺麗だ」

櫂は律也の首すじの傷を舐め、胸へと頭を移動させていく。指さきでいじっていた乳首をちゅっと吸って、舌先でつつく。

「あ……んんっ」

少しの刺激でも敏感に反応してしまって、律也は苦しいほどだった。このあいだもさわられるだけで心臓が破れそうになって怖かったが、耐性ができつつあるのか、今日は以前ほどではなかった。その代わりに、快感はすさまじい。

胸を舐められて吸われただけで、律也の股間《こかん》のものは勢いよく勃ちあがってしまっていた。

「やだ」というのにもかまわず、櫂は頭をさげていくと、迷わずそれを口に含む。

「や……櫂——あ」

口のなかで甘いものみたいにしゃぶられて、律也は「や……」と櫂の頭を押しのけようとしているうちに、びくびくとからだを震わせて達してしまった。

櫂は律也のそれを飲みほすと、さらに足を開かせて腰を浮かせ、恥ずかしい場所に顔を埋める。交わるところをたんねんに舐め、指でほぐしながら、甘く荒い呼吸で肌をなぶる。

「あ……や」

いくら律也がいやがって足をばたつかせても、櫂はやめてくれようとしなかった。むしろさらに興奮したような息遣いになる。

「律……」

櫂はからだを起こすと苦しげに眉をよせながら、律也を覗き込む。もう我慢できないとばかりに、硬い熱が押しつけられた。

「——んっ」

ところが、律也のそこが狭いのか、押し当てただけで櫂はすぐにからだを引いてしまった。

再び指でほぐし、顔を埋めて舐めはじめる。もう一度足をかかえられて腰を押しつけられたが、先端だけでも入らないようだった。三度、指でさぐりはじめる。

そんなことをくりかえされるうちに、律也は頭が熱くなりすぎて、おかしくなりそうだった。

「や……もう……櫂」

指と舌でいじられているうちに、どうしようもなく疼いてしまっていた。

「や……入れて。もういいから……」

信じられない言葉を口にした途端、さらに頭のなかが白く点滅する。櫂も驚いたように目を見開いて、動きを止めてしまった。ごくりと唾《つば》を飲み込んで、苦しげな顔つきのまま、甘い吐息を漏らす。

「――律、力を抜いて。傷つけたくないから」

もうなんでもいいからしてくれと思っていても、腰をかかえあげられて、大きな熱がむりやりにでも入ってくるように動かれると、からだがこわばった。

「律相手だと、俺も興奮しすぎてるから」

牙を隠す余裕もないのか、櫂の口許には白い牙がのぞけていた。でも、不思議と怖くはなかった。とても色っぽくて、背すじにぞくぞくしたものが走る。

「律……」

燿が律也の足をしっかりと押さえつけて、腰をすすめた。

「——あ」

貫かれた衝撃に、律也は背を弓なりにさせる。興奮している燿の男の部分がしっかりと入り込んでくる。

からだをふたつに引き裂かれるような痛みに、律也は歯を食いしばった。

「あ——や……」

狭い場所に受け入れるには、燿のそれは大きすぎて、半分入れられただけでも下腹が苦しくてしようがなかった。

「律……」

燿が眉根をよせながら、さらに雄身を突き立ててくる。

細い悲鳴が洩れたが、キスで吸いとられてしまった。唾液《だえき》を蜜《みつ》のように注ぎこまれるうちに、しだいに下半身の感覚が麻痺《まひ》してくる。痛みがなくなって、じわじわと熱くなってきた。

「——苦しい?」

先ほどよりは楽になったので、律也は「ううん」と首を振る。

「……少しだけ我慢して。すぐに気持ちよくしてあげるから」

体内でさらに大きくなって息づいているものを感じると、とうてい楽になるとは思えなかったが、燿がゆっくりと腰を揺さぶっているうちに事実だとわかった。

動かされるたびにそこが甘くゆるんで、悦びに震える。いったいなにが起こっているのかもわからないままに、律也は息を乱した。

「あ……櫂」

「気持ちいい？　力を抜いたままにしてて——そうすれば大丈夫だから」

きつくなっていて動けないのではないかと思ったが、いつのまにか律也のそこは櫂を受け入れて馴染んでいた。揺さぶられるたびに、からだのなかの温度が上がっていく。

「……すごく熱くなってる。律、かわいい」

櫂は夢中になったように腰を動かして、からだを折り曲げて律也の額にくちづける。そうされると、さらに櫂自身が埋まって、深く串刺しにされる結果になった。

「や——」

「律……律、俺のものに——」

もう抗議の声など耳に入らない様子で、櫂は律也のからだを欲望のままに貪る。興奮した吐息が甘く、発汗した櫂のからだから漂う薔薇の香りが催淫剤でも含まれているみたいに、律也の意識を宙に飛ばす。

からだをつなげられて揺さぶられているうちに、ふとなにものかの視線を感じたような気がして、律也は脇に目をやる。そこにはなにもいなかったが、窓のカーテンは開けっ放しになっていた。これでは夜の種族の誰かが覗き込んだら、見られてしまう。

結界は張られてないはずなのに、奇妙な静けさを感じた。自分と櫂の息遣いと、ベッドのきしむ音と、からだが交わる濡れた音しか聞こえない。その他はいっさいシャットアウトされていた。何者かが耳をすまし、目をこらしているように。以前にも似たような感覚を受けたことがあった。

「櫂……結界は……？」

以前、「目がよくて鼻がきくものもいるから」といって、櫂は行為の前に結界を張ってくれたはずだった。

櫂は律也を見つめて額に汗を浮かべたまま、「結界？」ととぼけたように額にキスをしてくる。そうすると、また櫂のものが深く入り込んできて、律也の感じる場所に当たり、「あ」と声をあげさせられる。

「……見られてるみたいな気がするから……」

「——駄目だよ」

櫂がかぶりを振って、律也の腰をさらにかかえあげる。

「今夜はきみを俺のものにしてるって——みんなに見せつけなきゃいけないから」

「え……」

それではこの様子を誰が見ているのかわからないのかと驚いて、律也は櫂の下から逃げだそうともがいた。すぐに抵抗を封じられて、足をかかえなおされる。

「律——駄目だ。きみは俺のものなんだから」

やさしいけれども、有無をいわせず支配するような声に、腹がたつよりもぞくりとして力が抜けてしまった。

「……櫂の馬鹿」

文句はいったけれども、まったく威力はなかった。

櫂自身は見られることについてなんの抵抗もないようだった。やさしいはずの櫂なのに、やはりヴァンパイアの性《さが》なのか、律也を見つめる瞳にどこか意地悪い色気が漂う。

「こんなことは最初で最後だから」

あたりまえだった。何度もあってはたまらない。

最初はいやだと思っていたはずなのに、見られているかもしれないことも、櫂に抱きしめられているうちにどうでもよくなってしまった。

部屋中を埋めつくして、発光している薔薇たちがさらにあやしげな光を放つ。

櫂は呼吸を荒くして、激しく腰を振った。中を穿《うが》つものが律也の内部を刺激して、射精へと導く。

「や……」

こらえきれずに律也が達してしまった直後に、そのからだの震えを押さえつけるようにして、櫂もさらに荒々しく動く。

先ほど血を含んだ唇でくちづけしたとき以上の、大きな快感の波が律也を飲み込んでいた。一瞬、気が遠くなる。自分がどこにいるのかもわからなくなってしまった。

「あ——櫂……」

溺れそうになってようやく自ら顔をだした瞬間、くちづけを浴びせられてさらに水のなかにまた深く潜らされる感覚だった。

意識が遠のきそうになりながら、視界に映る櫂の顔がとても艶っぽく見える。動物的な行為をしているはずなのに、端整な顔立ちがぼんやりと白い光につつまれていて、神々しくすら見えた。

「は——」

櫂の口から甘い吐息がもれた瞬間、律也の上に覆いかぶさるその背に、大きな白い翼があらわれて羽音をたてて広がるのが見えた。

白い翼は優美に動き、律也の顔の上に白い羽根を発光しながら舞い散らせる。まるで見ている誰かに己の力を誇示するように、翼は光り輝いていた。

櫂が腰を震わせて、律也のなかに熱情を吐きだした。どくんどくんと息づくそれは、射精してもおさまらないようだった。

やがて背中の翼がすうっと消えていく。それを見ているうちに、律也は本気で気を失いそうになった。

「律？」

櫂が気つけみたいに、きつく唇を吸ってくる。

「これで契約は果たされたから」

そういわれて、とりあえず安堵したものの、返事もできなかった。喉《のど》がからからに渇いて、腰から下はまったく力が入らない。

櫂はいったん身を起こすと、周囲を見渡して手をかざす。炎のようなオーラがたちのぼるとともに、発光している薔薇たちもゆらめいた。ようやく結界を張ってくれたのだ。

「律……」

櫂はぐったりとなっている律也の唇を吸って、再び覆いかぶさり、肌をまさぐってくる。

「ん——ん」

「律……契約の儀式とは別に、きみをちゃんとかわいがりたい。もうほかのやつには見えない。俺ときみだけだから」

櫂に熱っぽい眼差しを向けられて、律也は「え」と仰天する。そんなことはもう充分——というひまもなく、再び唇をふさがれて「んん」ともがく。

なんとか腕のなかから逃れて背を向けても、すぐに背後から抱きとめられた。

「律……ずっと抱きたくてしようがなかった。今夜からもう——全部俺のものだから」

「……櫂、駄目だよ。……俺、もういまので——」

「いや？　俺に抱かれるのは嫌いなのか」

櫂は甘えるように首すじに鼻先をこすりつけてくる。

——嫌いなわけがない。

もう今夜は勘弁してほしいと思っているはずなのに、櫂の吐息を感じとった瞬間にからだが甘くとろける感触にとまどう。

「……いやだ、なんで……」

先ほど達したばかりなのに、腰に押しつけられた櫂のものは硬いままだった。そう感じた途端にからだのなかが疼いて、自ら腰を突きだすようにしてしまう。彼の体液で濡らされている蕾《つぼみ》が、ひくつくのがわかった。

「や……やだ」

考えていることに反して、肉体のほうが櫂を欲しがっているようだった。ヴァンパイアの欲情する匂いに酔っているのかもしれない。

いずれきみは自分から欲しがるようになる——といっていた櫂の台詞を思い出して、律也は耳もとが熱くなってどうしようもなかった。櫂の目に自分がどう映っているのか知るのが怖い。

乱れるところを見たいといっていたけれども、ほんとは軽蔑《けいべつ》されてしまうのではないか。だが、櫂はたまらない様子で、律也の耳やこめかみにキスを浴びせかけてくるだけだった。

「律……かわいい」

律也のからだが欲しがっているのに気づいたらしく、興奮した様子で腰を尻の挟間におしつけて胸をまさぐり、乳首をやさしく揉む。

「さっきの——『入れて』っていうのも、すごくかわいかった。興奮しすぎて、俺はおかしくなりそうだった。もう一度、いってほしい」

「や、やだよ」

自分でも信じられないのに、先ほどの恥ずかしい台詞なんて再現できるはずもなかった。

だが、櫂の肌にふれているうちに、からだはますます蕩けてしまう。

「律——」

櫂が視線を合わせてきて、律也を見つめる。決して声を荒げたりするわけではないのに、昔から律也はそうやってまっすぐ見つめられるのに弱かった。

やわらかく、憂いをひめた眼差し。いまはいとしさにあふれ、熱っぽく焦がれるように律也に注がれている。

「俺をちゃんと欲しいっていってほしい。もう一度してほしいって甘えてみせてくれ」

「やだったら……」

櫂の意地悪——そういうつもりだったのに、律也は顔を手で隠しながら、泣くような声で相手の望む台詞を口にした。薔薇の匂いにむせて気が遠くなる。

翌朝、櫂の腕のなかで目覚めたとき、律也はふわふわと意識が浮いたままだった。このまま もう一度眠りにつきたい。

「――起きた?」

櫂に問われて、「うん」と仕方なく頷く。

櫂はだいぶ前に目覚めていたらしいが、律也の寝顔をずっと見ていたらしかった。蕩けそうな目をしている。

「……朝食を用意するから。待ってて」

櫂が上体を起こしたので、その引き締まった裸体が明るい日のなかであらためて目に入って、律也はわけもなく赤くなった。突如、昨夜の記憶が詳細に甦ってくる。

うろたえたようにからだをばっと起こすと、汗をかいたせいか、薔薇の花びらが肌にいくつも貼りついていた。櫂がからだじゅうを舐めて吸ったせいか、肌のあちらこちらに鬱血《うっけつ》のあともついている。

「花びらがついてる」

櫂がおかしそうに笑って、肌についている花びらをとってくれる。自らがつけた花のような愛撫の痕《あと》もなぞるようにふれてきた。

「昨夜の律はすごくかわいくて、綺麗だった」

「…………」

律也は口をぱくぱくとさせて櫂を見つめる。頭のなかでは「櫂のエロ」、「いやだっていったのに、色魔」などと罵《のの》り言葉がいくつも浮かんでくるのだが声にはならない。

真っ赤になって恥じらったようにうつむいてしまう自分がいやで仕方がなかった。櫂が夜とはうって変わってやさしい紳士の顔をしているから、文句もいいにくいところがなお憎らしい。

「お腹《なか》すいただろ？　朝食ができたら呼ぶから、休んでていい」

櫂が身支度を整えてベッドから立ち上がるのを、律也はふくれっつらで眺めていた。なにもいえないけれども、睨むくらいは許されるはずだ。

そんな心情を知ってか知らずか、櫂は目を細めて律也を見つめる。律也はむすりとしたままでいたが、ドアに向かって踵を返す前に櫂がぽつりと「――だ」と呟くのが聞こえてきて、

「え」と目を見開く。

「――俺は幸せだ」

櫂はそういったのだ。もう睨むのも忘れて律也は茫然とするしかなかった。

心の底からなにかが突き上げてきたが、うまく言葉にならない。だから、律也は目を瞠っ

たまま気の抜けた声をだす。

「そ、そう……なら、よかった」

櫂は薄く微笑んで部屋を出て行った。閉められたドアを、律也はベッドに座ったまま固まったように見つめていた。

どういうわけか唐突に涙がこぼれてきて、あわててそれをぬぐう。かなしくもないのに、泣くなんてどうかしてると思った。

律也は涙をぬぐった自分の手をじっと見つめる。昨日と身体的には変わらないように見える。だが、櫂と契ったことで、いままでとは違う人生を選んだ。

目が覚めてから、いまはまだとくに変化した実感はないが、なにかを確実に失っているはずなのだ。それでも、櫂があんなふうに幸せだといってくれるなら後悔はなかった。

――櫂を幸せにしてあげることができてよかった。

律也はすぐに涙をぬぐうと、「よし」と呟いてベッドから立ち上がり、すばやく着替えて部屋を出た。

一階に下りた途端、廊下に立っているレイの姿を見つけて、律也は仰天する。

レイは「おはようございます、律也様」と微笑んだ。

「なんでここにいるんだ？」

「律也様の警護のためです。昨夜はずいぶんと派手に櫂様と律也様が結ばれたことが知れ渡ってしまったので、また律也様が欲しくて騒ぎ出すやつがいるかもしれないと警戒せざるをえなくなりました。初夜を公開するなんて、櫂様もまったく大人げない挑発をしてくれる」

やはり昨夜の出来事は見ようと思えば見られたらしいと知って、律也は青ざめる。櫂は昔と変わらないと思う一方で、ひどく夜の種族らしい一面もある。わざと結界を張らなかったのは、律也に対する独占欲から、周囲に自分のものにしたことを知らしめたかったからだ。律也としては露出魔と罵りたいところだが、櫂にしてみれば律也に対する深い愛情の表現に違いなかった。

昨夜のことはいったいどういうふうに周囲に伝わっているのか、考えるだけで眩暈がするほどだったが、レイの前で恥じらうのは癪だったので、なるべく平然とした態度を貫くことにした。

レイも淡々と事実を告げるだけで、律也をからかう様子もないのが救いだった。彼としては本気で厄介事が起こるかもしれないと、ごく冷静に状況を判断して訪ねてきたらしい。

「レイ、怪我はどう？」

「まだ治っていないですが、大丈夫です。わたしは腹を切り裂かれても、たいていの相手には負けませんから。手負いのままでも相手を八つ裂きにして、律也様をお守りします」

さすがドSの美少年——レイが爽やかに微笑むのを見て、律也は顔をひきつらせた。

「ゆっくり休んだほうがいいんじゃないか。俺には櫂がついててくれてるし、みんなが櫂のものになったって知ってるなら、もう手出しするやつなんていないはずだから」

「……挑発に、単純に反応してるやつはすでにいるようですけどね」

え——と律也がレイの顔を見ると、居間のほうからいいあらそっているような声が聞こえてきた。

「りっちゃんがかわいそうだろ」

聞き間違えようのない、慎司の声だった。

群れの仲間の家にしばらく泊まりにいく予定だったのに、もう帰ってきたのだろうか。居間に入る律也のあとに、レイも「やれやれ」と呟きながらついてきた。

居間には櫂と慎司——そしてなぜか東條までもがいた。律也が戸口に立っているのに気づいて、東條は「やあ」とマイペースに手をあげてみせる。

一方、慎司は櫂を睨みつけているせいで、律也が入ってきたのにも気づかないようだった。

「俺はりっちゃんの肉親として、文句をいいたいんだ。おまえの好きにはさせたくない。なんとかいえ、この色情魔」

「——律はもう俺のものだから、きみが口を挟むことじゃない」

櫂は冷たくいいはなってから、戸口に立っている律也に気づく。

「——律。ごめん、うるさい客がきてて、食事の用意がまだできない」

櫂が微笑む隣で、慎司が「りっちゃん」と振り返る。

慎司も昨夜のことを知っていて家に戻ってきたらしいが、律也はいたたまれなくなった。なにを見て、なにを聞いたのか知りたくない。

「りっちゃん。櫂のいうことなんて、全部きく必要ないんだぞ。いやなら、いやだっていっていいんだ。昨夜なんて、みんなの前で――」

どうやら慎司は、昨夜、櫂が結界を張らなかったことを代わりに憤ってくれているようだった。肉親の情はとてもありがたかったが、慎司がすべてをいいおわる前に、律也はかぶりを振った。

「慎ちゃん、それ以上、俺になにもいわないでくれ」

逃げるように居間を通り過ぎて、庭に続く硝子《ガラス》戸を開けると、律也は外に出る。ソファに座っていた東條が立ち上がって追いかけてきた。

「――律也くん」

「東條さんは、もっと黙っててくれ」

このうえ東條に、オーラに契った気配が出ているなどといわれてはたまらなかった。だが、東條がいうことをきくはずもなく、一緒に庭のテラスに出てくる。

「律也くん。誤解してるようだけど、なにもきみたちの契りが映像として実況中継されたわけじゃないから。夜の種族の感覚というのは、ひとの聴覚や視覚とはまた違ったものがあるんだ」

律也は「え——」と疑わしい気分で振り返る。

「じゃ……どういうものなんですか？」

「国枝耀がきみをものしたって思念とエネルギーが流れただけだよ。実際に家の窓から出歯亀したり、気配を消して見てたやつがいたなら話はべつだが。契約の儀式として契るときには、戦闘してるみたいなものすごいエネルギーがあたりに放出されるんだ。まあ、たしかにそれを公開してるってことは、きみを抱いたって宣言なんだが。慎司さんが怒ってるのも、そういう意味だよ。決して痴態を見られたわけじゃないから」

いつもはどこか腹が立つ分析口調だが、今日ばかりはありがたかった。律也が耀のものになったことが知れ渡っていると聞いて青ざめたが、律也が想像していたのとはだいぶ違っていたようだ。

「安心したか。だいたいあの独占欲の強そうなヴァンパイアが、きみのそんな姿を気前よくみんなに見せてくれるわけがないだろ。短絡に走らず、よく考えたまえ」

律也が耀と契ったら、初夜のあとの顔が見たいなどとくだらないことをいっていたくせに——東條にだけは短絡といわれたくなかった。

律也が無言のまま睨みつけていると、東條がまっすぐに見つめ返してきた。こちらが怯みたくなるような、観察し、分析するような目つきだ。

「律也くん——思ったよりも、きみはとてもいい顔をしているな」

てっきりえげつないことをいわれると思っていたので、律也は拍子抜けした。

「安心したよ。僕はきみが変わってやしないかと心配して、顔を見にきたんだ。だけど、きみは変わってない。とても清々しい顔をしてる」

変わってない――？

たしかに、驚くほど感覚的にはいままでと変化はないのだ。これでいいのだろうかととまどうほど。

櫂を前にしても、慎司や東條やレイたちを前にしても、昨日までと感情的に変わらない。いままでの自分を捨てて、まったく違うなにかになってしまうのかと考えていたのに。

どうして不安ではなく、満ち足りた気持ちのほうが大きく占めているのか。

「ようやく願いが叶ったから――かな」

律也がぽつりと呟くと、東條が「願い？」と聞き返してきた。そこで、いつのまにかテラスに出てきたレイが東條の背後で牙をむいた。

「油断も隙もない狩人め。律也様はもう櫂様の伴侶になったのだから、気安くふたりきりになるな。少しは気をきかせろ」

「僕は心の友だ。国枝櫂とは次元が違う。嫉妬《しっと》される対象じゃない」

「うるさい、八つ裂きにされたいのか」

レイは東條の腕を引っぱって部屋に連れ込んでしまった。心配そうに部屋から硝子越しにこちらを見ている慎司と目が合った。

「慎ちゃん、ありがとう。俺――大丈夫だから」

大きな声でそう伝えると、慎司は「わかってる」と肩をすくめてみせた。

律也が部屋に戻ってこないのを見て、櫂が「どうした」と心配そうにテラスに出てきた。

「律――？」

みんなからすぐ見えるところでは恥ずかしいので、律也はテラスから出て、薔薇の咲いている近くまで歩いて行く。櫂はすぐに追ってきた。

結界を張らなかったことは律也の想像しているような意味ではなかったとわかっても、あのとき誰かがそばにいたのなら確実に覗かれていたのだから、やはり一言文句をいっておかなければならない。

振り返って睨みつけると、櫂は意外そうに目をしばたたかせた。

「櫂……俺はたしかに櫂のものだけど――だからってなんでも好きにできるみたいに思わないでほしいんだ。俺はそういうつもりで櫂のものになったんじゃないから」

「俺が律を好きにしてる？」

櫂はおかしそうに微笑む。律也がいくら凄味をきかせてもまったく効果がない。

「なにがおかしい？」

「昨夜はたしかにきみは俺のものだといったけど――その前のことを律は忘れてる。きみが俺のものになるずっと前から、俺はきみのものだった。きみの好きにされっぱなしだ。俺はきみのいうことをずっと聞いてきた」

律也が櫂を好きにしてきたといわれても、そんな覚えはない。もし子どもの頃にわがままをいったことまでカウントされているのならば話は別だが。

「俺はなにも櫂にしてないだろ」

「……『いいにおい』だといったんだ」

昔を思い出すように、櫂は庭の薔薇を見つめた。

「俺はこの家にきたとき、自分のなかに流れる血を呪《のろ》っていた。誰も俺のそばには長くいられない。そばにいたくても、いずれ別れなくてはいけない。普通の人間ではないと知られて、嫌悪される前に。でも、きみは『いいにおい』といって、俺を怖がらすに抱きついてきた。気を吸って襲っても、『ずっとそばにいてね』といってくれた。ヴァンパイアになったとわかっても、『一緒に連れて行って』と、俺を困らせて——」

「…………」

「とうとう一緒に連れて行くはめになってしまった。俺はきみの思うがままだ。こんなつもりじゃなかったのに」

微笑む櫂を見つめながら、律也はしばらく動けなかった。笑いたいのに、どういうわけか表情がゆがむ。

空は晴れ渡っていて、明るい光が庭に差し込んでいて眩しいほどだった。薔薇が日差しを反射して輝いている。

櫂に抱かれてその血を飲み、伴侶となったら、自分はどう変わってしまうのかと恐れていた。だが、いまも昔と変わらず頬にあたる空気は澄んでいて、目に映しだされる花は美しかった。そして目の前の櫂がとてもいとおしい。

いとしくていとしくて、たまらない。

律也はゆがみそうになる口許をこらえて、表情を引き締めた。

「櫂。俺とずっと一緒にいて」

「――約束するよ」

櫂が律也の腕をとって、気どったしぐさで手の甲に誓いのキスをする。律也は思わず噴きだした。

「――おいで」

櫂がそのまま手を引いたので、律也はその腕のなかにくるまれると同時に、薔薇の香気につつまれる。大好きで、望んでいた相手の体温に抱きしめられて心地よい息を吐く。

しばらく櫂の腕のなかでぼんやりしていると、背後からレイが呼ぶ声が聞こえてきた。どうやら櫂の代わりに朝食を用意してくれたらしい。

「……早く櫂様たちも――」

燿とレイが話しているあいだ、律也は庭の風景にあらためて目を凝らした。

咲き誇る薔薇を照らす陽光のなかに、過去の律也と燿が見えた。律也はまだ子どもで、庭に佇んでいる燿のシャツの裾《すそ》を引っぱって、抱きついている。

（燿――いいにおい）

（ずっとそばにいてね）

やっと願いは叶った。これからどこに行くのかはわからないけれども――。

「――律」

燿に呼ばれて、律也ははっと瞬《まばた》きをくりかえす。幻は光のなかにすでに消えてしまっていた。

律也はもう一度光に照らされて輝いている薔薇を振り返ってから、家のなかに入った。

あと十年もたったら、年をとらない律也は、周囲にあやしまれてしまうので、この家には住めなくなる。だけど、燿と一緒にいられるのなら、どこに行こうとも平気だった。

それに、また何十年後か、何百年後かに――誰も律也を覚えていなくなった頃、この庭に咲き続ける薔薇を眺めにきっと戻ってくるのだから。

あとがき

はじめまして。こんにちは。杉原理生です。

このたびは拙作『薔薇と接吻《キス》』を手にとってくださって、ありがとうございました。

デビュー作以来、ファンタジックな要素は禁じ手にしていたのですが、イラストが高星麻子先生にお願いできることもあって、久々に書きたいなという欲望が抑えきれなくなり、「……吸血鬼なら、とっつきやすいだろうし、どうかな？」と思って担当様に聞いてみたところ、ＯＫの返事をもらったので、はりきって書きました。

最近、書いてなかったタイプの話なので、導入部で少し勘を取り戻すのに苦労しましたが、そこを乗り越えてからは楽しく書けました。高星先生の描くヴァンパイアが見たい――この願いが叶って、書き手としては満足です。

さて、お世話になった方に御礼を。

イラストの高星先生には、ラフの時点からためいきが出るような美麗なキャラクターたちを書いていただきました。櫂の人物ラフを見たときには、その格好よさに思わず「おお」と唸ってしまいました。あと、始祖が反則なほど格好良かったです。ほかのキャラたちも、頭のなかでイメージしていた以上に魅力的に描いていただきまして、さらにいろいろと想像がふくらみました。お忙しいところ、素敵な絵をほんとうにありがとうございました。

お世話になっている担当様、いつもご迷惑をかけております。今回はとくに日程的に厳しく、本人ですら「ほんとにこの期間で書けるのか」と内心追い詰められていたので、かなりひやひやさせてしまったのではないかと思います。ぎりぎりで仕上げましたが、「続きを読みたい」というふうにいっていただいたうえに、キャラたちのことであれこれとお話しできてうれしかったです。今後ともどうぞよろしくお願いいたします。

そして最後になりましたが、読んでくださった皆様にも、あらためて御礼を申し上げます。

最近は日常的なお話を書くことが多いですが、今回はヴァンパイアロマンスです。ヴァンパイアは存在からして色っぽいですね。久々に手枷足枷を外した気分で、美形キャラ盛りだくさん、なんでもありの世界観をノリノリで楽しく書かせてもらいました。こういうテイストのお話もまた書いていけたらいいなと思っているので、リクエストや感想など聞かせていただけるとうれしいです。

設定は非日常的ですが、好きなものを詰め込んでいるところはいつもと同じです。書き手としては次の展開はどうしようかなとわくわくしながら書いた話なので、手にとってくださった方にも同じような気持ちでページをめくっていただければ幸いです。

杉原　理生

✦初出　薔薇と接吻……………書き下ろし

杉原理生先生、高星麻子先生へのお便り、本作品に関するご意見、ご感想などは
〒151-0051 東京都渋谷区千駄ヶ谷 4-9-7
幻冬舎コミックス　ルチル文庫「薔薇と接吻」係まで。

幻冬舎ルチル文庫

薔薇と接吻《キス》

2011年 3 月20日　第1刷発行
2016年 2 月20日　第3刷発行

✦著者　杉原理生　すぎはら りお

✦発行人　石原正康

✦発行元　株式会社 幻冬舎コミックス
〒151-0051 東京都渋谷区千駄ヶ谷 4-9-7
電話 03(5411)6432[編集]

✦発売元　株式会社 幻冬舎
〒151-0051 東京都渋谷区千駄ヶ谷 4-9-7
電話 03(5411)6222[営業]
振替 00120-8-767643

✦印刷・製本所　中央精版印刷株式会社

✦検印廃止

ISBN978-4-344-82201-6　C0193　Printed in Japan